邵毅平 著

今月集

国学与杂学随笔

上海文化出版社

今人不见古时月

今月曾经照古人

古人今人若流水

共看明月皆如此

  ——李白《把酒问月》

今人犹歌李白诗

明月还如李白时

我学李白对明月

月与李白安能知

  ——唐寅《把酒对月歌》

目 录

宇内域外

日影韩流

文前书后

雅言俗讲

《尚书》的文风及成因

作为中国最古老的历史文献，《尚书》素以难读著称，连古文大家韩愈也曾说过："周诰殷盘，佶屈聱牙。"（《进学解》）"周诰"指《周书》中的"诰"体各篇，"殷盘"指《商书》中的《盘庚》篇（实际上也是"诰"体）。"诰"体是《尚书》最主要的文体，占了《尚书》一半左右的篇幅，所以韩愈用它来指代整个《尚书》，指出《尚书》的文风是"佶屈聱牙"，也就是文辞艰涩、读不顺口的。韩愈的这一意见，代表了人们对《尚书》文风的基本观感。

那么，《尚书》为什么会这么难读呢？晋代的葛洪说得很有道理："且古书之多隐，未必昔人故欲难晓，或世异语变，或方言不同，经荒历乱，埋藏积久，简编朽绝，亡失者多，或杂续残缺，或脱去章句，是以难知，似若至深耳。"（《抱朴子外篇·钧世》）

具体言之，首先是因为《尚书》产生的年代太古老，其语言不仅与我们今天的语言相去遥远，而且与秦汉以后形成的所谓"古文"也不甚相同。还在司马迁写作《史记》的时候，即已因《尚书》语言的古老，而对之作了一番"今译"的工作，就更不用提司马迁以后的人了。无论是字眼词汇，还是词义语意，还是语法结构，《尚书》都有上古之书的特点，与秦

3

汉以后的"古文"不同。比如，《尚书》中有不少词语，如"迪""诞""厥""攸""克""乃""台""罔""允"等，其意思都不同于后世"古文"中的一般用法；又如，《尚书》中许多常用的语气词，如"曰若""惟时""乃惟"等，也很少出现在后世的"古文"之中；再如，《尚书》中很少用"之""乎""者""也"之类虚词，使得句子的区分不是很明确，这也造成了读者断句的困难。①

除了语言的古老以外，《尚书》的难读，还是因为其写定的字体屡经变迁，从殷商时期类似甲骨文的字体，到西周时期类似金文的字体，到春秋战国时期的各地"古文"，到秦朝的小篆和隶书，到汉朝的隶书和"隶古定"，到唐朝以后的楷书，其每一次写定字体改变的过程，都是会产生错字别字的过程。而写定字体经过几千年间的若干次变迁，《尚书》的文字还能在多大程度上保持原貌，这也是不能不让人产生疑问的。那些在写定字体变迁过程中出现的错字别字，自然就会增加《尚书》的难读性。与秦汉及以后产生的古文献相比，这也可以说是《尚书》特有的难读之处。

对于古文献，尤其是对于印刷术使用以前产生的古文献来说难以避免的版本或写本歧异问题，对于《尚书》来说无疑也是存在的；而且由于《尚书》还有特殊的"今古文"问题，所以其版本或写本的歧异问题就更形严重了。这种版本或写

---

① 具体例子参见马雍《尚书史话》，北京，中华书局，1982年，第83—84页。

本的歧异问题，无疑也增加了《尚书》阅读的难度。

由于历史上关于《尚书》的学问一直是一门"显学"，各个学派各家学说几乎都要利用《尚书》来为自己服务，为此而不惜曲解《尚书》以迁就自己的主张，从而也同样增加了《尚书》的阅读难度。

正由于以上几方面的原因，所以《尚书》虽经无数学者研究，却仍然还遗留有许多难解之处，让一般人望而生畏乃至却步。

不过，也许正因为《尚书》古奥难读，所以反而使人生出了敬畏之感，使历代文人都匍匐在其脚下，纷纷对其文风赞誉有加，而很少有人敢公然批评之。汉代《尚书大传》引子夏的话，称道《尚书》的论事"昭昭如日月之代明，离离若星辰之错行"，便是一种具有代表性的意见。像韩愈《进学解》的"周诰殷盘，佶屈聱牙"，也只是指出《尚书》的古奥难读，而并没有批评它的意思。在若干保守文人的眼里，《尚书》的古奥难读，还成了反对明白如话文风的理由。只有像葛洪那样的另类文人，才敢大胆地挑战它的权威："且夫《尚书》者，政事之集也，然未若近代之优文、诏策、军书、奏议之清富赡丽也。"（《抱朴子外篇·钧世》）

而客观地说，《尚书》的文风不是"为古而古"，而是因时代古老而自然形成的，故仍不失其独特的魅力，吸引着无数"爱奇"的文人。

2003 年末

（原载 2017 年 5 月 7 日《新民晚报》"国学论谭"版，笔名"胡言"。）

轻与重：昆德拉与宣太后

在西方文化传统中，有一派（如古希腊哲学家巴门尼德）认为，"轻"代表正，代表善，代表美丽……相反，"重"代表负，代表恶，代表残酷……但米兰·昆德拉（Milan Kundera，1929—　）却提出了不同的看法，他在《不能承受的生命之轻》（*L'insoutenable légèreté de l'être*，1984）中说：

> 但是，重便真的残酷，而轻便真的美丽？
>
> 最沉重的负担压迫着我们，让我们屈服于它，把我们压到地上。但在历代的爱情诗中，女人总渴望承受一个男人身体的重量。于是，最沉重的负担同时也成了最强盛的生命力的影像。负担越重，我们的生命越贴近大地，它就越真切实在。
>
> 相反，当负担完全缺乏，人就会变得比空气还轻，就会飘起来，就会远离大地和地上的生命，人也就只是一个半真的存在，其运动也会变得自由而没有意义。
>
> 那么，到底选择什么？是重还是轻？①

---

① 许钧译，上海，上海译文出版社，2010年，第5页。"男人"原译作"男性"。

他说的道理我们似乎能懂，但他用来说明"重"的好处的例子，却有点让人匪夷所思："在历代的爱情诗中，女人总渴望承受一个男人身体的重量。"直白地说，意思就是在做爱时，女人渴望男人压在自己身上，不以为重，不以为负担，反而觉得满足，觉得快活。"于是，最沉重的负担同时也成了最强盛的生命力的影像。"

类似这样内容的爱情诗歌，在西方文学史上应有不少，米兰·昆德拉似乎读过一些，否则不会说得这么明确；但说实话我还从来没有读到过，大概是译者不好意思译过来？

那么，在中国文化传统中，也有类似的表现吗？在《战国策》里，可以看到一例。前307年，楚围韩之雍氏，韩求救于秦，使节冠盖相望，络绎不绝，但都无功而返。只有一个使节尚靳，说话还算得体，秦宣太后（前338后—前265，时秦昭王年少新立，宣太后治任当国）听了比较满意，表示可以考虑出兵，但又提出了先决条件：

> 妾事先王也，先王以其髀加妾之身，妾困不支也；尽置其身妾之上，而妾弗重也。何也？以其少有利焉。今佐韩，兵不众，粮不多，则不足以救韩。夫救韩之危，日费千金，独不可使妾少有利焉？（《韩二·楚围雍氏五月》）

宣太后意在索贿，但先打了一个比方，却是奇葩之言：我与先王睡觉，先王睡相不好，把大腿压在我身上，我实在是受不了；但与先王敦伦的时候，先王全身压在我身上，我却一点也不觉得重，这是因为他能让我快活……简言之，她的意思是：没有好处，轻也是负担；有了好处，重也不觉其累。

宣太后心中的这种轻与重的关系，与米兰·昆德拉的似乎不太一样，但我以为足以弥补后者的逻辑漏洞，也体现了中国式"中庸"思路的好处，反衬出西洋"非此即彼"思路的不足——并不是所有的"重"都是好的，也不是所有的"轻"都是坏的；反之亦然。判断的标准，就是是否于己有利。不过，他们用来说明"轻"与"重"的例子，却又符合"东海西海，心理攸同"的原理。

那次秦国出兵抗楚援韩之事，最后是在甘茂手里解决的，所以《史记·甘茂列传》也提到了此事。但司马迁只说宣太后是楚女，所以反对秦国出兵助韩，而完全没有提到索贿一节：

> （秦昭）王母宣太后，楚女也。楚怀王怨前秦败楚于丹阳而韩不救，乃以兵围韩雍氏，韩使公仲侈告急于秦。秦昭王新立，太后楚人，不肯救。

这么看来，韩使纷至沓来，皆因宣太后一点私心，偏袒娘家楚国，而均致无功而返。但据《战国策》，宣太后其实利欲熏心，为了索贿，娘家也是可以不顾的。《太平御览》卷三百二十五引《战国策》，有尚靳回韩国复命后，韩襄王"赂于太后"事，为今本《战国策》所无，则宣太后果然索贿成功。看来是先搞定了宣太后以后，才轮得到甘茂来发挥作用的。

宣太后的这一索贿行径，让人想起了另一位母后。马其顿国王亚历山大的母亲，竟趁儿子东征西讨，事业发达，要敲儿子一记竹杠，理由是自己当年怀孕时，曾吃了十个月的苦头。"于是，关于亚历山大的母亲的所作所为，就有许多流言蜚语，说亚历山大偶尔曾说过这么一句话：他母亲说因为怀了他十个月，硬要他拿出一大笔钱作为代价。"①一位问儿子讨怀孕辛苦费，一位为索贿不顾娘家安危，在爱财如命上，两位母后可真是异曲同工啊！

关于《史记》不载宣太后索贿事，今人范祥雍推测道："《甘茂传》不载尚靳使秦事，史迁殆以其秽而删之与？"②然而，焉知不是因为司马迁后来成了刑余之人，再也不能贡献"一个男人身体的重量"于女人，欲"秽"而不能，因触目惊心而刻意回避了宣太后的奇葩之言呢？这些大概都只有起司马迁于地下才能知道了。而司马迁之后，各种后起的史书，沿袭《史记》的做法，大都不载此事，或也"以其秽"欤？

论者一般以为，宣太后首开历史上两个先例：始称"太后"之号，始以母后临政。但历来的文人雅士(主要是男性吧)，大概更受不了宣太后的任性，尤其是她的上述奇葩之言：

---

① 阿里安《亚历山大远征记》，李活译，北京，商务印书馆，1985年，第239页。
② 范祥雍《战国策笺证》，上海，上海古籍出版社，2006年，下册，第1542页。

> 宣太后之言污鄙甚矣！以爱魏丑夫欲使为殉观之，则此言不以为耻，可知秦母后之恶有自来矣。（元吴师道《战国策校注》）

> 此等淫亵语，出于妇人之口，入于使者之耳，载于国史之笔，皆大奇。（清王士祯《池北偶谈》卷二十一谈异二"秦宣太后晏子语"条）

让吴师道感叹"秦母后之恶有自来矣"的，大概是后来秦始皇的母亲赵太后。秦国乃至当时的后妃，其强悍绝不亚于男人，以房事打个通俗易懂的比方，对她们来说又算得了什么呢，就把天下古今的男人吓成这样！可贵的是《战国策》（及其前身）竟然留下了这样的记录，也难得整理之的刘向竟然没有把它们删除，此正如王士祯所言"皆大奇"也。

不过，过去除了道德判断之外，也有从虚构角度看待此事的：

> 当时引喻如此类甚多，取其机相发而已。若此说则甚无耻，宣后即淫佚，语镟括其词以丑之。（明归有光语①）

> 宣太后之行，国人知之，异国人皆知之。当时执管

---

① 范祥雍《战国策笺证》引，下册，第1542页。

之士，因有此事，故作此言，用相调笑云耳。史家增饰
之辞，美恶皆有之，后人或泥其一两言，以议当时之是
非得失，其不为咸丘高叟者几希矣。《国策》非实录之比，
尤不足据。（清焦袁熹《此木轩杂著》卷六"秦宣太后
语"条 ①）

也就是说，他们认为，整个宣太后的话，都是执笔者杜撰的，
是"史家增饰之辞"，亦即现今所谓"黄段子"，意在丑化、
调笑宣太后，读者不可太过认真。但像宣太后这样的奇葩
之言，非女人亲历者不能道，又绝不是男人所能代言的。

现代学者讲究知人论世，认为当时人说话本来如此，看
法或许更合理一些：

这话更是赤裸裸的，简直是不顾羞耻的。这样的言
语在《国语》《左传》里是不可能写的。其所以见于《战
国策》，也并非编者所能杜撰，而是这时的人君，包括太后，
已经不似两周贵族那样温文尔雅，他们说话就是这样无
所顾忌的。因此，书中记述这些言论的时候，也就别开
生面，前所未有。②

---

① 诸祖耿《战国策集注汇考（增补本）》亦引之，南京，凤凰出版社，2008 年，
下册，第 1414 页。
② 郭预衡《中国散文史》上册，上海，上海古籍出版社，1986 年，第 110 页。

这也成了《战国策》的特色之一。其实，如果更多一点这种"赤裸裸的""不顾羞耻的"大实话，那么中国的史书无疑会有趣得多。①

此外，难得也有人轻松看待此事：

> 当时游士皆妾妇之道，而宣后又滑稽之雄。（清程蘷初《战国策集注》②）

从宣太后的发言里看出了幽默，从她的为人里看到了可爱，放在传统评价里，这个看法就算是最好的了。又，游士而雌，宣后而雄，反串对比也颇堪发噱。

宣太后死于前265年十月，说了那番奇葩之言后，整整又过了四十二年。其间她不会少了情人，也不会让自己闲着，

---

① 况周颐《蕙风簃二笔》卷一举《战国策》此条、《后汉书·襄楷传》李贤注引《太平经·兴帝王篇》言广嗣之术、《唐书·朱敬则传》上书谏武后内宠等三条，为亵语入正史三例。钱锺书《管锥编》举之，又补以《汉书·匈奴传》匈奴冒顿《遗高后谩书》、《金史·后妃传》海陵怒诟莎里古真语二例（北京，中华书局，1979年，第三册，第966—967页）。然况周颐所举三例，《战国策》原非"正史"，新旧《唐书·朱敬则传》无上书谏武后内宠事及亵语，惟《后汉书·襄楷传》李贤注引《太平经·兴帝王篇》言广嗣之术稍当之："如令施其人欲生也，开其玉户，施种于中，比若春种于地也，十十相应和而生。"而钱锺书所举二例则庶几真亵语，冒顿则曰："陛下独立，孤偾独居。两主不乐，无以自虞。愿以所有，易其所无。"（钱锺书谓："'所无'、'所有'亦稍媟媟语，指牝牡。"）海陵则曰："尔爱娱乐，有丰富伟岸过于我者乎？"与宣太后语差可鼎足而三也。而出诸女性之口者，则更仅宣太后一例。

② 程蘷初《战国策集注》，上海，上海古籍出版社，2013年，第290页。

她的行事同样奇葩无比。比如，她曾与匈奴义渠王私通，生下两个孩子；而后又为了国家利益，把情人"诱而杀之"：

> 秦昭王时，义渠戎王与宣太后乱，有二子。宣太后诈而杀义渠戎王于甘泉，遂起兵伐残义渠。于是秦有陇西、北地、上郡，筑长城以拒胡。（《史记·匈奴列传》）

宣太后此事，后来被司马光简化为"昭王之时，宣太后诱义渠王，杀诸甘泉"（《资治通鉴》卷六《秦纪》一"始皇帝三年"），突出了宣太后私通行为的目的性和功利性。郑樵则进一步落实了两个细节：义渠王私通宣太后，是在秦昭王立、其"朝秦"时；而宣太后诱杀义渠王，则是在整整三十五年后，其时她已年近古稀了："及昭王立（前306），义渠王朝秦，遂与昭王母宣太后通，生二子。至赧王四十三年（前272），宣太后诱杀义渠王于甘泉宫，因起兵灭之，始置陇西、北地、上郡焉。"（《通志》卷一百九十五《四夷传》第二《西戎上·西羌序略》）。在史家的寥寥数语中，隐藏着怎样一个波澜起伏、荡气回肠的故事啊！

除了揭秘"妾事先王"之宫闱秘事外，宣太后另一件让人（吴师道）不耻之事，是她的"爱魏丑夫欲使为殉"，此事同样载于《战国策》：

> 秦宣太后爱魏丑夫。太后病将死，出令曰："为我葬，

必以魏子为殉。"魏子患之。庸芮为魏子说太后曰:"以死者为有知乎?"太后曰:"无知也。"曰:"若太后之神灵明知死者之无知矣,何为空以生所爱葬于无知之死人哉?若死者有知,先王积怒之日久矣,太后救过不赡,何暇乃私魏丑夫乎?"太后曰:"善。"乃止。(《秦二·秦宣太后爱魏丑夫》)

宣太后最后的情人是魏丑夫,爱到要让他为自己殉葬——历来只有男人以女人殉葬的,没有女人以男人殉葬的,宣太后又是要别开生面了!宣太后情到深处,大概真如汤显祖《牡丹亭题词》所言,"生者可以死,死可以生";只是魏丑夫对此并不认同,因为他对前者深感恐惧,对后者则毫无信心。当然,庸芮的两面说辞能够击中要害,宣太后的从谏如流也颇为可爱,[①]只有魏丑夫的那身冷汗令人同情。又,据说"丑夫"不是真名,而是秦人给起的外号,表示谴责丑闻的意思,想来本人应该十分威猛俊朗,否则宣太后不会爱成那样。又,"丑夫"从字面上、本事上来说,与莫泊桑笔下的"俊友"(Bel-Ami)堪称绝对,特推荐给旧体诗爱好者。宣太后当时已经年逾古稀了,还能爱得这般死去活来(替丑夫想想也真

[①] 后来东汉的王充,也同意宣太后的"死者无知"说,其《论衡·论死篇》云:"妒妇媢妻,同室并处,淫乱失行,忿怒斗讼。夫死妻更嫁,妻死夫更娶,以有知验之,宜大忿怒;今夫妻死者寂寞无声,更嫁娶者平忽无祸,无知之验也。"看来宣太后可以放过丑夫,而安心地去见先王了。

不容易），老少恋绝不逊色于今贤杜拉斯。"先王积怒之日久矣"，堪称宣太后风流一生的写照和总结。

回到本文开头。米兰·昆德拉的发言显得如此浪漫，"总渴望承受一个男人身体重量的女人"，成了爱情诗歌中的女神，既让人想入非非，又成为天经地义；然而二千三百多年前，宣太后表述了同样的意思，却被批评为"淫亵""污鄙""无耻"，最好也不过是一个"滑稽"。两相比对，其中消息意味深长，不免让人兴味津津。

据说表现宣太后生平的电视剧《芈月传》即将播映，不知其中会如何表现今人对宣太后的观感？

2015 年 6 月 28 日

（原载 2015 年 9 月 20 日《新民晚报》"国学论谭"版，续有增补。）

"春申君相楚"与"经理切火鸡"

春申君相楚

春申君黄歇（前314—前238），著名的"战国四君子"之一，吴中及上海地区早期的统治者，《史记》中有其列传。但其列传的写法颇为奇特，即在其开始"相楚"（前262年）以后，转为类似"编年体"的写法；而更为奇特的是，虽然其"相楚"与楚考烈王在位起讫同时，但其列传中"编年体"的纪年，却并不采用考烈王的纪年，而是用其"相楚"来纪年。于是，我们就看见了满目的"春申君为楚相四年……五年……春申君相楚八年……春申君相十四年……春申君相二十二年……春申君相二十五年……"（以下引文除标示者外，均出于《春申君列传》），这是《史记》其他列传中所没有的。即使同为"战国四君子"的其他三君子的列传，也并未采用这种"编年体"，更不要说采用这种纪年法了（除信陵君不曾相魏外，孟尝君曾相齐，平原君曾相赵，但皆不闻有纪年之事）。①

---

① 在古罗马倒是有相似的做法，除了以传说中的罗马建城之年（前753年）纪年以外，还以当年担任执政官的人名纪年，如"某某某任执政官那年"之类（参见凯撒《高卢战记》等），与春申君"相楚"纪年异曲同工。

　　春申君与楚考烈王的关系，颇似吕不韦与秦庄襄王的（所以在《春申君列传》中，对照着写吕不韦的兴废，以为春申君事迹的呼应）。在考烈王尚为太子时，时任左徒的春申君，与他一起入秦为人质，在秦同甘苦共患难。当顷襄王病重时，春申君不顾个人安危，帮助太子先逃离秦，而后自己又机智脱身。顷襄王死后，他辅佐太子即位，是为考烈王。考烈王为报答他，即位伊始，便以他为相（令尹），并封为春申君。他跟吕不韦一样，终于"投机"成功。他刚为相时，"是时楚益弱"（《楚世家》）；而他为相不到十年，"当是时，楚复强"，颇有中兴气象。但同时，他也"方争下士，招致宾客，以相倾夺，辅国持权"（荀子于春申君之"巧宦"颇为洞达，见《战国策·楚四》"客说春申君"条），所以朱英要对他说："君相楚二十余年矣，虽名相国，实楚王也！"

　　不过，虽然考烈王形同虚设，春申君"实楚王也"，但无论如何，《春申君列传》不用考烈王纪年，而用"春申君相楚"纪年，这都有点说不过去，至少是很不得体的，颇有点"君不君，臣不臣"的可疑味道。"建号纪年，天子之事；诸侯而僭之，越礼犯分莫甚焉！"（林象德《东史会纲》卷二）倘依此说，则用"春申君相楚"纪年，是僭之又僭了。

　　但这种"春申君相楚"纪年法，其实并非出于司马迁的手笔，而是应当有别的史料来源。《春申君列传》的"楚考烈王无子"以下，基本同于《战国策·楚四》的同名条；而在《战国策》的该条中，也明白无误地出现了"春申君相楚二十五年"，与《春申君列传》的"春申君相二十五年"相同——可见它们有共同的史料来源。由此类推，既然此条（包括纪年）有别的史料来源，那么，《春申君列传》中其他"春申君相楚"的纪年条目，虽然在现在的《战国策》里没有对应物，但也应有类似的史料来源。

我们大胆推测，《春申君列传》及《战国策》所共同取材的原始史料，很有可能即出自春申君的宾客们之手。"春申君相楚"纪年法的应用范围，应该是在楚国的境内，尤其是在春申君的封地里，更有可能是在他的宾客们中间。他们采用"春申君相楚"纪年法，以拍春申君的马屁，彰显春申君的重要性；同时，他们不用考烈王纪年，也是考烈王形同虚设、春申君"实楚王也"的表征。如果真是这样，那么比起其他三君子的宾客来，春申君的宾客实在是"有为"多了（盖因春申君待宾客甚厚，"春申君客三千余人，其上客皆蹑珠履"）。

我们还可以追问，在《春申君列传》里，虽非出于司马迁的手笔，但保留了"春申君相楚"纪年法，那么，司马迁是否别有用意？是否用了"春秋笔法"（暗示春申君擅权，是实际的国君）？"太史公曰：吾适楚，观春申君故城，宫室盛矣哉！"这种来自实地实感的冲击力，对他是否也不无刺激作用？这些都是值得进一步思考和探索的。

经理切火鸡

在普鲁斯特的《追忆似水年华》里，有一个"经理切火鸡"的搞笑情节，对理解"春申君相楚"纪年法也许不无参考意义。话说在"我"入住的巴尔贝克大旅馆里，经理可是一个了不得的大人物。有一天，他竟然亲自动手切火鸡了！于是无论在他自己，还是在其伙计们中间，这都成了一件盘古开天辟地般的大事：

> 一天，他亲自动手切火鸡……打这一天起，历法变了，人们这样计算："那是我亲自切火鸡那天的第二天。""那正好是经理亲自切火鸡八天以后。"就这样，这次火鸡解剖就成了与众不同历法的新纪元，好像是基督诞辰，或是伊斯兰教历纪元，但它却不具有公元或伊斯兰教历的外延，也不能与它们的经久实用相提并论。（第四卷《索多姆和戈摩尔》第二部第三章）

普氏的夸张和比较实在让人忍俊不禁。粗看起来，他的比较好像极为荒唐，但普氏当然别有用意。普氏视隐喻为揭示事物本质的不二法门，并且主张隐喻双方相距越远越好。创造种种异想天开的隐喻，一向是普氏的拿手好戏。在"经理切火鸡"的场合，他把"经理切火鸡"上升为"新纪元"，一边固然是强调、夸张、讽刺经理的自恋以及此举在巴尔贝克大旅馆范围内的"重要性",一边也是顺带暗示、反讽、祛魅基督教等宗教的创立纪元也不过相当于更大时空范围内的"经理切火鸡"而已!(可别忘了普鲁斯特生活在尼采宣布"上帝死了"的时代,他的同胞勒南的《耶稣传》刚把耶稣还原为凡人……)一道智慧之光就这样照亮了本来毫不相干的两个事物,在二者间建立了典型的普式联系,让读者对二者都有了新的认识,取得了一加一大于二的效果(这其实也正是比较文学的不二法门)。

我觉得,唯其因为夸张得荒唐可笑,所以理解了"经理切火鸡",也就理解了"春申君相楚",骨子里它们没有什么不同,具有同样的功能和意义——无论对于春申君本人,还是对于他的宾客们,"相楚"都是一件了不得的大事,是值得上升到"新纪元"高度的——这个正如"经理切火鸡"一般了。

其实,了解欧美习俗的人都会知道,"切火鸡"也绝非那么容易的:操刀者既须是座中之尊者(类"祭酒"),切得均匀也绝对是个技术活,分配部位则更是权威的象征。如萨克雷的《名利场》里,利蓓加·夏泼小姐说话得体,会得做人,得了丈夫的哥哥毕脱爵士的欢心:"他对蓓基实在满意,葬礼完毕以后第三天,全家在一起吃饭,毕脱·克劳莱爵士坐在饭桌的主位上切鸡,竟对罗登太太说:'呃哼嗨!利蓓加,我给你切个翅膀好吗?'利蓓加一听这话,高兴得眼睛都亮了。"(第四十一章《蓓基重回老家》)——但我不太明白翅膀在火鸡身上属于什么级别的部位，就让夏泼小姐高兴成那样？陈平年轻时为社宰，分祭肉分得均匀，乡亲们都摆得平，遂视"天下"亦为"肉"，自认有"宰天下"之才，后来果然做到了大汉丞相。"方其割肉俎上之时，其意固已远矣！"（《史记·陈丞相世家》）——焉知善于"切火鸡"的经理，就没有"切法国"的"远意"呢？

时间的秩序

推而广之，纪年法的重要性不言而喻，它其实是一种"时间的主权"，一种"时间的话语权"，目的是建立一种"时间的秩序"。大至宗教上的纪元（如基督教纪元，亦即所谓的"西元""公元"，又如犹太教纪元、佛教纪元、伊斯兰教纪元），君主登基后的改元，附庸国用宗主国纪元……小至一个人的生日和年纪等等，其实无不是纪年法的应用（人的年纪又可称"春秋"，如潘岳《秋兴赋并序》开头的"晋十有四年，余春秋三十有二，始见二毛"，足以说明问题了）。新时代尤其需要新纪元，正如阿尔巴尼亚作家卡达莱所说："另一个制度，制度改变时，这是常有的事。第一天，通常，人们把它叫做零日。然后，开始计数：一、二、四，以此类推……在所有的新表达中，最常见的跟时间有关。人们把这一时间叫做新时代。"（《错宴》）新中国建立伊始，胡风心潮澎湃，写长诗《时间开始了》，表示老皇历作废，新纪元开始，活用纪年法，推陈而出新，以站稳立场，歌功颂德——尽管新中国采用"公元"，并未建年号与纪元；尽管对于胡风自己来说，"时间"不久就要结束了。

　　各种纪年法的唯一区别，正如普氏所说，只是适用范围有大小，使用时间有长短而已。比如宗教纪元适用于悠久广大的时空，"春申君相楚"纪元适用于其宾客、封地乃至楚国，"经理切火鸡"纪元适用于巴尔贝克大旅馆……而一个人的生日和年纪，大概只对他的亲人才重要。对于恋爱中的男女来说，如果忘记了对方的生日，尤其是忘记了女方的生日，那后果会有多么严重，相信大家都一清二楚。这是因为，通过记住对方的生日，你就进入了对方的时间秩序，表示了无条件的臣服；而忘记生日则意味着"不臣"。"没有天哪有地，没有地哪有家，没有家哪有你，没有你哪有我……"《酒干倘卖无》的这几句歌词，也可以从这个角度去理解——对方的生日，或者你们相识的日子，就是你的新纪元，"时间开始了"！就像乔治·艾略特的《弗洛斯河上的磨坊》里，写麦琪有一次到姑姑家小住，在她那些表兄弟们眼里，她简直美若天仙，如同仙女下凡，于是她到来的那一天，就被看作新纪元的开始——以"知慕少艾"为纪年法，比"切火鸡""相楚"纪年法有趣多了！

2014 年 7 月 30 日

（原载 2015 年 3 月 22 日《新民晚报》"国学论谭"版，续有增补。）

助皇后悲哀

在汉初历史上，汉文帝窦皇后一家的经历绝对是个传奇。且不说窦皇后饱受命运的播弄，却阴差阳错地做成了皇后，只说窦皇后的弟弟窦广国，四五岁时成了被拐卖儿童，且连续被转卖了十几家，基本上过的是奴隶生活。后来辗转来到长安，听说新皇后姓窦氏，老家在观津，正巧这两点他还记得，便上书要求认阿姐。《史记·外戚世家》记姐弟重逢事，极为生动感人。因为姐弟俩自幼失散，如今相貌已依稀难辨，故汉文帝反复询问窦广国，以免有人冒名顶替（此类事历史上极多，故不得不防也）。窦广国以一个不为人知的细节，最终证明了自己的身份，赢得了汉文帝与窦皇后的信任：

窦皇后言之于文帝，召见，问之，具言其故，果是。又复问他何以为验？对曰："姊去我西时，与我决于传舍中，丐沐沐我，请食饭我，乃去。"于是窦后持之而泣，泣涕交横下。侍御左右皆伏地泣，助皇后悲哀。

对《史记》中的这个细节，林琴南竭力称道，并发挥想象，以小说家（或翻译家）的手笔，生动描摹其情状道：

> 呜呼！史公之写物情，挚矣！今试瞑目思窦姬在行时，迫将入代（毅平按：应是入宫，入代尚在其后），而稚弟恋姊如母，依依旅灯明灭之中，囚首丧面。窦姬知此行定无可相见之期，计一身与稚弟相聚一晷刻间，即当尽一晷刻手足之谊，不能不向从者丐沐而请食。下一"丐"字、"请"字，可见杂沓之中，车马已驾，纷纷且行，窦广国身随其姊在行中，直一赘旒，不丐且不得沐，不请且不得食。沐已饭已，匆匆登车，亦不计弟之何属。此在情事中特一毫末耳，而施之文中，觉窦皇后之深情，窦广国身世之落漠，寥寥数语，而惨状悲怀，已尽呈纸上。（《春觉斋论文·述旨三》）

林琴南非常重视细节在文章中的作用，也因此而能发人之所未发，看到那些历来被忽视的细节，对《史记》文章的价值作出新的判断。尤其是他对欧阳修《泷冈阡表》、归有光《项脊轩记》的评价："琐琐屑屑，均家常之语，乃至百读不厌，斯亦奇矣！"（同上）更是承袭他对《史记》的上述看法而来，成为表扬二文的最著名评价之一（不过，林琴南的立论与评价虽极有见地，其前提却是出于对王充《论衡》的误读，他把《论衡·自纪篇》的"调辞以务似者失情"，读成了"调辞以务似者生情"，把王充本来对于模拟的批评之意，读成了"且'似'字亦非貌似之谓，直当时曲有此情事，登之文字之中而肖耳"。这实在是一种"郢书燕说"，却"歪打正着"，成为其肯定三家文的依据，也是一件饶有意思的事情）。

不过，他评价"侍御左右皆伏地泣，助皇后悲哀"一语，仅从"风趣"着眼，却似乎又失诸浅：

> 悲哀宁能助耶？然舍却"助"字，又似无字可以替换。苟令窦皇后见之，思及"助"字之妙，亦且破涕为笑。求风趣者，能从此处着眼，方得真相。（《春觉斋论文·应知八则·风趣》）

"风趣"则果然风趣矣，但若仔细品味这句粗看起来像是闲笔的话，是足可以品出《史记》所特有的看透人情世故、世态炎凉的苍凉的。一个"助"字，是何等的神来之笔呵，又岂止是一个"风趣"所能了得！①

后来能得此类表现之神髓的，大概还得数《儒林外史》。如第四回《荐亡斋和尚吃官司　打秋风乡绅遭横事》，写范进中了举，范老太太欢喜得痰迷心窍，一命归天。范家操办

---

① 鲁迅的第一篇小说《怀旧》（1912年），写"吾"之业师秃先生，为芜市"第一智者"，在当地甚有人望。"秃先生大笑，似自嘲前此仓皇之愚，且嗤难民之不足惧。众亦笑，则见秃先生笑，故助笑耳。""助笑"之于"助悲"，或为祖构，或为冥契，可谓异曲同工。

丧事，众人各司其职，忙忙碌碌，只有丈人胡老爹多余，"上不得台盘，只好在厨房里，或女儿房里，帮着量白布，秤肉，乱窜"。"乱窜"虽然"吃相难看"，但好歹也算是在"助悲"，是做给新科举人女婿老爷看的，也是给母以子贵的范老太太的面子。

又如第十五回《葬神仙马秀才送丧　思父母匡童生尽孝》，写自称活了三百多岁的"活神仙"洪憨仙"忽然又死起来"，其家人操办丧事，上上下下忙得不亦乐乎，却也各司其职，职责分明："儿子守着哭泣，侄子上街买棺材，女婿无事，同马二先生到间壁茶馆里谈谈。"洪憨仙左右不过是个江湖骗子，所以一旦"死起来"，做女婿的也是可以"无事"，而不必"助悲"的。

古人行文，常讲究"春秋笔法"。但"助悲"也好，"乱窜"也好，"无事"也好，既可以说与"春秋笔法"精神相通，又岂止是"春秋笔法"所能涵盖的！

（原载 2014 年 9 月 7 日《新民晚报》"国学论谭"版，笔名"胡言"。）

《兰亭集序》与《兰亭记》：
对时间的永恒焦虑

　　王羲之（303—379）的《兰亭集序》（353），是对中国人人生观、生死观最透彻的言说，也是中国人人生智慧的最集中表现，与之相比，一切其他的类似言说都显得过于肤浅。同时，它又是中国文章中的最佳美文之一，正如文徵明（1470—1559）的《重修兰亭记》（1549）所言："然而文翰之美，自兹以还，亦未见的然有以过之者。"且看其中的一段：

　　　　夫人之相与，俯仰一世，或取诸怀抱，悟言一室之内，
　　或因寄所托，放浪形骸之外。虽趣舍万殊，静躁不同，当
　　其欣于所遇，暂得于己，快然自足，不知老之将至。及其
　　所之既倦，情随事迁，感慨系之矣。向之所欣，俯仰之间，
　　已为陈迹。犹不能不以之兴怀。况修短随化，终期于尽。
　　古人云："死生亦大矣。"岂不痛哉！每览昔人兴感之由，
　　若合一契，未尝不临文嗟悼，不能喻之于怀。固知一死生为
　　虚诞，齐彭殇为妄作。后之视今，亦犹今之视昔，悲夫！①

---

① 选自《晋书·王羲之传》，中华书局标点本，与其他版本文字略有不同。

　　虽然人们的生活方式各各不同，但当他们追求自己的梦想时，皆不易觉察时光飞逝，老之将至；可是回首往事，当年曾那样魂牵梦萦、全力以赴的事情，转瞬间都成了过眼烟云，失去了动人心魄的魅力；然而明知一切都是瞬息，一切都会过去，一切了无意义，却还是不能不靠它们来舒展怀抱，打发岁月；生命长短取决于自然，总有一天是要结束的，就像古人说的，"死生是件大事"，每想到这件事情，能不痛彻心肺吗？——短短的一段话中，意思转了好几层，把人生的各个阶段，人心的各种曲折，都一一说尽了。

　　后人于《兰亭集序》各有会心，但我以为，明人袁宏道（1568—1610）的《兰亭记》（1597）所论，发挥《兰亭集序》此段宗旨最为融洽：

　　　　古今文士爱念光景，未尝不感叹于死生之际。故或登高临水，悲陵谷之不长；花晨月夕，嗟露电之易逝。虽当快心适志之时，常若有一段隐忧埋伏胸中，世间功名富贵举不足以消其牢骚不平之气。于是卑者或纵情曲蘖，极意声伎；高者或托为文章声歌，以求不朽；或究心仙佛与夫飞升坐化之术。其事不同，其贪生畏死之心一也。独庸夫俗子，耽心势利，不信眼前有死。而一种腐儒，为道理所锢，亦云："死即死耳，何畏之有！"此其人皆庸下之极，无足言者！夫蒙庄达士，寄喻于藏山；尼父圣人，兴叹于逝水。死如不可畏，圣贤亦何贵于闻道哉？

简言之，上至圣贤，下至百姓，凡是"正常"的人，都"贪生畏死"，只有"庸夫俗子"和"腐儒"例外——前者因为"耽心势利"，所以"不信眼前有死"；后者因"为道理所锢"，所以也"无知者无畏"，硬装出不怕死的样子。袁宏道一言以斥之曰："此其人皆庸下之极，无足言者！"——时贤或有读不懂《兰亭集序》，却耍贫嘴称之为"敷粉男人们兴奋伤时的文字秀"者，恐怕也正可归入袁宏道所斥者之列。

日本兼好法师（约1283—1352后）的《徒然草》（约1329—1339）中说："老死之来也甚速，念念之间不停。等待老死期间有何可乐？惑者不畏老死而溺于名利，不见死期已近故也。"（第七十四段）意思与袁宏道《兰亭记》差相仿佛，"不畏老死而溺于名利"的"惑者"，也正是《兰亭记》所斥之"庸夫俗子"。但兼好法师接着又说："愚人则又以老死为可悲，而妄图常住此世，是不知变化之理故也。"则与《兰亭记》又有佛、儒、道立场之别矣。

《兰亭集序》与《兰亭记》所关注的，其实是人的时间意识问题。时间意识既是人所独有的痛苦的根源，也是一切文学、艺术、文化的原点。像普鲁斯特的《追忆似水年华》，就是以时间意识为主题的名著。《兰亭集序》和《兰亭记》都主张，人要直面时间意识，不要回避也不要无视。但也正因为如此，痛苦也就无可解脱。

与《兰亭集序》和《兰亭记》相反的，则是劝人应该摆脱时间意识的主张，如经常可以听到的"活在当下"的建议。

因为只关注当下的存在，摆脱了时间意识的纠缠，人也就解脱了痛苦。德国人托利所著畅销书《当下的力量》告诉我们，时间一点也不珍贵，因为它仅是一种幻象，只要通过对当下的臣服，就能解脱痛苦，进入内心的平和世界。该书之所以畅销并被译成多种文字，恰恰说明时间意识是多么地困扰着人们，大家都一直生活在对时间的永恒焦虑之中。

但这种摆脱时间意识的主张，也有一个回避不了的问题，那就是"人非木石皆有情"，人不可能像动植物一样生存。芥川龙之介（1892—1927）说得好：

> 小泉八云曾经说过与其做人，他更愿意做蝴蝶。说起蝴蝶来——那么你看看那蚂蚁吧！如果幸福仅仅是指没有痛苦的话，那么蚂蚁也许比我们幸福。但是我们人懂得蚂蚁所不懂得的快乐。蚂蚁可能没有由于难产和失恋而自杀之患，然而，会和我们一样有欢乐的希望吗？我现在仍然记得，在月亮微露的洛阳旧都，对李太白的诗连一行也不懂的无数蚂蚁真是可怜啊！（《侏儒的话·某自卫团员的话》）

蚂蚁、蝴蝶"活在当下"，当然没有时间意识，也没有由此而生的痛苦，但也不会有人所独有的快乐。时间带来了绝望，同时也带来了希望。"绝望之为虚妄，正与希望相同。"（鲁迅《野草·希望》《南腔北调集·〈自选集〉自序》引匈牙利诗人裴多菲 1847 年 7 月 17 日致友人凯雷尼·弗里杰什信中的话）更重要的是，如果没有了时间意识，一切文学、艺术、文化也将不复存在。对于人来说，为了解脱痛苦，我们愿意支付这种代价吗？这种代价是否过于昂贵呢？

另外，要说"活在当下"，《兰亭记》所讽刺的"耽心势利，不信眼前有死"的"庸夫俗子"，《徒然草》所讽刺的"不畏老死而溺于名利"的"惑者"，以至历史上现实中滔滔皆是、一心捞钱的贪官污吏，倒正可以说是"活在当下"的，但他们可能成为一种好的榜样吗？

说到底，这仍然是一个选择的问题。人可以像《兰亭集序》《兰亭记》等那样，选择对于时间的痛苦而清醒的意识；也可以像《当下的力量》劝告的那样，通过对于当下的臣服而摆脱时间意识。但大多数人实际上更可能做的，则是在这两种主张之间犹疑徘徊。

《兰亭集序》为千古名文，但历来也不无争议，有人因《文选》未收，而质疑其可靠性。但袁宏道《兰亭记》所论，已足以破除一切疑惑：

> 羲之《兰亭记》，于死生之际，感叹尤深。晋人文字，如此者不可多得。昭明《文选》独遗此篇，而后世学语之流，遂致疑于"丝竹管弦""天朗气清"之语。此等俱无关文理，不知于文何病？昭明，文人之腐者，观其以《闲情赋》为"白璧微瑕"，其陋可知。夫世果有不好色之人哉？若果有

不好色之人，尼父亦不必借之以明不欺矣！

昭明太子萧统选编《文选》，连陶渊明的《闲情赋》都不收，还要批评它是作者的"白璧微瑕"，由此也可见其文学趣味之迂腐了。故其不收《兰亭集序》，也自是题中应有之义，袁宏道所论极有说服力。稍后于袁宏道，晚明的钱谦益也曾质疑萧统的说法："'白璧微瑕，惟在《闲情》一赋。'其然岂其然乎！"（《列朝诗集》乙集第五《李布政祯》）

2009 年 2 月 23 日写，2010 年 1 月 23 日改

（原载 2010 年 2 月 28 日《新民晚报》"国学论谭"版，续有修改。）

《兰亭集序》与"曲水流觞"：
东亚共同的文学仪式

> 永和九年，岁在癸丑（353），暮春之初，会于会稽山阴之兰亭，修禊事也。群贤毕至，少长咸集。此地有崇山峻岭，茂林修竹，又有清流激湍，映带左右，引以为流觞曲水，列坐其次。虽无丝竹管弦之盛，一觞一咏，亦足以畅叙幽情。是日也，天朗气清，惠风和畅，仰观宇宙之大，俯察品类之盛，所以游目骋怀，足以极视听之娱，信可乐也。

这是王羲之《兰亭集序》的开头一段，介绍了当年兰亭之会的情况，其时间、地点、景物、天气、人物、目的、内容、心情……《兰亭集序》文书双绝，名闻遐迩；"兰亭之会""曲水流觞"，已成为文人雅集的代名词。

晋室南渡之前，中国文化的中心在北方，文学多表现北方的风物。晋室南渡以后，江南美丽的山水自然，开始映入文人们的眼帘。"从山阴道上行，山川自相映发，使人应接不暇。若秋冬之际，尤难为怀。""千岩竞秀，万壑争流，草木蒙笼其上，若云兴霞蔚。"（《世说新语·言语篇》）

正因为"会稽有佳山水",所以"名士多居之"(《晋书·王羲之传》)。"有崇山峻岭,茂林修竹,又有清流激湍,映带左右"的兰亭(因曾经是越王勾践的植兰之地,汉代又于此设置驿亭而得名),也因而成为东晋文人雅集的首选之地。而且据郦道元《水经注》说,王羲之、谢安兄弟是常去那儿的。

当然,现在我们所见到的兰亭(在绍兴西南兰渚山下),已非王羲之当时的兰亭。其实早在四百余年前,明人袁宏道即已致疑:"兰亭在乱山中,涧水弯环诘曲,意古人流觞之地即在于此。今择平地砌小渠为之,与人家园亭中物何异哉!"(《兰亭记》)其后明末张岱也说:"旧日兰亭与天章古寺,元末火焚,基址尽失。今之所谓兰亭者,乃永乐二十七年(毅平按:永乐仅二十二年,此有误),郡伯沈公择地建造。"(《古兰亭辨》)而且,即在东晋时,兰亭就已经数度易地重建。现在要找到王羲之当时的兰亭,大概已经是不可能的了。不过,兰亭的确切位置其实并不重要,重要的是其所具有的文化象征意义。

暮春时节去水边沐浴盥洗以祓除不祥,这种祭礼性活动始于先秦时期的郑国,《诗经》的《郑风·溱洧》写的就是这种活动。从汉代开始,它渐渐地增加了游乐性,宴饮则为其主要内容。光喝酒自然闷得慌,于是加上各种活动,如唱歌、清谈、评论……到了晋代,又开始"曲水流觞",也就是在一条高低错落、回环曲折的水渠中,让酒觞自由漂流,岸边之人随意取饮。在"曲水流觞"时，明确有作诗的，以现存文献为限，则始于353年的此次兰亭之会。也就是说，此次兰亭之会，在"一觞"之外又加上了"一咏"，是为创意。至宋、齐而此风大盛。

而此次兰亭之会上所咏诗歌，已多关于山水自然的描写。可见"一觞"之外"一咏"的加入，又确与江南风物的刺激不无关系。

原来的"一觞一咏"，能饮则饮，能咏则咏，虽然不能咏者要罚酒三觚，但是重在"畅叙幽情"，应该都是随心所欲的；而不会像今天的假复古，击鼓传花似的，酒觞停在谁面前，谁就得作诗。

据文献记载，此次兰亭之会，参加者共四十一人（唐宋以后说四十二人），成诗二首者十一人，成诗一首者十五人，诗不成者十五人（唐宋以后说十六人），可见文学水平高中低者各占三分之一。会后把各人的诗作汇聚在一起，由王羲之作序述事情之始末，遂有了名文《兰亭集序》。

在抒发了一通人生苦短、生命无常的感慨之后，王羲之将此次兰亭之会置于历史长河中来定位：

> 每览昔人兴感之由，若合一契，未尝不临文嗟悼，不能喻之于怀。固知一死生为虚诞，齐彭殇为妄作。后之视今，亦犹今之视昔，悲夫！故列叙时人，录其所述，虽世殊事异，所以兴怀，其致一也，后之览者，

亦将有感于斯文。

353年暮春的这次兰亭之会，如果没有作诗活动，没有这篇《兰亭集序》，也许不过是一次普通的聚会；但是，有了作诗活动，有了这篇《兰亭集序》，情况就完全不一样了，它竟然成了一件文坛盛事，成了中国文化的一个象征符号。后来，不仅在中国，而且在东亚汉文化圈各国，都无不知晓此次兰亭之会。借助王羲之《兰亭集序》的力量，此次兰亭之会的巨大影响，早已超越了时代和国界——"后之览者"不限于中国，也不限于一时，且不是一般地"有感于斯文"！

在中国，后世以此次兰亭之会为范，每逢三月三日①举行曲水宴，大都"间以文咏"。《文选》卷四十六收入的两篇《三月三日曲水诗序》（颜延之、王融），便是其痕迹一二。前些年于桂林出土的一大型石刻证明，"曲水流觞"至南宋时依然盛行。

在朝鲜半岛，在新罗古都庆州的郊外，也留存有"曲水流觞"的遗迹"鲍石亭"。虽然现在所能看到的，只是在参

---

① "三月三日"是从"三月上巳"变来的，原来是在三月第一个巳日，大约从魏晋时起固定为三月三日。《晋书·礼志》曰："汉仪，季春上巳，官及百姓皆禊于东流水上，洗濯祓除去宿垢。而自魏以后，但用三日，不以上巳也。"但后来从节日的角度，也称三月三日为"上巳"，而不管该日实际干支如何。如《旧唐书·文宗本纪》曰："（大和八年）三月壬子朔。甲寅，上巳，赐群臣宴于曲江亭。""（开成四年）三月癸未朔。乙酉，赐群臣上巳宴于曲江。"即径称三月甲寅或乙酉（皆三日）为"上巳"，实则三月甲寅或乙酉并非巳日。

天的古树下一道曲折的石凿沟槽，其他部分都已荡然无存，不过即使从这条石凿沟槽，也可以想见当年曲水流觞的情形。如果在石凿沟槽中注入一泓清水，大概酒觞还能随坡度高低流转起来，这与兰亭的"曲水流觞"是一样的。

在日本，"曲水流觞"的遗迹更多。在京都的上贺茂神社、城南宫，九州的太宰府天满宫，鹿儿岛的仙岩园，都留存有"曲水流觞"的遗迹；在京都御所的障子上，绘有"曲水流觞"的画图。

在越南，1504年，黎宪宗"乃在九重之内，作流杯殿。引水至堂前，曰流杯台"①，那应该就是"曲水流觞"的设施了。

更值得注意的是各国关于"曲水宴"的记载，那些记载表明，中国文人的风流雅事，引起了中国周边地区的关注，成为东亚各国文人效仿的对象；而汉诗在东亚各国的传播，当然借助了这股时尚的力量。因为当时无论在朝鲜半岛，还是在日本、越南，凡是"曲水流觞"的，做的都是汉诗，五言诗或七言诗。后来这些中国境外的影响，连富于历史意识的王羲之，恐怕也是梦想不到的吧？

与王羲之同时，孙绰也作有《三月三日兰亭诗序》，两相比较，才更容易体会《兰亭集序》的好处。又，《晋书·王羲之传》引《兰亭集序》后说："或以潘岳《金谷诗序》

---

① 《大越史记全书》本纪实录卷十四《黎纪》"宪宗景统七年（1504）"条。

方其文，羲之比于石崇，闻而甚喜。"意思是王羲之很以自己像石崇、《兰亭集序》像《金谷诗序》为荣。但后来王羲之及《兰亭集序》名满天下，流芳千古，而石崇及《金谷诗序》又在哪里呢？可见知人不易，知己更难。

2008 年 8 月

（原载 2008 年 10 月 12 日《新民晚报》"国学论谭"版，续有删改。）

《闲情赋》：十个浪漫愿望

一

中国文学具有悠久的情诗传统，第一部诗歌总集《诗经》的开卷之作《关雎》，就是一首脍炙人口两千多年的经典情诗。《诗经》中最精彩动人的诗歌大都是情诗。

情诗发展到汉魏六朝的时候，出现了一些新的表现手法，其中之一，就是希望成为某种物件，与爱人身体亲密接触。较早运用这种手法的，是汉代女诗人班婕妤（约前48—2后），其《怨歌行》唱道：

> 新裂齐纨素，皎洁如霜雪。裁为合欢扇，团团似明月。出入君怀袖，动摇微风发。常恐秋节至，凉飙夺炎热。弃捐箧笥中，恩情中道绝。

这是一种很新颖的表现，诗人把自己拟物化了，想象自己是一把团扇（当时还没有折扇，折扇是后来传入的），爱人需要时不离左右，时节一变却横遭弃捐。其中包含了两层心思，一是希望与爱人亲密无间，二是担心感情随时事变迁。

汉魏诗人很喜欢这种新的表现，他们在想象力上争奇斗胜，在比喻的物件上推陈出新。如张衡（78—139）的《同声歌》唱道："思为苑蒻席，在下蔽匡床；愿为罗衾帱，在上卫风霜。"表示愿意成为爱人的席子、被子或帐子，看起来颇具忘我的牺牲精神，其实还是为了亲近爱人身体。不过，其中只表达了目前的愿望，没有流露对未来的担心。大概因为这是一首结婚诗，重在表现新娘的幸福感，不好说不吉利的话吧。

又如曹植（192—232）的《七哀诗》唱道："愿为西南风，长逝入君怀；君怀良不开，贱妾当何依？"这次愿意成为"西南风"了——为什么不是别的什么风呢？大概西南风比较暖和？风的好处，是可以一直钻入爱人怀里；可爱人却闹别扭不配合，采取闭关主义，锁国政策，风也没辙了。其中愿望和担心两层心思都出现了。

也许因为这种新的表现创始于女子（如上引班婕妤的《怨歌行》），所以尽管以上两首诗歌都是男子所作，却一律假冒女子的口吻说话，引出后来男子代女子"闺怨"的奇特现象，不免有点男子这方面的一厢情愿，让现代读者读来感觉比较别扭。

后人常说汉魏是文学的自觉时代，其实那也是感情的自觉时代。感情这东西很美好，但也很难掌控，一旦失控，泛滥无归，就比较可怕。这一点，那时的人就深有体会，于是，就出现了一种特别的赋，题目大都是动宾结构，译成现代语就是"掌控感情"，要把感情"吼得（hold）住"，其中借用了班婕妤式的表现。陶渊明后来总结道：

> 初，张衡作《定情赋》，蔡邕作《静情赋》，检逸辞而宗澹泊，始则荡以思虑，而终归闲正，将以抑流宕之邪心，谅有助于讽谏。缀文之士，奕代继作，并因触类，广其辞义。（《闲情赋序》）

张衡《定情赋》、蔡邕（133—192）《静情赋》（一名《检逸赋》）都已散佚，现在仅剩若干残句："思在面为铅华兮，患离尘而无光。""思在口而为簧鸣，哀声独不敢聆。"诗人想变成化妆品和口琴，兴趣集中在爱人面部。先希望后担心，两种心思都有了。张衡、蔡邕只是开了个头，后来又有魏陈琳（约157—217）、阮瑀（约167—212）的《止欲赋》（阮赋有句曰"思在体为素粉，悲随衣以消除"），王粲（177—217）的《闲邪赋》（有句曰"愿为环以约腕"），应玚（约175—217）的《正情赋》（有句曰"思在前为明镜，哀既餰于替□"），曹植的《静思赋》，晋张华（232—300）的《永怀赋》等。此外，刘桢（约175—217）有《清虑赋》，繁钦（？—218）有《抑检赋》，可能也是这一类作品。看来创作这种赋是当时的风气。①

---

① 这类赋劝百讽一、曲终奏雅，但有意思的是，它们残存的大都是"劝"的部分，而几乎没有"讽"的部分，可见古来读者的爱好之所在。

二

陶渊明（约 365—427）承此风气，变本而加厉之，"余园闾多暇，复染翰为之，虽文妙不足，庶不谬作者之意乎"（《闲情赋序》），在种豆锄草之余，作《闲情赋》，一口气写出十个浪漫愿望，在同类作品中堪称登峰造极：

愿在衣而为领，承华首之余芳；
悲罗襟之宵离，怨秋夜之未央。
愿在裳而为带，束窈窕之纤身；
嗟温凉之异气，或脱故而服新。
愿在发而为泽，刷玄鬓于颓肩；
悲佳人之屡沐，从白水以枯煎。
愿在眉而为黛，随瞻视以闲扬；
悲脂粉之尚鲜，或取毁于华妆。
愿在莞而为席，安弱体于三秋；
悲文茵之代御，方经年而见求。
愿在丝而为履，附素足以周旋；
悲行止之有节，空委弃于床前。
愿在昼而为影，常依形而西东；
悲高树之多荫，慨有时而不同。
愿在夜而为烛，照玉容于两楹；
悲扶桑之舒光，奄灭景而藏明。

愿在竹而为扇，含凄飚于柔握；

悲白露之晨零，顾襟袖以缅邈。

愿在木而为桐，作膝上之鸣琴；

悲乐极以哀来，终推我而辍音。①

　　陶渊明是什么意思，用力这么猛，想把浪漫一网打尽？——其中愿做扇子来自班婕妤，愿做席子、化妆品来自张衡……看来他还真是个多面手，既有闲情逸致，也会金刚怒目，还很浪漫多情（所以种不好地，"草盛豆苗稀"）。鲁迅（1881—1936）就很佩服他的大胆与摩登："又如被选家录取了《归去来辞》和《桃花源记》，被论客赞赏着'采菊东篱下，悠然见南山'的陶潜先生，在后人的心目中，实在飘逸得太久了，但在全集里，他却有时很摩登，'愿在丝而为履，附素足以周旋，悲行止之有节，空委弃于床前'，竟想摇身一变，化为'阿呀呀，我的爱人呀'的鞋子，虽然后来自说因为'止于礼义'，未能进攻到底，但那些胡思乱想的自白，究竟是大胆的。"（《且介亭杂文二集·"题未定"草六》）

----

① 钱锺书《管锥编》云："'愿接膝以交言'，此愿万一尚得见诸实事；'愿在衣而为领'至'愿在木而为桐'，诸愿之至竟仅可托于虚想。实事不遂，发无聊之极思，而虚想生焉，然即虚想果遂，仍难长好常圆，世界终归阙陷，十'愿'适成十'悲'；更透一层，禅家所谓'下转语'也。张、蔡之作，仅具端倪，潜乃笔墨酣饱矣。"（第四册，第1222—1223页）实则"虚想"（愿望）与"阙陷"（担心）并存，班婕妤《怨歌行》、曹植《七哀诗》已然如此。

当然又觉得他有点迂阔:"(《文选》)不收陶潜《闲情赋》,掩去了他也是一个既取民间《子夜歌》意,而又拒以圣道的迂士。"(《集外集·选本》)

还值得注意的是,在此赋中,陶渊明没有假冒女子的口吻,而是直接用男子的口吻说话。都说中国古代诗人不会直接向女子献殷勤,陶渊明可是珍稀的例外,在这一点上他颇像西方诗人。也就难怪,"十愿"深受现代学生(尤其是女生)的欢迎,让他们惊讶古人也可以这么浪漫。记得我课上讲过《闲情赋》后,"十愿"便被分解为手机短信,在学生情侣间传来传去。看不懂的学生一脸失落,后悔没有早点来听此课。

也不是没有争议的。比陶渊明稍后的萧统(501—531),很喜欢陶渊明的文章,对《闲情赋》却不满意:"白璧微瑕者,惟在《闲情》一赋。扬雄所谓劝百而讽一者,卒无讽谏,何必摇其笔端?惜哉,无是可也!"(《陶渊明集序》)一般认为,萧统是觉得《闲情赋》浪漫有余,讽谏不足,以致成了陶渊明的败笔(也有学者认为,萧统是不满于《闲情赋》的"曲终奏雅"才这么说的,即他以为不要讽谏,浪漫到底才好)。但挺陶派显然更强势,为他打抱不平者甚多。晚明的袁宏道(1568—1610)骂萧统:"昭明,文人之腐者,观其以《闲情赋》为'白璧微瑕',其陋可知。夫世果有不好色之人哉?若果有不好色之人,尼父亦不必借之以明不欺矣!"(《兰亭记》)钱谦益(1582—1664)也忿忿然道:

"'白璧微瑕，惟在《闲情》一赋。'其然岂其然乎！"（《列朝诗集》乙集第五《李布政祯》）我基本上同意晚明人的看法，觉得《闲情赋》不失为陶渊明的佳作。[①]

三

陶渊明《闲情赋》之后，据钱锺书《管锥编》云："祖构或冥契者不少，如六朝乐府《折杨柳》：'腹中愁不乐，愿作郎马鞭，出入环郎臂，蹀座郎膝边'；刘希夷《公子行》：'愿作轻罗着细腰，愿为明镜分娇面'；裴诚《新添声杨柳枝词》之一：'愿作琵琶槽那畔，得他常抱在胸前'；和凝《何满子》：'却爱蓝罗裙子，羡他长束纤腰'；黄损《望江南》：'平生愿，愿作乐中筝；得近佳人纤手子，砑罗裙上放娇声，便死也为荣'；李邴《玉楼春》：'暂时得近玉纤纤，翻羡镂金红象管'；刘弇《安平乐慢》：'自恨不如兰灯，通宵犹照伊眠'；《留松阁新词合刻》中董俞《玉凫词》卷上《山花子》：'愿作翠堤芳草软，衬鞋弓'，王士禄评：'仆有诗云：愿化芳磁供茗饮，将身一印口边脂'；毛奇龄《西河合集·七言古诗》卷七《杨将军美人试马请赋》：'将军似妒九华鞯'（参观韩偓《马上见》：'自怜输厩吏，

---

① 钱锺书《管锥编》曾枚举历来关于萧统之说的议论，且左袒萧统，见第四册，第1220—1221页。

余暖在香韤'）；曹尔堪《南溪词•风入松》：'恨杀轻罗胜我，时时贴细腰边'；朱彝尊《临江仙》：'爱他金小小，曾近玉纤纤'；邵无恙《镜西阁诗选》卷三《赠吴生》之二：'香唇吹彻梅花曲，我愿身为碧玉箫'；段成式《嘲飞卿》之二：'知君欲作《闲情赋》，应愿将身作锦鞋'；则明言本潜此赋之'愿在丝而为履'。"纷纷愿做马鞭、腰带、裙子、明镜、兰灯、乐器（琵琶、筝、象管、箫）、芳草、芳磁、马韤、锦鞋，其中有些承袭陶潜"十愿"，有些则另出机杼，继续争奇斗艳。"顾无论少只一愿或多至六变，要皆未下转语，尚不足为陶潜继响也。"①

当然，这种表现手法并非文人的专利，明代山歌《挂枝儿•变》里唱得更肉麻：

> 变一双绣鞋儿在你金莲上套，变一领汗衫儿与你贴肉相交，变一个竹夫人在你怀儿里抱，变一个主腰儿拘束着你，变一管玉箫儿在你指上调，再变上一块香茶也，不离你樱桃小。②

只说愿望，不提担心，体现了民歌固有的乐观精神。另一首《挂枝儿•变》则唱道：

---

① 钱锺书《管锥编》，第四册，第 1223—1224 页。
② 钱锺书《管锥编》同上条也引到了这首民歌，惟末句稍有不同。

> 会变时，你也变，连我也变。你变针，我变线，与
> 你到底牵连。再变个减妆儿，与你朝朝见。你变个盒儿好，
> 我变个镜儿圆。千百样变来也，切莫要变了脸！

不仅自己一个人变，连对方也一起变，可谓是花样翻新。另
一首《山歌·桐城时兴歌·茶》又唱道：

> 斟不出茶来把口吹，壶嘴放在姐口里。不如做个茶
> 壶嘴，常在姐口讨便宜。滋味清香分外奇。

这次是要变个茶壶嘴，放在对方的口里了，意思暧昧，隐约
双关，其实正是民歌本色。

到了现代，在废名（1901—1967）的《妆台》里，诗人愿
意成为女郎妆台上的镜子，取象同于古典（"愿为明镜分娇
面""我变个镜儿圆"），寄兴其实一致。舒婷（1952— ）
的《致橡树》里吟道，不愿意成为凌霄花，而愿意做一株木棉，
相伴在橡树的身边，既远绍了"十愿"的传统，又涂抹上新
的时代色彩。高晓松（1969— ）的《模范情书》里吟道，"我
是你闲坐窗前的那棵橡树／我是你初次流泪时手边的书／我
是你春夜注视的那段蜡烛／我是你秋天穿上的楚楚衣服"，
"蜡烛""衣服"云云，也依稀可辨"十愿"的影子（"橡树"
则或许来自于舒婷）。

在东亚汉文化圈里，陶渊明的影响很大。朝鲜文人金万

重（1637—1692）的汉文小说《九云梦》（约1688）里，贾
春云的咏鞋诗，也化用了《闲情赋》"十愿"的"丝履"之喻：

> 恋渠最得玉人亲，步步相随不暂舍。烛灭罗帷解带时，
> 使尔抛却象床下。

"小姐见罢，自悟曰：'春娘诗才尤将进矣。以绣鞋比之于身，
以玉人拟之于吾，言常时与吾不曾相离，彼将从人，必与我相
疏也。春娘诚爱我也。'又微吟而笑曰：'春娘欲上我所寝象
床之上，欲与我同事一人也。此儿之心已动矣。'"（第五回《咏
花鞋透露怀春心 幻仙庄成就小星缘》）原用于男女之情的比
喻，被转用来喻主从之谊，齐人之福，进而暗示象床上的"他"，
虽说仍出于对陶渊明的模仿，但其实也还是蛮有些新意的。

四

无论古今中外，人性都是一样的，文学便也会相似。上述这
种表现手法，并非中国诗人所独擅，外国诗人也当行出色的。[1]

古希腊诗人墨勒阿格罗斯（Μελέαγρος，约前140—约前

---

[1] 钱锺书《管锥编》云："西方诗歌亦每咏此，并见之小说，如希腊书中一角色
愿为意中人口边之笛（pipe），西班牙书中一角色愿为意中人腰间之带（cordón）。
况而愈下，甚且愿亲肌肤，甘为蚤虱或溷器者！亦均未尝下转语，视此节（"十
愿"）犹逊一筹焉。"（第四册，第1224页）

70）说，他愿意成为一只酒杯，接触到美人的芳唇，让她吞下自己的灵魂（《咏酒杯》）。

现代希腊诗人亚尼斯·斯巴诺斯（Γιάννης Σπανός，1943—　）则吟道，他愿成为爱人口袋里的家书："想你正在前线，在一条战壕里……/ 我也正在前线，寄身于家书一纸，/ 深藏你的军衣袋底，甜蜜地受着熬煎。"（《君子于役》，"Βροχή και σήμερα"）

莎士比亚（William Shakespeare，1564—1616）的罗密欧在朱丽叶的阳台下说，他愿意成为朱丽叶的手套："瞧！她用纤手托住了脸，那姿态是多么美妙！啊，但愿我是那一只手上的手套，好让我亲一亲她脸上的香泽！"（《罗密欧与朱丽叶》，*Romeo and Juliet*）——莎士比亚到底是手套商的儿子！

后来美国小说家菲利普·罗斯（Philip Roth，1933—2018）笔下的人物说："当我看见她的双乳挤压着胳膊时，我多么希望我就是她的胳膊。""他"经过深思熟虑，认为这跟罗密欧在朱丽叶阳台下的想法没什么不同，于是"坦诚地"对"她"说了出来，却并没有达到预想的目的（《欲望教授》，*The Professor of Desire*）。

苏格兰诗人彭斯（Robert Burns，1759—1796）说，他愿意成为小鸟和露水，栖息在爱人的怀抱和胸口（《啊，愿爱人像美丽的紫丁香》，"O Were My Love Yon Lilac Fair"）。

英国诗人丁尼生（Alfred Tennyson，1809—1892）说，他愿意成为耳环、腰带、项链，依偎于爱人的颈项、腰肢和胸脯（《磨坊主的女儿》，"The Miller's Daughter"）。

德国诗人海涅（Heinrich Heine，1797—1856）说，他愿意成为花卉、吻甚至豌豆，好煮成一碗可口的豌豆汤，取悦爱人的口腹（《小曲》第九首）。

匈牙利诗人裴多菲（Petőfi Sándor，1823—1849）说，他愿意成为急流、荒林、废墟、草屋、云朵和破旗，只要他的爱人是小鱼、小鸟、常春藤、火焰、夕阳（《我愿意是急流……》）。

美国诗人狄金森（Emily Dickinson，1830—1886）说，她愿意成为爱人的夏季，夏季结束后的音乐和花朵（《但愿我是，你的夏季》，"Summer for thee，grant I may be"）；她又想象自己是一只小麻雀，栖息于爱人的心巢（《她的胸前宜佩珍珠》，"Her breast is fit for pearls"）；或隐藏在一朵花里，佩戴在爱人的胸前（《我隐藏在，我的花里》，"I hide myself within my flower"）。

西班牙诗人洛尔迦（Federico García Lorca，1898—1936）说，清风就是姑娘的情人："长着可爱脸蛋的姑娘 / 正在采摘油橄榄。/ 高大的清风情人，/ 轻抱在她腰间……她的纤腰依偎着 / 清风灰色的臂弯。"（《树，树》，"Arbolé，arbolé"）看来曹植《七哀诗》的愿望"愿为西南风，长逝入君怀"还是可以实现的。洛尔迦又说，"妈妈呀，/ 把我绣上你的枕头吧。// 那好！/ 马上！"（《孩子气的歌》，"Canción tonta"）

法国小说家普鲁斯特（Marcel Proust，1871—1922）

《追忆似水年华》（*À la recherche du temps perdu*）里的德·盖尔芒特夫人则对保加利亚亲王说："是的，殿下，我连您的表带都嫉妒。"（《盖尔芒特家那边》，*Le Côté de Guermantes*）

苏联小说家帕斯捷尔纳克（Борис Леонидович Пастернак，1890—1960）笔下的帕沙疯狂地爱着拉拉，"对她的每一个念头、对她喝水用的杯子和她睡觉的枕头都感到嫉妒"（《日瓦戈医生》，*Доктор Живаго*）——自己做不到便嫉妒人家，巴不得能取而代之！

五

钱锺书（1910—1998）的《围城》（1947）里说唐晓芙："古典学者看她说笑时露出的好牙齿，会诧异为什么古今中外诗人，都甘心变成女人头插的钗，腰束的带，身体睡的席，甚至脚下践踏的鞋袜，可是从没想到化作她的牙刷。"今天的诗人再要变，可以与时俱进，变成口红、香水、墨镜、手机、耳麦、零钱包、沙发、浴缸、汽车、游艇、豪宅、哈巴狗、波斯猫、老庙黄金、白金钻戒、跑步机、高尔夫球杆、交通卡、口香糖、哈根达斯、臭豆腐……只要浪漫精神不变就行了。

2010 年 7 月 7 日本西历七夕于京都

（原载 2011 年 4 月 10 日《新民晚报》"国学论谭"版，续有增补。）

古时的"生态批评"

欧阳修（1007—1072）的《醉翁亭记》（1045）为千古名文，以一连串的"也"字句为其特色，对此有人喜欢有人讨厌。就我而言，其中最让我感到意味深长的是，在写了游人和太守主宾的游乐，以及黄昏时"太守归而宾客从也"后，又非常突兀地冒出了这样一句：

> 树林阴翳，鸣声上下，游人去而禽鸟乐也。

醉翁的言外之意是，当白天游人们（包括太守自己）在山林中游乐时，禽鸟自然是不会感到快乐的！[1]

自从盘古到如今，文人多是自恋的。《醉翁亭记》一路写来，沾沾自喜，洋洋得意，本来也难免此讥，却凭借这自嘲的一笔，中和了自恋的浓度，让人不能不刮目相看。这就像欢场中的一句忠告，热闹中的一个冷眼，阿谀时的一声嘲笑，执迷时的一记棒喝……清醒的醉翁，竟能洞察人与自然

---

[1]《左传·襄公十八年》载，前555年，齐晋交战，晋军布疑阵，齐侯畏晋众，乘晦日月黑夜遁。晋军尚未能知，师旷告晋侯曰："鸟乌之声乐，齐师其遁。"——以禽鸟乐而知齐师遁，此或为欧阳修语所本？

的对立，有如此自我嘲讽的一笔！文章写到这分上，不愧为大手笔了。

近年来中外学界流行"生态批评"，意在超越人类自恋视野的局限，兼顾人类以外生物的存在。《醉翁亭记》此语亦堪为佳例。

想起了拦腰斩断了朝鲜半岛的非军事区，那一片对于人类而言的"死亡地带"，朝鲜半岛南北人民的伤心之地，现在却成了野生动植物和鸟类的天堂。此中情景，难道不也是一种"游人去而禽鸟乐也"？

不过，接着醉翁又倒退了一步："然而禽鸟知山林之乐，而不知人之乐。"其实，"禽鸟知山林之乐"即已足矣，"不知人之乐"又有什么关系呢？正如唐人张九龄（678—740）的《感遇》其一所说的：

> 兰叶春葳蕤，桂华秋皎洁。欣欣此生意，自尔为佳节。谁知林栖者，闻风坐相悦。草木有本心，何求美人折！

欧阳修写的是禽鸟，张九龄写的是草木，它们皆不依赖于人类，而为自足自乐的存在。但张九龄更强调"草木有本心"，讽刺了"闻风坐相悦"的"林栖者"；而从"何求美人折"的说法也可以看出，他实际上连带讽刺了楚辞以来的传统，即"香草美人"的传统，以香草配美人的传统。草木既然不希求"美人"的垂顾，自然更不会去关心"美人"

之所思。①从"生态批评"的角度来说,在尊重人类以外的生物方面,他比欧阳修走得更远,说得更透彻。

顺便介绍一首与《醉翁亭记》有关的日本汉诗。日本近代文人森春涛(1819—1889)善作汉诗,其《岐阜竹枝》描写岐阜的风景,被誉为"明治三绝"之一:

> 环郭皆山紫翠堆,夕阳人倚好楼台。香鱼欲上桃花落,三十六湾春水来。

此诗除第一句稍嫌生涩外,后三句纯为白描,颇为鲜活生动。而其第一句"环郭皆山"云云,显然是从《醉翁亭记》的首句"环滁皆山也"化出的。

2015 年 8 月 11 日

(原载 2015 年 9 月 20 日《新民晚报》"国学论谭"版,笔名"胡言"。)

---

① 钱锺书《管锥编》论"水声山色,鸟语花香,胥出乎本然,自行其素,既无与人事,亦不求人知",并引中西古诗各例(包括张九龄《感遇》诗),以及马令《南唐书·女宪传》"此足以见光景于人无情,而人于景物不可认而有之也"语(第四册,第 1350—1352 页),亦即此意。

"项脊生曰"删不得

　　归有光（1507—1571）的《项脊轩志》（1522年撰写，1535年后附记）为千古名文，常被选入各种语文课本，成为保留篇目。但遗憾的是，在有些语文课本中，却常会删去文章最后的"项脊生曰"这段①：

　　　　项脊生曰：蜀清守丹穴，利甲天下，其后秦皇帝筑女怀清台；刘玄德与曹操争天下，诸葛孔明起陇中。方二人之昧昧于一隅也，世何足以知之？余区区处败屋中，方扬眉瞬目，谓有奇景，人知之者，其谓与坎井之蛙何异？

　　猜度删节者的意思，是这段议论有"名利思想"，于青少年人生观教育不利。但删节者可能有所不知，《项脊轩志》若是删去了这段，不仅其感染力将大为减弱，而且其立意也将不复完整。进一步说，从竟然删去《项脊轩志》这段来看，

---

① 《项脊轩志》写于归有光十七岁时，以"项脊生曰"这段结束全文；过了许多年，归有光三十岁以后，又补写了"余既为此志后"一段，也就是现在的最后一段。所以，《项脊轩志》实由正文及补记两部分构成，分别写于作者十七岁时与三十岁以后。

删节者其实并未真正读懂《项脊轩志》，也不了解《项脊轩志》的写作意图。

昔有光写《项脊轩志》时，年方十七岁。[①]他以自己的"区区处败屋中"，比喻古代二名人未出世时的"昧昧于一隅"，表示自己怀抱着宏图大志，心里充满着希望和憧憬，故全不以陋室为陋。给他的希望和憧憬以支持和可能性的，是明代面向普通市民开放的科举制度（正如今日之高考）。对于少年归有光来说，陋室之所以可爱，大母之所以唠叨，自己之所以"扬眉瞬目"，全植根于这一点，也就是所谓的"名利思想"（想想高考考生吧）。这是全文的灵魂，也是点睛之笔，更是结束之语。若少了"项脊生曰"这一段，就既不足以表现他的少年情怀和抱负，也无法实现《项脊轩志》的写作意图。

然而，多年以后，经历了结婚、妻死、科举连续失利[②]等人生变故，归有光又为此文增添了一个充满衰落意味的补记：

> 余既为此志后五年，吾妻来归，时至轩中，从余问古事，或凭几学书。吾妻归宁，述诸小妹语曰："闻姊

---

① 归有光生于正德元年（1506）末，按西历算已入 1507 年初，《项脊轩志》作于嘉靖元年（1522），此处岁数按中历年算。

② 写《项脊轩志》三年后，归有光二十岁时，首次参加科举考试，失利；连续失利十五年后，至三十五岁始中举；又连续失利二十五年后，至六十岁始获一第。数年后即去世。

家有阁子，且何为阁子也？"其后六年，吾妻死，室坏不修。其后二年，余久卧病无聊，乃使人复葺南阁子，其制稍异于前。然自后余多在外，不常居。庭有枇杷树，吾妻死之年所手植也，今已亭亭如盖矣。

正是在与这个充满衰落意味的补记的对照中，在归有光连续科举失利的遭遇的背景下，"项脊生曰"的这段议论，便成了作者人生失败的象征，成了对作者的一个莫大嘲讽。回顾当年的年少轻狂，环视现在的满目苍凉，作者读者，情何以堪！

林琴南曾比较归有光《项脊轩志》与欧阳修《泷冈阡表》的同中之异：

> 《阡表》步步叙悲，悲尽，皆其得意处；《项脊轩记》亦步步叙悲，然名位去欧公远甚，不能不生其萧寥之感。综之，皆各肖其情事。（《春觉斋论文·述旨三》）

如果说欧阳修的《泷冈阡表》是以"步步叙悲"来反衬现在的"得意"的话，那么归有光的《项脊轩志》就正好相反，不仅是"步步叙悲"，而且是以过去的"少年壮志"，来反衬现在的"壮志未酬"，从而更加深了其"萧寥之感"。如果删去了"项脊生曰"这一段，这种由反衬而加深的"萧寥之感"，就再也体现不出来了。

中国文学历来有表现"乐极哀来"的传统,常会以某个事件为转折点(临界点),而呈现出抛物线般的"上升—下降"结构。如《三国演义》以第一百四回孔明之死为转折点,《水浒传》以第七十一回梁山泊英雄排座次为转折点,《金瓶梅词话》以第七十九回西门庆之死为转折点,《红楼梦》以第七十四回抄检大观园为转折点,《儒林外史》以第三十七回泰伯祠祭为转折点……如果没有后来的下坡路和悲剧结局,前面的种种热闹就会变得毫无意义;而如果少了前面的种种热闹,后面的下坡路和悲剧结局又怎会有动人心魄的力量?在这一点上,归有光的《项脊轩志》也不在此文脉之外。删去了"项脊生曰"这段,全文一悲到底,就既把《项脊轩志》简单化平面化了,也使其脱离了中国文学传统的大道。

但这种表现方式,却似乎让读者太受不了。所以面向一般大众的艺术,常要以大团圆来结尾,从元杂剧到好莱坞商业片,大都如此,否则谁来买票?又何来票房?

归有光作《项脊轩志》时,年仅十七岁(不算附记),也就是现在高二的年龄。这是怎样的文章奇才啊,也只能用"天才"来形容了!所以,我曾在课堂上开玩笑说,"新概念"作文大赛奖状的反面,应该印上归有光的这篇《项脊轩志》,并说明这是他十七岁之作。这样,庶几使少年获奖者们不至于忘乎所以得不知天高地厚了。

再说了,如果把《项脊轩志》编入高二语文课本,并且不删去"项脊生曰"这段,估计无需老师多作讲解,学生们便会感同身受，理解《项脊轩志》的写作意图，体会归有光的精神世界。有例为证：据说某中学语文课上学到"范进中举"，老师正喋喋不休地声讨科举制度的罪恶，班上却有学生悲从中来，当场嚎啕大哭了起来，引得全班哭成一片……还有什么比这更好的教学效果呢？

而我们的语文课本，什么时候才可以做到真正尊重作者的写作，真正尊重学生的阅读，选文时不作无谓甚至是无识的增删修改呢？①

2016 年 9 月 29 日

（原载 2017 年 2 月 5 日《新民晚报》"国学论谭"版，笔名"胡言"，续有增补。）

---

① 有类似遭遇的还有朱自清的《荷塘月色》，在有些语文课本里，曾删去了有关梁元帝《采莲赋》的那段。因为对《采莲赋》所描写的"风流"而"有趣"的"嬉游"，朱自清竟表达了"无福消受"的"可惜"之意——这曾经被认为是"不健康"的意识。

永远的小女孩

归有光的《寒花葬志》，全文不过百把字，却是一篇古今传诵的名文：

> 婢，魏孺人媵也。嘉靖丁酉五月四日死，葬虚丘。事我而不卒，命也夫！
>
> 婢初媵时，年十岁，垂双鬟，曳深绿布裳。一日，天寒，爇火煮荸荠熟，婢削之盈瓯。予入自外，取食之，婢持去不与。魏孺人笑之。孺人每令婢倚几旁饭，即饭，目眶冉冉动。孺人又指予以为笑。
>
> 回思是时，奄忽便已十年。吁，可悲也已！

"嘉靖丁酉"是 1537 年，是年归有光三十二岁，寒花二十岁。倒退十年，即 1527 年，归有光二十二岁，初婚，娶魏孺人，寒花十岁，是陪嫁丫头。

陪嫁丫头长大了，会成为通房丫头或妾，寒花也是这样——"事我"就是这个意思。"事我而不卒，命也夫！"有人认为这是"封建思想"。"封建思想"是当然的，但在封建时代，有"封建思想"，却又无可厚非；厚非的话，会有"深文周纳"之嫌。

按理说,"事我"应该会有什么"结晶"吧?最近发现了该文的另一个版本,在第一句"婢,魏孺人媵也"后面,还有"生女如兰。如兰死,又生一女,亦死。予尝寓京师,作《如兰母诗》"等几句。《如兰母诗》今不存,但在归有光的文集里,《女如兰圹志》却确乎是存在的。那么,事情就清楚了:寒花曾经为归有光生过两个女儿,其中一个叫如兰,但她们都不幸夭折了。当然,本来还可以继续生的,但现在寒花自己也死了。"事我而不卒,命也夫!"看来,除了"封建思想"以外,还有实际的考虑和浓重的遗憾在里头。

而且,据说在中国古代的文人中,为地位低下的婢女写墓志的很少。一定要找个有名的出来,那么在归有光之前,写过《青衣赋》的汉末文人蔡邕差相仿佛——虽然"赋"还不是墓志,"青衣"也没有名姓。另外,在唐代的墓志里,有一些无名作者写无名宫女的,类似于给微贱的婢女做墓志了,其中偶有极短篇的,寥寥数语,生动传神,归有光也许受过影响?

学者们关心寒花的身份,关心寒花与归有光的关系,关心《寒花葬志》佚文的文献价值,当然都有其道理。不过我总觉得,如果把《寒花葬志》作为一篇文学作品来看待,那么其实学者们关心的这些都无关紧要。不仅无关紧要,而且那几句佚文实在还是佚去的好——我甚至怀疑那是归有光自己删除的。

这是因为,我们注意到了作者选取的那个时间节点:寒花短暂的一生,前十年与作者无关,后十年才与作者有关;

作者写不了她前十年的生活，又写不全她后十年的生活，于是只写了她十岁时的几件小事。作者仅用寥寥数笔，三二细节，便写活了一个小女孩。那个垂着双鬟，穿着深绿衣裳，吃饭时"目眶冉冉动"的小女孩，永远定格在了十岁，永远占据了读者的心灵。用时尚的话来说，她挠着了读者心里"最柔软的部分"。后来的十年岁月遂不复存在。

而且，她后来成了什么样的人，她与"主人"的关系如何，她为"主人"生过几个孩子……对于后代的读者来说，又有什么关系呢？多写那几句，作为"葬志"，固属题中应有之义，但作为文章，却徒嫌辞费、画蛇添足了，反而破坏了一个小女孩的完美形象。而像现在这样，作者用文字抓住了小女孩生命中最华彩的瞬间，用文字让她人生中最美好的画面定格，让她活在自己的文章里，获得了永恒。

"予读震川文之为女妇者，一往深情，每以一二细事见之，使人欲涕。盖古今来事无巨细，唯此可歌可涕之精神，长留天壤。"（黄宗羲《张节母叶孺人墓志铭》）这就是《寒花葬志》的魅力，也是归有光文章的魅力。

黄宗羲自己也有给小孙女写的墓志，也是寥寥几个细节，就把一个小女孩写得活灵活现的，①显然是受了《寒花葬志》

---

① "阿迎者，梨洲老人之女孙也。父黄正谊，母虞氏。虞氏家上虞之通明坝，故阿迎生于通明，庚子岁十二月初七日也。壬寅三月归来，凤慧异常儿，余甚爱之。其在左右，洒然不知愁之去体也。时至书案对坐，弄笔砚，信口咿唔，授以沈龙江《女诫》，背诵如流水。二三年来，余糊口吴中，朝夕念儿，儿亦朝

的影响。《寒花葬志》的影响甚至还及于朝鲜半岛。朝鲜时期的文人，有声称特意学《寒花葬志》，来写自己的媵妾的；又有丁若镛、赵显命等人，有《幼女圹志》之类，都以短章、细节写"小女孩"，学归有光《女二二圹志》等的风格；那些模拟之文大致生动，但感情、文采远不及归有光。

与归有光的《寒花葬志》相似的写作手法，我们也能在约四百年后的普鲁斯特笔下看到。话说叙述者马塞尔的外祖母死了：

> 几小时后，弗朗索瓦丝能够最后一次地、不会引起任何痛苦地梳理外祖母那漂亮的头发了。她的头发仅仅有些斑白，看上去始终比她本人年轻，可是现在它们成了衰老的唯一标志，而她的脸却焕发出青春，多少年来痛苦在她脸上留下的皱纹、收缩、浮肿、紧张、弯曲都消失得无踪无影。她仿佛回到了遥远的过去，回到了她父母给她定亲的时代，脸部线条经过精细勾画，显露出纯洁和顺从，脸颊重又闪耀着纯真的希望和幸福的憧憬，

夕念余。见余归家，则凫藻跃坐膝上，挽须劳苦，曲折家中碎事以告。故家中有事，勿欲使吾知者，必戒无使儿知，恐其漏于吾也。儿尝谓吾曰：'儿念爷，爷勿出门去。' 余应之曰：'爷勿出门，则儿无果饵食矣。' 儿曰：'爷在，儿亦不愿果饵也。' 今年余返越城，闻痘疫盛行，恐然惟儿之出。十一月十九日至家，儿迎门笑语，余始释然。十二月二日，儿红衫拜跪上太夫人寿，举止安详，一门欢然。初七日，余设饾饤，为儿作生辰。是晚出痘，至二十日而疡，得年七岁，哀哉！"（黄宗羲《女孙阿迎墓砖》）

甚至又重新闪射出一种天真无邪的快乐。这些美好的东西已渐渐被岁月毁灭。但是，随着生命的消失，生活中的失望也消失了。一缕微笑仿佛浮现在外祖母的唇际。死神就像中世纪的雕刻家，把她塑造成一位少女，安卧在这张灵床上。（《追忆似水年华》第三卷《盖尔芒特家那边》第二部第一章）

岁月带走了外祖母的少女时代，那个无比美好的少女时代，可死亡又把它给送了回来。于是在普鲁斯特的笔下，外祖母战胜了时间，回到了遥远的过去，定格在了定亲的时候，重新成为天真无邪的少女，一如归有光笔下那个永远的小女孩。①

于是我们知道，在他们的笔下，在美的面前，时间可以不复存在，岁月于此也无能为力。

（原载 2015 年 3 月 22 日《新民晚报》"国学论谭"版，笔名"胡言"，续有增补。）

---

① 令人惊奇的是，普鲁斯特去世后，在他身上居然也出现了同样的现象，据他的朋友们回忆："'他躺在灵床上，不像是五十岁的人，而像刚过三十，仿佛已被他驯服、征服的时间不敢在他身上留下自己的印记……'他的样子像是永远年轻的少年。"（莫洛亚《追寻普鲁斯特》，徐和瑾译，上海，上海译文出版社，2014 年，第 306 页）

今月古照

《上邪》：发誓的文学史

　　发誓是人际关系中的常见现象，也是文学作品中的重要内容，尤其是在爱情题材的作品中。中国最早的诗歌总集《诗经》里，就已经有了不少动人的誓言，如《邶风·击鼓》的"死生契阔，与子成说：执子之手，与子偕老"——人生总难免生离死别，我早就对你发过誓言：我要一直牵着你的手，与你一起相守到永远。《诗经》里发类似誓言的，还有《郑风·女曰鸡鸣》的"与子偕老"，《鄘风·君子偕老》的"君子偕老"，《卫风·氓》的"及尔偕老"，《邶风·谷风》的"及尔同死"……看来这是当时诗人爱发的誓言。

　　《诗经》里的誓言比较含蓄，而且一般都是正面立说；到了汉乐府民歌《上邪》里，那个誓言才叫惊心动魄：

> 上邪！我欲与君相知，长命无绝衰。山无陵，江水
> 为竭，冬雷震震，夏雨雪，天地合，乃敢与君绝！

　　因为"惊天动地"了，也就惊心动魄也！后人对此诗评价都很高。清人张玉穀评论此诗道："此陈忠心于上之诗。首三，正说，意言已尽。后五，反面竭力申说，如此然后敢

绝，是终不可绝也。叠用五事，两就地维说，两就天时说，直说到天地混合，一气赶落，不见堆垛，局奇笔横。"（《古诗赏析》卷五）除了首句有点那个以外，诠释此诗特色甚为到位。钱锺书评论此诗道："诗之情味每与敷藻立喻之合乎事理成反比例……'山无陵'乎？曰：阳九百六，为谷为陵，虽罕见而非不可能之事。然则彼此恩情尚不保无了绝之期也。'江水竭'乎？曰：沧海桑田，蓬莱清浅，事诚少有，非不可能。然则彼此恩情尚不保无了绝之期也。'冬雷夏雪'乎？曰：时令失正，天运之常，史官《五行志》所为载笔，政无须齐女之叫、窦娥之冤。然则彼此恩情更难保无了绝之期矣。'天地合'乎？曰：脱有斯劫，则宇宙坏毁，生人道绝，是则彼此恩情与天同长而地同久，绵绵真无尽期，以斯喻情，情可知已。"①分析五誓层次感，也很是细致入微。

《上邪》般的"毒誓"，自是民歌的特色，常见于民间作品，②罕闻于文人诗歌（后来李白的《远别离》说："苍梧山崩湘水绝，竹上之泪乃可灭。"乃学习民歌的风格，模拟《上邪》的表现）。此后，这种类型的誓言在民歌里形成了传统，大家纷纷发挥想象力，在比喻的新奇上争奇斗花。如敦煌曲子词《菩萨蛮》唱道：

---

① 《管锥编》，第一册，第74—75页。
② 如《史记·刺客列传》里有"天雨粟，马生角"的誓言，《燕丹子》里有"乌头白，马生角"的誓言，《论衡·感虚篇》里有"使日再中，天雨粟，令乌白头，马生角，厨门木象生肉足"的誓言，都应是秦汉时期民间常用的誓言。

　　枕前发尽千般愿，要休且待青山烂。水面上秤锤浮，
直待黄河彻底枯。白日参辰现，北斗回南面，休即未能休，
且待三更见日头。

除了颠倒错乱时空外，还要挑战重力原则。明代山歌《挂枝儿·分离》唱道：

　　要分离，除非是天做了地；要分离，除非是东做了
西；要分离，除非是官做了吏。你要分时分不得我，我
要离时离不得你；就死在黄泉也，做不得分离鬼。

除了颠倒错乱时空外，还要挑战官僚体制（古代官制，"官""吏"泾渭分明，"除非是官做了吏"，同是明人的唐寅，对此应有痛苦感受）。湖南民歌唱道：

　　（女）问郎我俩交情几时丢？
　　（男）要等鸡长耳朵马长角石头长草扁担开花擂槌
结籽阎王勾簿把情丢！

全面挑战生物学上的可能性，更加贴近民间的经验世界。

　　现代流行歌曲里的誓言，也还是不离这个传统。根据《上邪》改编的歌词，《还珠格格》的主题曲《当》唱道：

　　当山峰没有棱角的时候 / 当河水不再流 / 当时间停住
日夜不分 / 当天地万物化为虚有 / 我还是不能和你分手 /
不能和你分手 / 你的温柔是我今生最大的守候

　　当太阳不再上升的时候 / 当地球不再转动 / 当春夏秋
冬不再变化 / 当花草树木全部凋残 / 我还是不能和你分散
/ 不能和你分散 / 你的笑容是我今生最大的眷恋

文言虽然改写为白话，比喻们却一仍其旧。林隆璇唱的《我
爱你这样深》：

　　我爱你这样深 / 哪怕夏雨冬雷震 / 一朝决心不再为你
等 / 情难灭霜雪难分

比喻们虽然一仍其旧，意思却不大通顺了（"夏雨"不等于"夏
雨雪"，毋宁说意思正好相反，所以"雨"字减得，"雪"
字却减不得的）。痞子蔡的《第一次的亲密接触》推陈出
新，用"无厘头"解构传统的比喻，大家顿时觉得新鲜了，
其实还是不离民歌的传统：

　　如果把整个太平洋的水倒出，也浇不熄我对你爱情
的火。/ 整个太平洋的水全部倒得出吗？不行。/ 所以我
并不爱你。

不过，这种"惊天动地"式的誓言，要说只是中国诗人的专利，那倒也不尽然。比如苏格兰诗人彭斯（1759—1796）的《一朵红红的玫瑰》就唱道：

> 我的好姑娘，你有多么美，/ 我的情也有多么深。/ 我将永远爱你，亲爱的，/ 直到大海干枯水流尽。
>
> 直到大海干枯水流尽，/ 太阳把岩石烧作灰尘，/ 我也永远爱你，亲爱的，/ 只要我一息犹存。（王佐良译）①

其中海枯石烂的比喻来自苏格兰民谣。德国诗人海涅（1797—1856）的《抒情插曲》第五十首也唱道：

> 我爱过你，而今还爱你！/ 即使世界化为灰尘，/ 从它的瓦砾之中 / 还有我的爱火上升。（钱春绮译）

不仅诗人的想象力大都不出"惊天动地"的范围，而且中译者脑海里似乎也都存有一首《上邪》。

在这种"惊天动地"式誓言中，相爱时间的绵绵不绝，一般都使劲往将来说，但也有反其道而行之，独出心裁往从前说的，如法国诗人伊凡·哥尔（1891—1950）的《马来亚

---

① 钱锺书《管锥编》引苏曼殊此诗译文《颎颎赤墙靡》（毅平按："墙靡"即蔷薇，亦即彭斯诗里的玫瑰）云："沧海会流枯，顽石烂炎熹，微命属如丝，相爱无绝期。"（第二册，第 602 页）转录于此，聊备一格。

之歌》其八唱道：

> 有生之初／我遂整装以待你的来到／我迎候你／计已万朝／地已缩小／山已低平／江已枯瘦／我的身躯已滋长于自我之外／它伸延，自黎明至黄昏／它已掩覆整个大地／你会踏在我的身上／不论你往向何处（胡品清译）

你会爱到海枯石烂，我却爱自盘古以来——虽然时间的方向相反，但时间的恒久却相同。我与天地万物已融合为一，你已无所遁形于我之大爱——诉说的情感别无二致，表现则令人耳目一新。其想象力的不同于众，不能不让人叹为观止。

在有情人的耳朵里，誓言总不嫌夸张，总是声声入耳的。但是连马克思都说过，"誓言总是写在水上的"。男人的誓言尤其靠不住。如《邶风·谷风》里的男人，也曾对她说"及尔同死"，但结果却是"反以我为仇"；《卫风·氓》里的"氓"，也曾经"信誓旦旦"，对她说"及尔偕老"，但结果还是把她给抛弃了，那曾经的誓言，反而让她伤心，成了一个莫大的讽刺："及尔偕老——老使我怨！""与子偕老"的誓言之所以让人，尤其是让女人们感动不已，正是因为在这种誓言的背后，存在着无数背约的事实。背约的原因有人事，也有大数。它实在太难、太难实现了！

不仅男人的誓言都是写在水上的，古希腊悲剧家索福克勒斯（前496—前406）竟然说，"我将女人的誓言写在水中"。

"拉丁诗人叹女郎与所欢山盟海誓，转背即忘，其脱空经与捣鬼词宜书于风起之虚空，波流之急水。"①——看来誓言的靠不靠得住，跟性别并无必然的关系。

但也有人认为，誓言的靠不靠得住，本身就是个"伪命题"。他们认为，誓言的真谛，不是为了永恒，不是为了相信；誓言的真谛，只是说出口的刹那，那一刻就是"carpe diem"（拉丁语，意为"且乐今朝"），那一刻已是永恒！

"誓言总是写在水上的"——不管写的人是男是女——这话表达的与其说是绝望，不如说是希望——真绝望了，就不会这么说了。况且，哪怕誓言总是写在水上的，"写"本身仍不会是毫无意义的——逝去的爱依然是爱。

所以，生活里，文学中，我们还是发誓再发誓，哪怕我们转背即忘，哪怕我们不敢真信，其矛盾心态，诚如海涅的《抒情插曲》第十四首所唱：

　　不要发誓，只要接吻，／我对女人的发誓从不相信！／你的话儿说得真甜，／可是我亲着的吻更甜！／我有它，我就对它相信，／话儿只是空虚的嘘气烟云。

　　爱人啊，你不断地发誓吧，／我相信你嘴上的空话！／我只要倒在你的怀中，／我就相信，我是幸福无穷；／我相信，爱人啊，你会永远／而且比永远更久地和我相恋。（钱春绮译）

---

① 钱锺书《管锥编》，第三册，第974页。

而其意义，犹如英国诗人丁尼生（1809—1892）的《悼念集》二十七所云：

> 我不妒忌从未作过盟誓的心，/ 尽管它可以自诩为幸福，/……宁肯爱过而又失却，/ 也不愿做从未爱过的人。（飞白译）

又如席慕蓉的《印记》所说：

> 不要因为也许会改变 / 就不肯说那句美丽的誓言 / 不要因为也许会分离 / 就不敢求一次倾心的相遇 / 总有一些什么 / 会留下来的吧 / 留下来作一件不灭的印记 / 好让好让那些 / 不相识的人也能知道 / 我曾经怎样深深地爱过你

2010 年 7 月 11 日写于京都，2013 年 11 月 16 日改于巴黎

（原载 2014 年 2 月 23 日《新民晚报》"国学论谭"版，续有增补。）

《行行重行行》：离别相思

　　　　行行重行行，与君生别离。相去万余里，各在天一涯。道路阻且长，会面安可知？胡马依北风，越鸟巢南枝。相去日已远，衣带日已缓。浮云蔽白日，游子不顾返。思君令人老，岁月忽已晚。弃捐勿复道，努力加餐饭。

　　这是《古诗十九首》的第一首，是表现离别主题的。全诗像是独守空闺的思妇写给，或想象中写给远行他乡的丈夫的一封家书。

　　在这封家书的开头，思妇先追忆了当初分别时的情景："行行重行行，与君生别离。""行行"是去而又去、越去越远的意思；两个"行行"重叠，更强调了远行之远。"生别离"出自《楚辞·九歌·少司命》的"悲莫悲兮生别离"，暗示自己与丈夫的别离乃是人生最悲哀之事。"相去万余里，各在天一涯。"承上两句而来，说丈夫这番远行的结果，使两人各处天之一方，相隔有万里之遥。这当然不可能是实际距离，而只是思妇的心理感觉。

　　从对过去的追忆，思妇又转向对未来的迷惘："道路阻且长，会面安可知？"前一句出自《诗经·秦风·蒹葭》的"道阻且长",是说两人之间尽管不是没有道路联结,但这道路却是艰难而又遥远的;后一句是说,因而今后是否或何时能够会面,便也就是毫无把握的事情了。这里面反映了思妇的复杂心理:她想要与丈夫会面,又担心会不了面,又不甘心会不了面……希望中夹杂着绝望,绝望中又隐含着希望。

她从自己对于会面的渴望,设想丈夫应有同样的渴望:"胡马依北风,越鸟巢南枝。""胡马"是北方的马,"越鸟"是南方的鸟。这两句是说,北方的马都依恋着北方的风,南方的鸟都筑巢于南方的树。言下之意,鸟兽尚且依恋故土,何况是有乡土之情的人呢,可想而知,丈夫的思乡之情也一定是非常难耐的吧。不过这两句里,除了思妇设想丈夫会有思乡之情,因而替丈夫感到难过的意思之外,或许也隐含有以思乡之情打动丈夫,促使丈夫早日归来之意;甚至也隐含有埋怨丈夫久不归来,还不如鸟兽懂得依恋故土之意。

从设想丈夫的思乡之情,思妇又回到了自己的相思之苦:"相去日已远,衣带日已缓。"这里的"日已远",原是指分离时间的越来越久远,但似乎也是指在思妇的心理感觉上,丈夫其人的越来越疏远。正因为这样,所以相思之苦也就越来越强烈,自己也就越来越憔悴,于是衣服衣带也就越来越显得宽松了。思妇这样表达自己的相思之苦,未必没有想要以此取怜于丈夫,并打动丈夫早日归来之意。

由于分别的日子长久了,所以对于久不归来的丈夫,思妇自然又生出了一丝猜疑:"浮云蔽白日,游子不顾返。""浮云蔽白日"在当时是一种贤君为奸臣所蒙蔽，或好人为坏人所欺骗的比喻。思妇的意思，自然是有点猜疑丈夫的久不归来，是否是因为受到了其他女人的诱惑。这种猜疑也许并没有什么根据，但对久守空闺的思妇来说，却是很容易产生的。这是因为在相爱的夫妇之间，原本就潜伏着一种怕失去对方的危机感，而这种危机感在久别时特别容易浮上意识的表层。

由于猜疑丈夫也许对不起自己，思妇又转而自怜自艾起来："思君令人老，岁月忽已晚。"说自己由于相思之苦而日渐憔悴，说一年时光转眼又将过去，其中既有对在相思等待中自己的青春人生白白流逝浪费的痛惜，又有对造成这种结果的别离的怨恨。

最后，在发泄过了一通苦恼之后，思妇故作宽语以结束这封家书："弃捐勿复道，努力加餐饭。"这一切都抛开不谈吧，只希望你多多保重身体。在这个结束语中，有着对于现状的无可奈何，有着继续忍耐下去的意志，更有着对于丈夫的关心爱惜，哪怕刚刚还表示过猜疑和怨恨，同时又有着对于未来的隐约渺茫的希望。

就这样，此诗以思妇的口吻，将离人的相思之苦，表达得委婉曲折，而又用家常语气，将一切娓娓道来，堪称是一篇表现离别主题的佳作。

（收入《古诗海》，上海，上海古籍出版社，1992年。）

《青青陵上柏》：及时行乐

　　　　青青陵上柏，磊磊涧中石。人生天地间，忽如远行客。斗酒相娱乐，聊厚不为薄。驱车策驽马，游戏宛与洛。洛中何郁郁，冠带自相索。长衢罗夹巷，王侯多第宅。两宫遥相望，双阙百余尺。极宴娱心意，戚戚何所迫！

　　这是《古诗十九首》的第三首，是表现人生短促主题的。

　　诗人首先以有关自然景色的描写起兴："青青陵上柏，磊磊涧中石。"陵上柏树常青，涧中磐石常在，它们都是具有某种永久性与不变性的自然物。可是"人生天地间，忽如远行客"，人生于天地之间，却像匆匆而过的旅人，暂住便去，而不能像柏树与磐石那样，永久不变。这开头四句，就通过自然的永久不变与人生的短促易逝的对比，把人生短促的意识表现得异常强烈，具有一种"当头棒喝"的气势与效果。

　　既然人生是短促易逝的，那么有什么解脱之道吗？诗人想到了一种，那就是及时行乐："斗酒相娱乐，聊厚不为薄。"斗酒虽然不多，但对于娱乐来说，也就足够了。言下之意，不必等到富贵以后才去行乐，那样就来不及了。这种及时行乐的想法，与西汉杨恽《报孙会宗书》的"人生行乐耳，须富贵何时"的想法是一致的,是汉代许多人所具有的。

光饮酒当然是不够的,诗人还要到繁华之地去游玩:"驱车策驽马,游戏宛与洛。""驽马"是劣马,和"斗酒"一样,表示即使只有劣马,也不妨驾车出游。"宛"是南阳郡宛县(今河南省南阳市),汉时有"南都"之称;"洛"是洛阳(今河南省洛阳市),西汉的东都,东汉的京城。"宛与洛"代表了当时最繁华的都市。

在这些繁华的都市中,诗人看到了什么呢?"洛中何郁郁,冠带自相索。""郁郁"是繁华热闹的气象,"冠带"是达官贵人,"索"是访问。诗人看到洛阳城里繁华热闹,达官贵人互相访问,你来我往。"长衢罗夹巷,王侯多第宅。""长衢"是大街,"夹巷"是小巷。诗人还看到洛阳城里大街小巷纵横交错,王侯第宅星罗棋布。"两宫遥相望,双阙百余尺。""两宫"是指当时洛阳城里南北相望的两座宫殿,"双阙"是指每座宫殿前左右相对的两座望楼。诗人还看到了巍峨的宫殿与气派的建筑。以上,便是诗人在洛阳城中之所见,也是其乐之所在(以"洛"为代表,故不必再说"宛")。

最后,诗人又回到了诗歌的开头,宣布自己的人生态度是:"极宴娱心意,戚戚何所迫!"也就是要尽情宴乐,以娱心意,而不能终日戚戚,若有所迫。这是全诗的点题之笔,表明了诗人对于人生的短促易逝所考虑的解脱之道。

人生的短促易逝,是《古诗十九首》最重要的主题之一,也是构成其悲观基调的主要因素。《古诗十九首》的诗人尝试从各个角度去考虑解脱之道，此诗的诗人是通过及时行乐去寻求解脱之道的。这可以说是此诗的第一个特色。

此诗的第二个特色，是它在表现人生短促易逝这一主题时，将人生的短促易逝与自然的永久不变作了对比，这是为后来的中国诗歌所常用的表现手法。

第三个特色，是此诗引人注目地表现了东汉时都市的繁荣，以及人们对此的欣赏。这一方面反映了东汉社会的新的现实，另一方面也反映了随之而出现的新的审美意识与鉴赏趣味。这种对于繁华的都市的表现，在东汉的辞赋中，如班固的《两都赋》，张衡的《二京赋》、《南都赋》中出现得较多，而在其时的诗歌中则比较少见，因而此诗在这一点上也有其特色。

（收入《古诗海》，上海，上海古籍出版社，1992 年。）

《今日良宴会》：出人头地

今日良宴会，欢乐难具陈。弹筝奋逸响，新声妙入神。令德唱高言，识曲听其真。齐心同所愿，含意俱未申。人生寄一世，奄忽若飙尘。何不策高足，先据要路津！无为守贫贱，轗轲长苦辛。

这是《古诗十九首》的第四首，也是表现人生短促主题的。但与《青青陵上柏》不同，此诗不是通过与自然的永久不变的对比，而是通过一次宴会上的音乐欣赏，来表现这一主题的。

诗人首先介绍了这次非常美满的宴会，其快乐难以一一陈说："今日良宴会，欢乐难具陈。"然后介绍了这次宴会上的快乐之一，即享受美妙动听的音乐的快乐："弹筝奋逸响，新声妙入神。""筝"是古乐器，"奋逸响"是发出奔放飘逸的音响，"新声"是指流行乐曲。

这次宴会上演奏的音乐，不仅乐声本身美妙动听，其中还蕴含着奏曲者的高妙想法，而听曲者也都听出了其中的真意："令德唱高言，识曲听其真。""令德"是有德的贤者，这里指奏曲者；"识曲"是能听懂此曲的知音者，这里指听曲者。无论是奏曲者还是听曲者，大家都抱有相同的愿望（这是借音乐来沟通的），只是都不明确说出来而已："齐心同所愿，含义俱未申。"

以下六句，诗人介绍了这种大家没有说出来的共同愿望。"人生寄一世，奄忽若飚尘。""寄"是寄居，亦即是《青青陵上柏》中"远行客"的意思；"奄忽"是迅速短促之意；"飚尘"是狂风卷起的一阵尘土。诗人说，人生一世，宛如寄居，匆匆而过，倏如飚尘。这种人生短促易逝的意识，是和《青青陵上柏》一致的；不过，包括诗人在内的与宴者所考虑的解脱之道，却不是及时行乐，而是及时谋取富贵："何不策高足，先据要路津！""策"是鞭打，"高足"是快马；"要路津"本指交通咽喉，借指高位要职。也就是说，他们的想法是，为什么不捷足先登占据要位呢？这样便可享受人间的富贵荣华。"无为守贫贱，辗轲长苦辛。"二句更从反面补足此意。"辗轲"本指车行不利，借指人生失意。与宴者认为，人生不应该甘于穷贱，一辈子辛辛苦苦，郁悒不得志。以上就是与宴者"齐心同所愿"的愿望，简单地说就是要及时谋取富贵。

《古诗十九首》的诗人，对于人生的短促易逝，曾考虑过各种解脱之道，及时谋取富贵也是其中的一种。它与其他各诗所考虑的解脱之道，诸如及时行乐、追求荣名、追求声色之娱等相比，骨子里其实并没有什么不同。及时谋取富贵作为人生的众多欲求之一，其实本来也是正常自然的，而且古今东西的社会现实也始终是如此的。不过与其他解脱之道相比，及时谋取富贵的想法，似乎显得更为个人主义，因此才会在宴会上出现既是"齐心同所愿"，又是"含意俱未申"的局面吧？而诗人则非常坦率真诚地把人们（包括他自己在内）的这种愿望说了出来。

不过诗人这么一来，倒使得人们大吃了一惊，因为世上的许多事情，原本就是可想可做而不可说的。于是古往今来的许多注家便纷纷为诗人开脱，认为这种及时谋取富贵的"卑鄙"想法，只是其他人的想法，而不是诗人本人的想法，诗人对此是持讽刺态度的。这么一解释，不仅使此诗开头对于这次宴会的肯定"今日良宴会，欢乐难具陈"难以圆说，也不符合整个《古诗十九首》肯定现世享乐的基调，究其实质，只不过是以后人的矫饰虚伪，来否定古人的坦率真诚罢了。

（收入《古诗海》，上海，上海古籍出版社，1992年。）

《西北有高楼》：孤独求偶

　　西北有高楼，上与浮云齐。交疏结绮窗，阿阁三重阶。上有弦歌声，音响一何悲！谁能为此曲？无乃杞梁妻。清商随风发，中曲正徘徊。一弹再三叹，慷慨有余哀。不惜歌者苦，但伤知音稀。愿为双鸣鹤，奋翅起高飞。

　　这是《古诗十九首》的第五首，是表现孤独感主题的。全诗的结构，宛如一个戏剧性场景：背景是一座高楼，楼上传出弦歌之声；路人甲为乐声打动，驻足谛听，不禁触动愁绪，浮想联翩。

　　开头四句，先写歌者所居之处。"西北有高楼，上与浮云齐。""西北"是虚指，"上与浮云齐"是夸张高楼之高。这是写歌者所居之处。"交疏结绮窗，阿阁三重阶。""交疏"是窗格子交错刻镂之状，"结绮"是窗格子结构精细之状，"阿阁"是四面有檐的阁子，"三重阶"是三重阶梯，意指阁子之高。这是写歌者居处的豪华精美。

　　以下八句，写从这楼上传出的弦歌之声。"上有弦歌声，音响一何悲！"这弦歌之声是那么悲切哀怨，于是诗人情不自禁地悬想，其演奏者会是什么样的人："谁能为此曲？无乃杞梁妻。""杞梁妻"，指春秋战国时期齐国大夫杞梁的妻子。杞梁为齐伐莒，死于莒国城下，杞梁妻赶到那儿，大哭十天，然后自尽。琴曲中有一首名为《杞梁妻叹》的悲哀乐曲，《琴操》认为是杞梁妻临终前演奏的。诗人猜想能够弹奏这种悲切乐曲的人，一定是像杞梁妻那样有着深深不幸的人。"清商随风发，中曲正徘徊。""清商"是清商曲，适于表现凄绝悲哀的感情，它随着风儿在空中飘扬；"中曲"是乐曲的中间部分，它正在回环往复地被弹奏着。"一弹再三叹，慷慨有余哀。""叹"是和声。这乐曲和声繁复，慷慨激越，似含有无限的哀情。这些都是诗人对于从楼上传出的弦歌之声的描写。

以下四句，写诗人听了这弦歌之声的感受。诗人猜测，像这样悲切的乐曲，蕴含着歌者的痛苦，却大概没有什么人能够领会其中的含意，因而他感叹道："不惜歌者苦，但伤知音稀。"言下之意，只有自己才是歌者的唯一知音。也正因此，他想要和歌者结识交好，一起走向未来："愿为双鸣鹤，奋翅起高飞。"

这首诗的最大特色，在于表面上处处写歌者，实际上处处写听者；表面上是在写歌者的孤独，实际上是在写听者的孤独。因为听者自己孤独，所以在他听来，这乐曲声中流露出了孤独，从而想象演奏者是一个孤独的人，进而生出想要与那演奏者结识交好的强烈愿望；而演奏者是否果为孤独之人，其演奏的乐曲是否果属孤独之曲，则其实并不一定，也无关紧要。所以，这是一首典型的反映孤独感之移情作用的诗歌。

（收入《古诗海》，上海，上海古籍出版社，1992 年。）

《明月皎夜光》：友情难恃

明月皎夜光，促织鸣东壁。玉衡指孟冬，众星何历历。白露沾野草，时节忽复易。秋蝉鸣树间，玄鸟逝安适？昔我同门友，高举振六翮。不念携手好，弃我如遗迹。南箕北有斗，牵牛不负轭。良无盘石固，虚名复何益！

这是《古诗十九首》的第七首，是表现友情难恃主题的。

诗歌的前半部分写季节的变换，以兴起后半部分人事的变化。"明月皎夜光，促织鸣东壁。""促织"就是蟋蟀，到了秋天，趋暖避寒，东壁向阳，比较暖和，所以蟋蟀在那里鸣叫。这两句写的都是秋夜的景色。"玉衡指孟冬，众星何历历。""玉衡"指北斗七星的斗柄三星，地球围绕太阳旋转，从地球上看恒星方位，每月移动三十度，古人因而在固定的时间，观察斗柄所指的方位，以确定季节和月份。此诗中诗人所看到的斗柄（玉衡），已指向"孟冬"，也就是夏历十月的方位，说明秋天快要结束，冬天即将来临。"白露沾野草，时节忽复易。"前者是写秋天的自然景色，后者是写诗人因此感到了季节的变化。"秋蝉鸣树间，玄鸟逝安适？""玄鸟"是燕子，天气一冷便从北方飞向南方；

而随着天气渐冷，蝉的鸣声也日益凄凉了。以上八句所写的，都是诗人所看到的秋天景色，以及由此生出的季节变化的感慨。

从这种季节的变化，诗人联想到了人事的变化，以下八句便转写人事变化。"昔我同门友，高举振六翮。""同门友"指在同一老师门下一起学习的朋友；"振六翮"本指大鸟的飞翔，借指人的发迹。过去曾一起学习的朋友，现在都纷纷飞黄腾达了。朋友们飞黄腾达以后，又是怎样对待自己的呢？"不念携手好，弃我如遗迹。""遗迹"是指行人留下的足迹。这是说朋友们不顾念旧谊，援手帮助自己，而是抛弃了自己，就像行人抛弃足迹一样。这样的朋友，不是徒有虚名吗？诗人于是想起了《诗经·小雅·大东》中的诗句："维南有箕，不可以簸扬；维北有斗，不可以挹酒浆。""睆彼牵牛，不以服箱。""箕""斗""牵牛"都是星名，《诗经》的诗人的意思，是说这些星徒有"箕""斗""牵牛"的名称，却不可以真的用来簸米、舀酒、拉车。此诗的诗人因而引过来，作为朋友徒有虚名的比喻："南箕北有斗，牵牛不负轭。"意思和《大东》是一样的，只是受诗形限制而略有省略。引了《诗经》的诗作比喻以后，诗人下结论说："良无盘石固，虚名复何益！""盘石"即"磐石"。说友情如果不像盘石那样坚固，那么朋友不过是徒有虚名罢了，对于自己是丝毫用处也没有的。

这首诗，通篇是对背弃友情的朋友的牢骚，显示了诗人所处时代人际关系的一个侧面，是《古诗十九首》所反映的人生众相中的一种，也是构成《古诗十九首》悲观基调的诸种失意之一。在具体表现的时候，此诗是用季节的变化来兴起人事的变化的。此诗描写了典型的秋天景色，并带有浓重的感伤情绪。这在当时的悲秋诗系列中，也是一首较为典型的作品。

（收入《古诗海》，上海，上海古籍出版社，1992 年。）

《回车驾言迈》：出名趁早

> 回车驾言迈，悠悠涉长道。四顾何茫茫，东风摇百草。所遇无故物，焉得不速老。盛衰各有时，立身苦不早。人生非金石，岂能长寿考。奄忽随物化，荣名以为宝。

这是《古诗十九首》的第十一首，也是表现人生短促主题的。

诗人先写自己的一次驾车出游："回车驾言迈，悠悠涉长道。""回车"是漫无目的之车；"驾言迈"犹言"驾而行"；"悠悠"是遥远的样子。诗人驾车出游，行进在悠悠长道上，茫然不知所往。他四面环顾，看到的是茫茫田野，百草在春风中摇曳："四顾何茫茫，东风摇百草。"这表明其时已是春天，新的一年又开始了。

不过，面对满目的春光，诗人感到的却并不是春天来临的快乐，而是时光流逝的悲哀："所遇无故物，焉得不速老。"春天里一切都是新的，新草代替了陈草，新叶代替了落叶。这一切在诗人看来却都是可哀的，因为它显示着自然界新陈代谢的迅速，从而使他想到自己也不能逃脱这一规律，而正在迅速地老去。

　　人生的盛衰变化之快一如自然界，因而诗人想到应该及早立身："盛衰各有时，立身苦不早。"诗人这里所表达的，是对于想要及早立身的强烈愿望呢，还是对于没能及早立身的深深后悔呢？也许两者兼而有之吧？这种愿望之所以如此迫切，是因为诗人悲哀地想到："人生非金石，岂能长寿考。""考"同寿。人不像金石那样坚固，不能够长生不老，而是"奄忽随物化"，也就是转瞬间就会随着自然演变而死去的。

　　诗人的这种人生短促易逝的想法，与《青青陵上柏》《今日良宴会》的诗人是一致的，不过，此诗诗人所考虑的解脱之道，则与他们不同，乃是最后一句所说的，"荣名以为宝"。"荣名"是光荣的名声，它是由"立身"所带来的。诗人认为只有它能超越死亡，使自己在肉体生命结束后延续精神生命。这种以"立身""荣名"为解脱之道的想法，正是此诗的特色之一。

　　此诗的第二个特色，是与《青青陵上柏》一样，诗人也是通过自然景物的触发而引起人生短促易逝之感的。但在《青青陵上柏》中，自然乃是作为人生的对照物而出现的，而在此诗中，自然却是作为人生的映衬物而出现的。也就是说，在《青青陵上柏》中，诗人认为自然与人生各自遵循着不同的规律，一边是永久不变的，一边是短促易逝的；而在此诗中，诗人则认为自然与人生都遵循着相同的规律，亦即是新陈代谢的规律。这也是后来的中国诗歌常用的表现手法。

此诗的第三个特色，是很罕见地把春天作为悲哀的季节来表现。众所周知，中国诗歌一直偏向于把春天作为快乐的季节，把秋天作为悲哀的季节来看待，因而自《九辨》以后，出现了很多的悲秋诗，而悲春诗则较少见。此诗却正是一首悲春诗，这是很有意思的。在《古诗十九首》中，一般的诗人大都在一年将尽的"岁暮"感到时光流逝的悲哀，而此诗诗人却在一年开始的岁首感到时光流逝的悲哀；一般的诗人为众芳摇落而悲哀，此诗的诗人却为欣欣向荣而悲哀。这其中似乎表现了此诗诗人独特的审美意识和心理感受。

（收入《古诗海》，上海，上海古籍出版社，1992 年。）

《东城高且长》：荡涤情志

东城高且长，逶迤自相属。回风动地起，秋草萋已绿。四时更变化，岁暮一何速！《晨风》怀苦辛，《蟋蟀》伤局促。荡涤放情志，何为自结束？燕赵多佳人，美者颜如玉。被服罗裳衣，当户理清曲。音响一何悲，弦急知柱促。驰情整中带，沉吟聊踯躅。思为双飞燕，衔泥巢君屋。

这是《古诗十九首》的第十二首，主题与《回车驾言迈》相类，但所寻求的解脱之路又有不同。

与《回车驾言迈》一样，诗人是由自然景物的触发而引起人生短促易逝之感的；不过触发诗人感慨的自然景物，不是春景而是秋景。而且，诗人并非驾车出游，而是登城远眺。"东城高且长，逶迤自相属。""东城"，东面城墙，高而且长，所以诗人登之远眺。他看到的是一片秋色："回风动地起，秋草萋已绿。""回风"，秋天常见的旋风，也就是龙卷风；"动地起"，卷地而起；"萋"，萋萋，草茂盛貌。秋天的来临，预示着一年的行将结束，它使诗人深感时光的流逝之快："四时更变化，岁暮一何速！"

在飞逝的时光面前，他想起了《诗经》中表述的两种生活态度："《晨风》怀苦辛，《蟋蟀》伤局促。"《晨风》是《诗经·秦风》中的篇名，其中写离人苦于相思而整日忧心忡忡；《蟋蟀》是《诗经·唐风》中的篇名，其中写诗人因岁暮来临而感到时光易逝，于是生出及时行乐的愿望，但又告诫自己要有所节制。诗人对此都不赞成，他认为《晨风》徒然自寻苦恼，《蟋蟀》又自为拘束限制，他所要采取的，是一种更为开放的态度："荡涤放情志，何为自结束？""结束"即拘束。也就是说，他要扫除烦恼，放开怀抱，摆脱拘束，尽情享乐。

"燕赵多佳人，美者颜如玉。"燕、赵均是古代国名，在今河北、山西一带；"佳人"指女乐，赵地女子多习歌舞为女乐；赵、燕相邻，连类及之。这些"佳人"不仅容貌美丽，而且擅长音乐："被服罗裳衣，当户理清曲。""被"同"披"。她们穿着华丽的衣裳，临门温习清商曲。"音响一何悲，弦急知柱促。""柱"是筝瑟等乐器上架弦的木柱，"促"是移近之意，柱移近则弦紧音高，所以从弦紧音高便也能知道柱移之近。清商曲原本是悲切的，更何况又将弦调紧了。"驰情整中带，沉吟聊踟蹰。""中带"，古代妇女衣服的一种；"沉吟"，若有所思的样子。这是写"佳人"演奏完毕，人尚沉醉于音乐之中，下意识地离座整理衣服，而又沉吟不语，徘徊踟蹰。以上均写佳人的美丽与多情，而她们正是诗人所要追求的对象，因而他最后表示："思为双飞燕，衔泥巢君屋。"以燕喻人，表示要与佳人亲近，比翼双飞。

在感慨人生短促易逝时，此诗主张追求男欢女爱，可以说是不同于同类诗的一个特色；而它对佳人和音乐的描绘，对后代文学也颇有影响。

（收入《古诗海》，上海，上海古籍出版社，1992 年。）

《梅花落》：梅花的赞叹

> 中庭杂树多，偏为梅咨嗟。问君何独然？念其霜中能作花，露中能作实。摇荡春风媚春日。念尔零落逐寒风，徒有霜华无霜质。

正如日本人把樱花当作日本民族的象征一样，我们今天也常常把梅花当作中华民族的象征，因为梅花的迎寒怒放，象征了中华民族坚贞不屈的性格。

在古代作为审美对象的梅花，又是从何时起进入诗歌的王国，受到人们的赞美的呢？这就要谈到鲍照（约414—466）的这首《梅花落》了。

《梅花落》是乐府曲名，属汉横吹曲，是用笛子吹奏的。现在就让我们随着诗人的脚步，走进一个绿树掩映的庭院，静静地聆听他的歌唱吧：

庭中有许多杂树，但我只赞叹梅花。你问我为什么只赞叹梅花？那是因为我想到它能在凌厉的冰霜里开花，在寒冷的露水里结果。春天来临，它在春风中轻轻摇荡，享受着春日温暖的阳光。然而，一阵寒风袭来，它凋谢了，到处飘零。噢，梅花，为什么你能在严寒中开花，却不能保持你那耐寒的品质，永不凋谢呢？

诗人在这首诗歌里，唱出了自己的不幸遭遇与生活理想。鲍照所生活的时代，是一个门阀士族统治的时代。出身高门的人没有什么本事也能做大官，而出身寒微的人再有本事也无从发挥。鲍照才比天高，却出身微贱，所以也摆脱不了不得志的命运。他一方面在著名的《拟行路难》的"泄水置平地""对案不能食"等诗中抒发了自己对门阀政治的不满，另一方面也表示即使不得志也决不做趋炎附势的小人，以免泯灭了自己的品行。而后者正是《梅花落》的主题，梅花可以说就是诗人自己的象征。诗人表示，自己一定要在严酷的社会里不屈不挠，"开花结果"。然而诗人对前途也不免有些悲观：人生无常，自己纵然有梅花那么高洁的品质，又能在这世界上存在多久呢？这是一种生之无常的悲哀，也是周围冷酷的现实给诗人的心灵带来的阴影。

也许，在鲍照之前人们就已经开始欣赏梅花了，但不管怎么说，鲍照的这首《梅花落》，仍是今天我们所能见到的第一首咏梅诗，而且，鲍照也是赋予梅花以美感与品德的第一个诗人。①仅凭这一点，鲍照的这首《梅花落》，在中国文学史上就应占有一席之地。

---

① 参见拙文《中日古代咏梅诗歌之比较——以南朝与奈良时代为中心》，原载日本创价大学言语文化研究中心《言语文化研究》第 13 号，1989 年 12 月；收入拙著《中日文学关系论集》，韩国河阳，大邱晓星 CATHOLIC 大学校出版部，1998 年；修订版，上海，上海古籍出版社，2011 年；重修版，上海，中西书局，2018 年。

鲍照与颜延之、谢灵运合称为"元嘉三大家"，但诗风与颜、谢有很大不同。鲍照诗有深刻的思想内涵，感情真挚深沉，语言朴素生动，在当时颜、谢倡导的华丽雕砌的诗风中独树一帜，令人有清新自然之感。杜甫称李白的诗"俊逸鲍参军"（《春日忆李白》），可见鲍照诗对唐诗发展的影响。其中尤其值得一提的，是鲍照的七言为主、间杂五言的乐府诗。七言诗自曹丕的《燕歌行》二首之后，发展一直比较缓慢，并且主要在民间流传，一般文人很少采用这种形式。只是到了鲍照，才大量采用这种形式。鲍照将逐句用韵改为隔句用韵，为七言诗的发展奠定了基础。后来，采用七言诗形式的诗人越来越多，它终于成为中国古典诗歌两大基本形式之一。

（原载《文学报》第 183 期，1984 年 9 月 27 日，笔名"文风"。）

《早发》: 大将风范

纛幄垂垂马踏沙,水长山远路多花。眼中形势胸中策,
缓步徐行静不哗。

宗泽(1059—1128)是宋代与岳飞齐名的抗金名将,陆
游有两句著名的诗"公卿有党排宗泽,帷幄无人用岳飞"(《夜
读范至能〈揽辔录〉言中原父老见使者多挥涕感其事作绝句》),
就是把两人相提并论的。他的诗虽所存不过二十来首,但一
部分诗从一个抗金将领的角度反映了宋朝的抗金战争,很有
特色。《早发》便是其中较为有名的一首。

《早发》写宗泽率领自己的军队于清晨出发,去进行一
次军事活动。全诗的气氛可以用诗中的一个"静"字来概括。
这"静",既是早晨的大自然所特有的宁静,又是纪律严明
的宗泽部队行军时的肃静,更是一场激战即将来临之前的寂
静。这三种"静"交织在一起,构成了一幅逼真的行军图。

"纛幄垂垂马踏沙",写的是行进中的军队。"纛幄"
(纛,通伞)是主帅行军时所用的仪仗,"垂垂"是张开的
伞有序而无声地移动的样子,给人以静悄悄的感觉。"马踏
沙"给人的感觉也是这样,那战马踩着沙地所发出的沙沙声,

更衬托出行军队伍的肃静。这一句的特色，就在于用一个视觉画面表现了一个听觉印象；而行军队伍的肃静不哗，正是反映了宗泽部队的纪律严明，有战斗力。

"水长山远路多花"，写了行军队伍周围的自然景色。悠长的流水，绵亘的远山，点缀于路旁的野花，这三者所构成的意境，是一种大自然在清晨时分的静谧。大自然的宁静与行军队伍的肃静互相映衬。"水长山远"既是说的自然景色，又暗示了行军路线之长。而宗泽既有闲情雅致欣赏周围的山水花草，则表明他对即将来临的军事行动早已成竹在胸，为下面一句的正面描写作了很好的铺垫。

"眼中形势胸中策"，正面描写了主人公的思想活动。"眼中形势"，是指当时的抗金形势；"胸中策"，是指自己将要采用的战略战术。宗泽骑在马上，分析着当前的形势，考虑着自己的对策，觉得一切都已了然于胸中。正因为这样，所以"缓步徐行静不哗"，让部队放慢速度，坚定而又稳重地向前行进，静悄悄地没有喧哗之声。最后一句所表现的，是一种名将指挥下的部队的风貌。在"静不哗"中，既表现了纪律的严明，也表现了激战来临之前的肃穆气氛。

这首诗的最大特色，就在于它平平实实，不作豪迈语，却写出了一个大将的风范，故至今仍脍炙人口。

（先后收入上海辞书出版社的《宋诗鉴赏辞典》，1987年；《袖珍宋诗鉴赏辞典》，2003年；《名家品诗坊·宋诗》，2004年。）

《田家苦》：农商苦乐原不同

何处行商因问路，歇肩听说田家苦："今年麦熟胜去年，贱价还人如粪土。五月将次尽，早秋都未移；雨师懒病藏不出，家家灼火钻乌龟。前朝夏至还上庙，着衫莫酒乞杯珓；许我曾为五日期，待得秋成敢忘报。阴阳水旱由天公，忧雨忧风愁煞侬；农商苦乐原不同，淮南不熟贩江东。"

宋代的田园诗特别发达，它朝两个方向发展着：一是对田园风物的更为精细、别致的观察与刻画，二是对田家疾苦的更为真切、深沉的表现与同情。这两个方向的源头，都可以追溯到田园诗的开山祖、晋代大诗人陶渊明那里；不过，它们的充分发展，则是在宋诗中完成的。尤其是后一方面的诗歌，显示了有别于其他时代的宋诗的特征。在宋诗中，诸如"田家""田家行""田家语""田家谣""田家咏""田家苦"等以"田家"为题材的诗非常之多，这反映了宋代诗人与农民的接近及对农民的关心。这些作品，除了远承陶诗的传统之外，显然也深受宋人最为崇拜的杜甫关心民生疾苦精神的影响。

　　在这些歌咏田家的诗人中，章甫（生卒年不详）是较为出色的一个。章甫是陆游的朋友，和陆游一样，他的一生也是在风雨忧患中度过的，他的作品中多忧国忧民之作。尤其是一些有关田家的诗，如《悯农》《忧旱》《苦旱》等，都浸透了诗人对田家的深厚感情。这首《田家苦》，即是其中的上乘之作。

　　从内容看，这首诗可以分成四个层次。第一第二两句是第一个层次，交待了田家诉苦的起因：某地一个商人向田家打听道路，农夫告诉了他。乘商人放下行李休息的时候，两人拉起了家常。农夫向这个萍水相逢的过路商人陈诉了田家的苦恼。这个开头，起得自然、亲切。田家的苦恼有两个，其一是"丰年贱价"的苦恼，这就是三四两句所说的内容，构成这首诗的第二个层次。尽管今年的麦子收成比去年好，但田家的处境反而更糟了，这是因为麦子一丰收，那些商人便不愁贩不到粮食，于是乘机压价，使得麦子竟如粪土一般，田家从丰收中得不到任何好处。

　　如果说"丰收"对田家而言是一种灾难的话，那么"歉收"则将是一场更大的灾难。田家既愤慨于"贱价还人"这种社会不公，更害怕干旱水涝之类自然灾害。田家的第二个苦恼便是"忧雨忧风"，这就是五至十二句所说的内容，构成这首诗的第三个层次。五月眼看着就要过去了，但早稻还没有插秧，因为天上司雨的"雨师"又是偷懒，又是装病，躲起来不肯露面，简单一点说，就是天旱无雨。这可急坏了田家，但靠天吃饭的田家又有什么办法呢，还不是只能求神拜佛，乞求神明的保佑？于是家家户户都用乌龟占卜。前一天正好是夏至，大家穿着像样的衣衫来到庙里，用酒祭奠神明，询问休咎，结果神明答应五天之内下雨。田家暗淡的心里透进一丝希望之光，他们很诚恳地表示，到了秋收时一定不忘报答神明。这里，章甫接触到了一个很现实的问题，即在自然灾害面前田家的束手无策与愚昧迷信。在这首诗里，章甫对田家的迷信活动并没有加以评议，钱锺书说："章甫对这种迷信是不赞成的——从《自鸣集》卷二《白露行》、卷三《悯农》、卷四《忧旱》《白露》、卷五《苦旱》等诗里都看得出——因此他愈觉得农民的处境可怜。"[1]这是很有见地的。田家的愚昧，更衬托出他们的绝望和可悲，令人为之酸鼻。

农夫说完自己的两个苦恼，不禁对自己的不幸发出长叹，并把田家的苦乐与商人作了比较，这就是最后四句所说的内容，构成这首诗的第四个层次。田家的收成毫无保障，全视天气情况而定，整日价忧雨忧风，真真使人愁煞；不像商人，如果淮南出现了自然灾害，粮食歉收，还可以到江东等别的地方去贩运。田家受天公支配，而行商则不然，所以农商的苦乐是不同的。这一结束，是上文的自然发展，又紧扣开头行商问路、农夫诉苦的情景，首尾相应，脉络甚密。

全诗中洋溢着的对田家的同情，给人以强烈印象。从这

---

① 见其《宋诗选注》，北京，人民文学出版社，1979年，第239—240页。

首《田家苦》中，可以看出作者受到杜甫诗风的影响。

这首诗是由商农的一问一答所构成的，属于"对话体"。杜甫的名作《三吏》采用的即是这种对话体，这也是章甫受杜甫影响的一个证据。凭借这种"对话体"，诗人可以模仿农夫的口吻，用通俗易懂、纯朴生动的语句，真切地道出田家的心声，增强诗歌的感染力。

这首诗的另一个特色是对比手法的运用。其中有两种对比。一种是明的，即农商苦乐的对比。在这个对比中，章甫如同历史上的大多数文人，很明显地是站在田家一边的。另一种是暗的，即"丰收"与"歉收"、"人祸"与"天灾"的对比。今年的麦子收成很好，胜过去年，但田家却反而受压价之苦，这是"人祸"；今年的水稻趋势不妙，久旱无雨，有可能颗粒无收，这是"天灾"。无论是丰收还是歉收，是天灾还是人祸，田家都躲避不了不幸的命运。通过两个对比，诗人更深刻地揭示了田家生活之苦。

（收入《宋诗鉴赏辞典》，上海，上海辞书出版社，1987年。）

唐寅《桃花庵歌》跋

　　明弘治十八年，唐寅（1470—1524）三十六岁，是年，他在苏州桃花坞建成桃花庵别业。桃花坞在阊门内、北街北，南距唐寅旧居（阊门内皋桥南吴趋里）不远，当时是苏州的名胜之一。唐寅《姑苏八咏》组诗的第四首便是吟咏桃花坞的，从中我们可以想象桃花坞当日的景象："花开烂漫满村坞，风烟酷似桃源古。千林映日莺乱啼，万树围春燕双舞……"江南三月里的桃花是异常美丽的，一株两株尚不觉其奇，倘是千树万树，则如云如霞，欲烧欲燃，使人怦然心动，流连忘返。唐寅选择桃花坞建造自己的别业，充满着浪漫气息与唯美色彩。桃花庵成了唐寅后半生二十年的寄躯之地，也成了唐寅与朋友们的聚会之所。"筑室桃花坞中，读书灌园，家无担石，而客尝满座。风流文采，照映江左。"（袁袠《唐伯虎集序》）

　　唐寅非常喜欢自己的这处别业，特地为它写了一首脍炙人口的《桃花庵歌》（弘治乙丑三月）：

　　　　桃花坞里桃花庵，桃花庵里桃花仙；桃花仙人种桃树，又摘桃花换酒钱。酒醒只在花前坐，酒醉还来花下眠；

半醒半醉日复日，花落花开年复年。但愿老死花酒间，
不愿鞠躬车马前；车尘马足贵者趣，酒盏花枝贫者缘。
若将富贵比贫贱，一在平地一在天；若将花酒比车马，
他得驱驰我得闲。别人笑我忒风颠，我笑他人看不穿；
不见五陵豪杰墓，无花无酒锄作田。

在这首诗中，唐寅透露了自己建造桃花庵别业的动机，乃是
和他那非功利人生观息息相关的。这种非功利人生观形成于
唐寅的年轻时代，而在六年前的那场"科场案"后定型。正
如他在《把酒对月歌》中也唱到的那样："……我也不登天
子船，我也不上长安眠。姑苏城外一茅屋，万树桃花月满天。"
唐寅用作为非功利人生观之象征的"万树桃花"与满天月光，
否定了作为功利人生观之象征的"长安"与"天子船"。在
这个意义上也可以说，桃花庵本身便是唐寅非功利人生观的
一个象征，是他那背时傲俗的生活态度的一个见证；而《桃
花庵歌》则是他的这种人生观和生活态度的宣言，是对于"科
场案"后绝望的人生处境的精神突围。

　　然而不限于此吧。在中国的诗歌传统中，一些常见的花
卉意象，常被赋予特定的象征意义。相比于"高洁"的梅花
之类意象，"夭夭"的桃花意象有时不免带点"暧昧"，常
让人联想到美丽然而有点"妖"的女子，而她们也正是唐寅
后半生不幸岁月中的慰藉。选择朝夕与桃花而不是梅花相伴
的唐寅，联系他后半生那风流倜傥的生活现实来看，在其精

神气质上和潜意识里，难道不会同样具有某种对传统审美定势的叛逆心理？这就像在以近女色为耻、以仇视女性为荣的《水浒传》的好汉世界里，"色胆能拼不顾身"的好色之徒矮脚虎王英，不顾来自好汉群体的耻笑和压力，公然贪恋上了"天然美貌海棠花"的一丈青扈三娘一样，其中自有一种可爱的真性情和勇敢的"反媚俗"精神。

又据时人记载："唐子畏居桃花庵，轩前庭半亩，多种牡丹……至花落，遣小伴一一细拾，盛以锦囊，葬于药栏东畔，作《落花诗》送之。"（《六如居士外集》卷二诗话）这种非唐寅想不到、做不出的奇异举动，对后世的中国文学竟然也有潜在的影响。《红楼梦》中宝玉和黛玉葬桃花的情节，《玉梨魂》里何梦霞葬梨花的场面，都让人联想到了唐寅在桃花庵里的葬牡丹之举。

而黛玉那首让宝玉听了"不觉痴倒"的《葬花词》，其流丽婉转的节奏和回环往复的结构，让人强烈地感受到了《桃花庵歌》的影子。这种节奏流丽婉转、结构回环往复的七言歌行，到初唐人张若虚的《春江花月夜》本已臻于极致，但在宋以后却受制于一脸严肃的律诗而难得再见。因而，唐寅的喜作以《桃花庵歌》为代表的这类七言歌行，其实也不妨可以看作是他对于宋以后诗歌陈陈相因境况的一种审美突围（唐寅集中有《咏春江花月夜》七言诗一首、《春江花月夜》五言诗二首）。而这种审美突围，与他在现实生活里对绝望的人生处境的精神突围，应该说也是一致的吧！

桃花庵早已不存，而《桃花庵歌》尚在。日益沉湎于流俗的现代文人，日趋拜金媚俗的当下文学，还能从《桃花庵歌》的旋律中获得一点自己怎样突围的启示吗？

2004 年 5 月 8 日

（收入《古典诗学会探——复旦大学中文系教授荣休纪念文丛·陈允吉卷》，上海，复旦大学出版社，2006 年。）

宇内域外

一代史家陈寅恪

一代史家陈寅恪（1890—1969），在中外学术界享有盛誉，但当他在"文革"中被折磨致死时，国内一片阒然，反倒是海外各地，多有悼念文章；他的研究论著，除了个别的以外，在内地也很难看到，反倒是在台、港各地，出现了各种各样的版本。由于这些原因，致使过去国内一般学子对陈寅恪所知甚少，甚或有不知其名的。

但是进入 1980 年代以后，这种现象却顿获改观，陈寅恪的研究业绩，重又受到国内学术界的重视。从 1980 年起，上海古籍出版社陆续出版了全套《陈寅恪文集》，包括陈寅恪现存的全部著作，共七种九册近二百万言，计为论文集《寒柳堂集》《金明馆丛稿初编》《金明馆丛稿二编》，专著《隋唐制度渊源略论稿》《唐代政治史述论稿》《元白诗笺证稿》《柳如是别传》，另附蒋天枢教授撰写的《陈寅恪先生编年事辑》。这套文集的出版，不仅结束了此前只有台、港等地才有不同版本的陈寅恪论文集流传的局面，而且也以其为陈寅恪生前所亲自编定、复又经蒋天枢教授精心整理所获致的权威性与高质量，而向中外学术界提供了陈寅恪著作的一个最完整可靠的定本，从而为一代史家陈寅恪建起了一座丰碑，也昭示着我国学术事业重又开始步入正常的发展轨道。曾经痛陈"盖棺有期，出版无日"的陈寅恪若泉下有知，当亦会为此稍感欣慰吧！

陈寅恪，江西修水人，以生于中历寅年，兄弟间排行字为恪，故祖母黄氏为取名寅恪。陈寅恪出身世家。祖父陈宝箴，为清末维新名臣，任湖南巡抚期间，在湖南实行新政。父陈三立，号散原，为近代著名诗人，人称有清诗人之殿。长兄陈衡恪，字师曾，以字行，为民初著名画家。陈寅恪秉承家学渊源，自幼饱读诗书，打下了良好的旧学基础。乃父又颇具维新思想，不要儿子们应科举考试，而是要他们受西式教育，早在1901年，便率先在家里办起了新式学堂，教授数学、英文、音乐、绘画等课程。陈寅恪后来终生坚持以中国文化为本位、同时兼收并蓄外国文化的学术思想，恐怕便与他从小所受这种中西合璧式家庭教育的影响不无关系。

20世纪初，正值中国近代史上第一次留学高潮，陈三立也鼓励儿子们到国外去求学。于是1902年，年仅十三岁的陈寅恪，便随着兄长们登上了驶往东瀛的渡轮。在日本，他就读于弘文书院，与周树人（鲁迅）是同学。此后直到他三十六岁被聘为清华学校国学研究院导师时止，他的整个青年时代，一直是在时断时续的留学生涯中度过的。二十余年间，他曾先后留学日本（弘文书院）、德国（柏林大学）、瑞士（苏黎世大学）、法国（巴黎大学）、美国（哈佛大学）等地，尤以在柏林大学和哈佛大学的时间为最久。在这些大学中，他主要师从欧美的东方学家，学习各种东方古文字，如梵文、巴利文、满文、蒙文、藏文、突厥文、西夏文、波斯文、马扎儿文等，这样加上他留学期间所学习的各种现代西方语言，如英文、法文、德文、俄文、希腊文等，他所掌握的语言据说多至二十余种。在当时的中国留学生中，他被誉为中国最有希望的读书种子，全中国最博学的人之一。

他之所以要学习这么多种语言，尤其是这么多种东方古文字，是为了要以它们为工具，来重新考订古籍，研究历史。他采取这种治学门径，盖受到当时风靡德国史学界的历史语言考据学派的影响。这个学派重视语言考据方法，重视利用原始材料，尤其是原始档案，以探求真相，重建信史。同时，他盖也受到了当时中国史学界重视研究中亚史地的风气的激荡，并秉承了刚刚过去的乾嘉考据学派的"读书必先识字"的传统遗训。

1925 年，清华学校创办大学部和国学研究院。三十六岁的陈寅恪，一无博士学位，二无著作论文，仅凭其广博的学识与深厚的功底，便与一代名家梁启超、王国维同被聘为国学研究院导师。在国学研究院里，陈寅恪讲授"佛经翻译文学""西人之东方学之目录学""梵文文法"等课程。这些课程涉及多种语言，难度很大，听讲的研究生们常感程度不够，并常发生不配做其学生的感叹。但是这些课程在当时给人以耳目一新之感，陈寅恪讲的又都是自己的研究心得，所以深受研究生们的欢迎。尽管国学研究院仅开办了短短数年，但在这数年间培养出来的学生中，却涌现出了许多卓有建树的学者，如王力、刘盼遂、蒋天枢、高亨、谢国桢、姚名达、徐中舒、姜亮夫等，这其中自然也有陈寅恪的一份贡献。

随着王国维与梁启超的相继去世，国学研究院于1929年结束了它那短暂而辉煌的历史。陈寅恪转任清华大学中文、历史两系合聘教授，并为两个研究所开设专题课，如"佛经文学""世说新语研究""唐诗校释""魏晋南北朝史专题研究""隋唐五代史专题研究"等。授课之余，精研群籍，尤以中古佛教史的研究用力最勤。对于佛教史，他关心的是佛教对于中国一般社会和思想的影响，所以他的佛教史研究常结合中古史的研究来展开。随着研究成果的不断发表，他的学术声名日隆，并远及于日本和欧洲。

但是，他的平静的研究生活，却为日寇的侵略所破坏。1937年8月，日军占领北平。清华大学议迁西南，陈寅恪携家南徙。在整个抗战八年间，陈寅恪辗转于长沙、蒙自、昆明、香港、桂林、成都等地，任教于西南联大、香港大学、广西大学、燕京大学等校。颠沛流离的生活，艰难困苦的条件，严重地损害了他的健康，使他得了严重的目疾，并于1945年近乎完全失明。而且更使他痛苦的是，他想据以著述的一些录有他研究心得的珍贵书籍，也在战乱中丧失殆尽，以致使他无法继续从事佛教史和中亚史地的研究。但即使在这样的情况下，陈寅恪以他那仅剩的左眼，以及手边仅有的书籍，仍孜孜不倦地从事研究。除了许多单篇论文外，在战时完成或基本完成了他那名闻遐迩的唐史研究三书:《隋唐制度渊源略论稿》（1940年完成，1944年出版），《唐代政治史述论稿》（1941年完成，1943年出版），以及成为后来的《元白诗笺证稿》之主要部分的九篇论文（1944年作）。这三种著作，一论唐代制度，一论唐代政治，一论唐代社会风俗，互为表里，相辅相成，其不囿胡汉的境界，诗史互证的方法，关中本位的观点等等，在当时学术界产生了广泛影响。其中如《唐代政治史述论稿》一书，还被士林誉为抗战时期最佳学术著作，陈寅恪亦因此成为唐史研究之巨擘。

抗战胜利后，陈寅恪一时仍未能过上安定的生活。1945年秋，他曾赴英国伦敦治疗目疾，但未能奏效。1946年秋，他返回阔别九年的北平，重新任教于清华大学。但仅仅过了两年，至1948年冬，又因战事逼近北平而重复南下。他谢绝了胡适和傅斯年要他去台湾的多次邀请，于1949年元月来到广州的岭南大学。此后直至1969年去世，他一直住在广州，先是任岭南大学中文、历史二系合聘教授，1951年起专任历史系教授。1952年院系调整，岭南大学名义取消，原中山大学迁入岭南大学校舍，陈寅恪继任中山大学历史系教授。"文革"前的十余年间，陈寅恪生活比较安定，甚受各级党政领导的礼遇。但在1958年批判"厚古薄今"的运动中，他也受到了批判。于是他不再授课，专力著述。1962年夏，他又不慎跌断了右腿，日常生活要靠护士帮助。但他虽然"失明膑足"，却仍著述不辍。先是于1950年，他将以前所写有关元白诗诸论文，汇为《元白诗笺证稿》一书出版。1953 年秋，开始撰写《论再生缘》，翌年春完成。紧接着，又开始撰写《钱柳因缘诗释证稿》，至 1964 年夏初稿写成，易名为《柳如是别传》，洋洋八十余万言。自 1952 年起帮助他工作的助手黄萱说："寅师以失明的晚年，不惮辛苦。经之营之，钩稽沉隐，以成此稿。其坚毅之精神，真有惊天地泣鬼神的气概！"此后又开始撰写回忆录《寒柳堂记梦》（未定稿）。同时在助手的协助下，编定自己的论文集《金明馆丛稿》等。但是由于在当时的政治空气中，陈寅恪的著作显得不合时宜，因而一直没有出版的机会，他遂有"盖棺有期，出版无日"之叹。1966 年夏"文革"起，陈寅恪被指为中山大学"头号反动学术权威"，历经三年多的不断折磨，饱受屈辱与痛苦，终于 1969 年 10 月 7 日含恨去世，终年八十岁。

一代史家陈寅恪，对学术事业贡献巨大，却一生遭际坎坷。他的不幸，也正是我们祖国的不幸。不过尽管他遭遇了种种不幸，他的人品学问和研究业绩，却为他赢得了崇高的国际声誉。在此我们谨录一段一个日本学者写于 1962 年的文字，以见海外汉学家对他的推崇之一斑，亦借存其神情风范之一个剪影：

陈三立的哲嗣，不是别人，就是现在的中国历史学大家陈寅恪。大概是民国十九年的秋夜，蒙徐鸿宝的好意，与其他二三位留学生一起，同当时任清华大学教授的陈寅恪先生在宣武门外旗亭共进晚餐。陈氏身材瘦长，高度的近视眼，举止谦虚，而最引人注意的是他的炯炯的目光。话题主要是清史。一下子给我的印象是，陈氏是位感觉极其敏锐的人，而且他所有敏感的神经，都是为探求学问的良心服务的。现在他恐怕将近七十了，名声越来越高，战后不久出版了《唐代政治史述论稿》《元白诗笺证稿》。此后久不著述，据说是因眼疾之故。我衷心祝他努力加餐，身体康健！①

（附记：本文所用材料，大都取自故蒋天枢师《陈寅恪先生编年事辑》《陈寅恪先生传》，以及汪荣祖教授《史家陈寅恪传》，特此说明，并申谢意；然若引用有误，则概由本人负责。）

1992 年 6 月 4 日

（原载《语文学习》1992 年第 8 期，1992 年 8 月。）

---

① 吉川幸次郎《清末的诗——读〈散原精舍诗〉》，贺圣遂译，收入吉川幸次郎《中国诗史》，高桥和巳编，章培恒等译，合肥，安徽文艺出版社，1986 年，第 355 页。

"金昌"在哪里

　　在《鲁滨孙飘流续记》①中，大约有二三万字左右（中译文），写了鲁滨孙一行在中国境内的旅行。其中提到他们在中国上岸的地方，是一个名叫"金昌"（Quin Chang）的小港口。对于这个名叫"金昌"的小港口，学者们都不知道是什么地方。因为事涉清朝外贸制度，本文略陈一孔之见，以就正于通人方家。

　　因为鲁滨孙在孟加拉买的船被误认作海盗船，所以他的船不像一般的欧洲船那样去澳门，而是一路北上，"越过了欧洲船只常来的所有中国港口"（其实当时欧洲船都被限制在广州贸易，但笛福却没有提到广州，反而说"欧洲船只常来的所有中国港口"，显然他并不清楚当时中国的外贸制度），去了位于"中国海岸的最北部"的"南京湾"——笛福在这里犯了一个地理常识错误，南京其实位于中国海岸的中部，而且本无所谓"南京湾"之说（现在看来，笛福所说的"广

---

① 本文所引《鲁滨孙飘流续记》中译文及页码，均据黄杲炘中译本之第二部，上海，上海译文出版社，1997年；唯书名以百年来约定俗成，仍沿用林纾、曾宗巩中译本。

阔的南京湾"，似是指长江口一带）。这也暗示了笛福其实
并未真正到过中国，对中国的海域和港口缺乏足够了解（不
过那时候欧洲没有到过中国，却大写特写中国的人多得是）。
但因为"南京湾"里恰巧有两艘荷兰船，鲁滨孙担心会落入
荷兰人手里（因为怕被他们误认作海盗船），所以就改泊到
了"南京湾"南一百二十六海里的小港口"金昌"（Quin
Chang）。在"金昌"，一个日本商人买下了他们所有的鸦片，
又租下了他们的船。处理完了货物和船只以后，在等待四个
月后的集市期间，鲁滨孙一行为了散散心，到中国内地作了
两三次旅行。

范存忠主张"金昌"是杭州："至于'金昌'，他（笛福）
也没有说准，看来他要说的不是 Quin Chang，而是马可波罗
游记上的 Kinsai 或 Quinsay（'行在'）即杭州。应该说鲁
滨逊是在杭州登陆的。"[①]

但我以为"金昌"绝不可能指杭州，因为当时的杭州并
非通商口岸（明清对通商口岸有严格限制），也并不开展对于
日本的贸易。"金昌"很可能是指杭州湾北侧的乍浦，不仅
乍浦的地理位置符合笛福的说法：大概位于北纬三十度左右，
从"南京湾"——可能就是长江口——"往南行驶一百二十六
海里左右"，"由于是逆风，我们花了五天才来到那另一个

---

① 范存忠《中国文化在启蒙时期的英国》，上海，上海外语教育出版社，1991 年，
第 47 页。

港口"——这段距离、所花时间和遭遇逆风（详见下文），正好说明鲁滨孙的船绕过了长江三角洲，而乍浦港在清朝对外贸易中的作用，也非常接近笛福对于"金昌"的描述。

据日本学者大庭脩说："在以官商、额商为主要贸易形式的时期，即江户时代的后期，所有的商船均起航于上海或宁波。特别是 1720 年前后，来自浙江省嘉兴府平湖县乍浦港的宁波船更是有增无减。在乍浦，有为数众多的对日商品批发行，漂流到中国的日本人称其为'日本商问屋'；唐货主的会馆——两局会馆也设在乍浦，使乍浦成为对日贸易的中心地区。"[①]

笛福则是这样描述"金昌"的："从澳门来传教的神父们，在向中国人传播基督教的进程中通常在那儿上岸，而欧洲的船只却向来不到那里……这不是一个商人活动的地方，只是在某些一定的日子，那儿有集市一类的活动，那时有日本商人去买中国商品。"（第 379 页）"这里通常是有集市贸易的，最近的一次集市已过去了几天，但我们看到河里还有三四艘中国帆船和两艘日本船，这两艘从日本来的船已装好了在中国采购的货物，但由于一些日本商人还在岸上，所以没有启航。"（第 383 页）"大概再过四个月，我们待的这个地方又将有一次大规模集市，那时我们也许能买到这个国家的各种产品，同时也可能找到一艘人家愿意出售的中国

---

① 大庭脩《江户时代日中秘话》，徐世虹译，北京，中华书局，1997 年，第 24 页。

帆船或东京湾来的船。"（第 387 页）

当时中日间的海上贸易主要利用季风，即春夏利用西南季风去日本，秋冬利用东北季风来中国。一来一去之间，两地的港口都会有一段空闲时间，所以乍浦港也应有"忙季"（集市）和"淡季"。从时间上来推算，鲁滨孙到乍浦港应是（西历）1702 年 7、8 月之交（所以从"南京湾"南下时遭遇了逆风，因为那时还在刮西南季风），那时候正值"忙季"刚刚过去，即大批商船利用西南季风，已经从乍浦港起航赴日本，要等四个月后的下一个"忙季"，也就是东北季风刮起后的一段时间，才会有大批来自日本的商船和大量货物云集乍浦港。小说里还写到，在鲁滨孙于（西历）1703 年 2 月初从北京出发之前，"我的合伙人和老领航匆匆去了我们当初抵达的港口，为的是处理我们留在那里的一些货物"（第 393—394 页），那应该是 1702 年年底左右，那时应正逢乍浦港进入"忙季"（距鲁滨孙登陆"金昌"也正好约有四个月），他们很容易出脱留在那里的货物。可见乍浦很符合笛福笔下的"金昌"。而鲁滨孙到达那儿的 1702 年，笛福出版此小说的 1719 年，也正是大庭脩所说的"1720 年前后"。所以，"金昌"很有可能即指乍浦，而不可能指非通商口岸的杭州。

至于发音上的截然不同，笛福自己其实也有个解释："他所说的那个港口名称，我也许拼音有误，因为我没有特别用心记住其发音，而我记下这地名和许多其他地名的笔记本又因碰上意外，着了水之后也就全完了……但是有一点我是记得清楚的，就是在同我们打交道的中国或日本商人嘴里，这地名同那葡萄牙人领航说的不同，他们对这地名的发音就是上述的金昌。"（第379页）这里鲁滨孙的表述稍微有些混乱：既然"金昌"这个发音是葡萄牙人领航告诉他的，而中国和日本商人嘴里的发音与彼不同，那么又怎么可能"他们对这地名的发音就是上述的金昌"呢？但不管怎么说，这里的混乱本身就告诉我们，对于"金昌"这个发音我们不必太当真——笛福根本就不懂中文，也从来没来过中国！

而这个既不懂中文也没来过中国的笛福，怎么就会阴差阳错地写到了乍浦港——这个对日贸易的专用港，欧洲船从不涉足的地方，则只有问他本人才能知道了。曾替政府做过"间谍"的他，肯定有自己的"情报"来源——只要看整个的《鲁滨孙飘流记》《鲁滨孙飘流续记》，栩栩如生地写的都是他从没有经历过的事情，就可以知道他搜集处理"情报"的能力如何了得了。

鲁滨孙们登陆"金昌"的一百四十年后，或笛福出版此小说的一百二十余年后，在第一次鸦片战争中，1842年5月17日，英军攻陷乍浦，纵兵烧杀掳掠，史称"乍浦之变"。这是后话了。此事与笛福写到"金昌"有无关系？姑留待"反间谍"专家们去一探究竟吧！

2016年3月24日

（原载2016年7月10日《新民晚报》"国学论谭"版，笔名"胡言"。）

情场与战场

众所周知，中国古典小说每喜用战争术语描写男女关系，视情场如战场，视做爱如打仗，在这两件"风马牛不相及"的事中找到共同点，从而造成一种令人忍俊不禁的喜剧效果：

> 雨将云兵起战场，花营锦阵布旗枪。手忙脚乱高低敌，舌剑唇刀吞吐忙。（《欢喜冤家》第一回《花二娘巧智认情郎》）

《三国演义》里刘备东吴招亲那段，写孙尚香性情刚勇，志胜男儿，自幼好观武事，房中摆满兵器："主公有一妹，极其刚勇，侍婢数百，居常带刀，房中军器摆列遍满，虽男子不及。""吴侯之妹，身虽女子，志胜男儿。常言：'若非天下英雄，吾不事之。'"刘备新婚之夜，入洞房如入营房，心寒胆惊，着实被吓得不轻，颇让人忍俊不禁，也是很富于喜剧色彩的：

> 数日之内，大排筵会，孙夫人与玄德结亲。至晚客

散，两行红炬，接引玄德入房。灯光之下，但见枪刀簇满；侍婢皆佩剑悬刀，立于两傍。唬得玄德魂不附体。正是：惊看侍女横刀立，疑是东吴设伏兵……却说玄德见孙夫人房中两边枪刀森列，侍婢皆佩剑，不觉失色。管家婆进曰："贵人休得惊惧：夫人自幼好观武事，居常令侍婢击剑为乐，故尔如此。"玄德曰："非夫人所观之事，吾甚心寒，可命暂去。"管家婆禀覆孙夫人曰："房中摆列兵器，娇客不安，今且去之。"孙夫人笑曰："厮杀半生，尚惧兵器乎！"命尽撤去，令侍婢解剑伏侍。当夜玄德与孙夫人成亲，两情欢洽。（第五十四回《吴国太佛寺看新郎　刘皇叔洞房续佳偶》、第五十五回《玄德智激孙夫人　孔明二气周公瑾》）

当然，两人最终成其好事。这个情节，因其前后反差鲜明，故颇刺激读者神经。

这种写作手法在中国古典小说中司空见惯，也曾影响及于同属汉文化圈的东亚各国，在此我们姑举一个朝鲜半岛的例子。

在人气韩剧《来自星星的你》里，神通广大的都教授很不屑千姑娘只会看漫画，夸示自己喜爱的"人生之书"是《九云梦》。这是 17 世纪末朝鲜文人金万重所作的汉文小说，在朝鲜半岛文学史上地位崇高，被中国的出版商誉为"韩国的《红楼梦》"。小说虽然看上去如此的"高大上"，其实却是一部不折不扣的"罗曼司"，书中男主角杨少游娶了八个美女，九个人幸福地生活在一起，会让今天的读者觉得匪夷所思。

在第八回《宫女掩涕随黄门　侍妾含悲辞主人》里，写杨少游奉命率大军征伐吐蕃，吐蕃赞普派女剑侠沈袅烟行刺。沈袅烟却与杨少游有前世之缘，遂弃赞普之命而投向杨少游，两人就在军营中成其好事：

> 因与同寝，以枪剑之色，代花烛之光；以刁斗之响，替琴瑟之声。伏波营中，月影正流；玉门关外，春色已回。戎幕中一片豪兴，未必不愈于罗帷彩屏之中矣。

作者把情场置于战场，所写战场景致语涉双关，既可以认为是实景，也可说是暗示或象征，从而战场情场交相辉映，场面反差强烈鲜明，活用中国古典小说的上述写作手法，化用刘备入洞房桥段不露痕迹，含蓄从容，推陈出新，让人不由得不佩服其巧思。①

在第十四回《乐游原会猎斗春色　油壁车招摇占风光》里，作者频繁使用战争术语和典故，描述美女歌舞游猎的技艺大赛，堪称上述写作手法的另类活用。话说越王邀请丞相杨少游出城游玩，实则是要与杨少游比赛美女。郑夫人马上领会了越王的意图，把其来信看作是一道战书，把自己这些妻妾看成是"军兵"，把比赛看作是红蓝两军对阵，以为即

---

① 这方面的登峰造极之作，应属007邦德系列电影。

使游戏也须严阵以待:"军兵虽养之十年,用之在一朝。"
下令曾为青楼双绝的两妾桂蟾月、狄惊鸿严格操练女乐,以
迎战越王宫中的青楼第三绝色万玉燕。在决战前夕,杨少游
不免轻敌:"然青楼绝色只有三人,而我已得伏龙、凤雏,
何畏项羽之一范增乎?"狄惊鸿也信心满满:"吾两人横行
于关东七十余州……何可遽让于玉燕乎?"桂蟾月则信心不
足:"越宫风乐,擅于一国;武昌玉燕,名于九州。越王殿
下既有如此之风乐,又有如此之美色,此天下之强敌也。妾
等以偏师小卒,纪律不明,旗鼓不整,恐不及交锋,便出倒
戈之心也……越宫中粉其腮而胭其颊者,无非八公山草木也,
有走而已,吾何敢当乎?"还嘲笑狄惊鸿说大话:"此角孙、
吴而为敌,与贲、育而斗力,非庸将孺子所抗也。况玉燕,
帷幄中张子房也,能决胜于千里之外,何可轻之?今鸿娘徒
为赵括之大谈,吾见其必败也。"一时间历代名将云集,三
大名妓不知为何就被比作了异代不同时的伏龙、凤雏和范增
(乱点鸳鸯谱),也不知为何孙子、吴起、孟贲、夏育、赵
括就和张良、苻坚并肩战斗在了一起(关公战秦琼)。美女
比赛硝烟四起,八公山上草木皆兵。好在狄惊鸿"大言未必
无实",自比入吴游说的诸葛亮和入楚游说的毛遂,"妾以
一言,使越宫夺气",终使杨少游阵营大获全胜,凯歌而还。
作者饱读中国史书,又熟悉中国小说,了解上述写作手法,
遂把情场当作战场,把赛美比作战役,不禁写得兴高采烈,
七搭八搭。

其实西方文学也有视情场如战场的传统，奥维德有"每个恋人都是战士"（Militat omnis amans）的诗句，古希腊神话里的爱神和战神也正是偷情的一对。

战争术语可用于情场，反之，甜言蜜语也可用于战场。英国文艺复兴时期剧作家约翰·弗莱彻（John Fletcher）的戏剧《布迪卡》（*Bonduca*）里，便有一段奇葩发言，视战场如情场，把敌人当恋人：

Caratach. I love an enemy; I was born a soldier;
　　And he that in the head on's troop defies me,
　　Bending my manly body with his sword,
　　I make a mistress. Yellow-tressèd Hymen
　　Ne'er tied a longing virgin with more joy,
　　Than I am married to that man that wounds me.[I.i.]

　　卡拉塔克①：我热爱敌人；我生来是个士兵；

---

① 卡拉塔克是西元初不列颠最杰出的将领之一，其事迹见于塔西佗《编年史》卷十二（他在罗马史书中名为"卡拉塔库斯"）。他骁勇善战，在反抗罗马人对不列颠的征服中，多次取得了局部或全面的胜利。"由于（50 年）这次抗战，他的名声超出了他本国岛屿，传遍附近各行省，乃至意大利本土也都知道了他的名字。因为这些地方的居民都很想看一看在这样多年中间敢于同我们的强大威力相抗衡的这个人是怎样一个人。甚至在罗马，卡拉塔库斯的名字都是很有名的。"（塔西佗《编年史》，王以铸、崔妙因译，北京，商务印书馆，1983 年，下册，第 376 页）

谁要在队伍中最先挑战了我，

用利剑逼我这堂堂男儿折腰，

我就成了他的情妇。金发的海门①

也不会给怀春少女带来更多幸福，

比起让我嫁给那个让我受伤的人。

【第一幕第一场】

卡拉塔克对强大的罗马敌人尊重乃至热爱，将自己比作渴望婚姻的怀春少女，且有过之而无不及。于是战场上的战败，遂等同于情场上的屈服。这与奥维德的诗句，以及《三国演义》《九云梦》里的表现，正好形成了奇妙的对照。

同时，它也让我们想起了《水浒传》里的矮脚虎王英，他打不过"天然美貌海棠花"的扈三娘，结果宋江让他如愿以偿地配了扈三娘；又想起杨宗保、穆桂英不打不相识的故事，尤其是杨宗保也是穆桂英的手下败将（见京剧《穆柯寨》《穆天王》《辕门斩子》等），后来却结成为史上有名的恩爱夫妻——都是这种视战场如情场、把敌人当恋人的模式，可以为卡拉塔克的奇葩发言提供佐证，而且以男败女胜而在趣味性上更胜卡拉塔克一筹。曾经的人气韩剧《我的野蛮女友》，也应来自于东亚文学的这一文脉。

---

① 海门是古希腊神话中司婚姻之神。

最后，但愿卡拉塔克心想事成，如愿"嫁"给打败了他的罗马人！①

2016年10月14日写，2017年9月16日改

---

① 在50年的那次战役中，卡拉塔克果然战败被俘。凯撒让战俘们列队走过被邀来参观的民众面前，以夸耀罗马人的胜利和不列颠人的失败。"别人由于害怕而不光彩地讨饶了。但是卡拉塔库斯本人既不垂头丧气，更不说一句乞怜的话。他来到座坛面前，便讲了这样的话："……这有什么奇怪呢？如果你们想统治整个世界，难道世人会欢迎自己被人奴役么？如果我不作抵抗便投降你们，然后被带到你们跟前来，那么就不会有很多人知道我的失败或你们的胜利了。你们惩罚了我之后，这事也就会被人们忘记了。但是如果你们是保留我的性命，我将永远记住你们的宽大。'凯撒赦免了他、他的妻子和他的兄弟。"（塔西佗《编年史》，王以铸、崔妙因译，下册，第376页）

小说中的时间标志

　　中国传统小说中的时间标志非常清晰，简直可以排出日志来，比如《金瓶梅词话》《红楼梦》等。还有学者根据时间标志上的漏洞，考证出《儒林外史》中有伪作的部分。①

　　即以《金瓶梅词话》来说，小说起始于北宋政和二年（1112），结束于金灭北宋、南宋建立（1127），故事主要发生于北宋末的十来年间。其间排日记事，类一部商人家族的编年史。姑以小说前十回"武十回"为例。故事开始，政和二年十月，武松打虎，与哥哥重逢；十一月，潘金莲勾搭武松未遂；过了十多天，县令差遣武松上京；政和三年（1113）三月初，西门庆与潘金莲勾搭成奸；四月二十日前后，武大郎捉奸被踢；四月二十六日左右，武大郎被毒死；临近五月初五端午，西门庆会潘金莲；五月二十四日，西门庆纳彩孟玉楼；六月初二，西门庆迎娶孟玉楼；六月十二日，西门庆嫁西门大姐；相隔近三个月，七月二十九日，西门庆生日翌日，始重会潘金莲，其间潘金莲怨念；八月初六，武

---

① 见章培恒《〈儒林外史〉原书应为五十卷》《〈儒林外史〉原貌初探》《再谈〈儒林外史〉原本卷数》，皆收入其论文集《不京不海集》，上海，复旦大学出版社，2012年。

大郎百日，请僧念佛烧灵；八月初八，西门庆迎娶潘金莲；
不久，武松出差回来，误杀李外传，西门庆侥幸逃脱，武松
被抓，免死充军，清河县申文落款日期是"政和三年八月日"，
小说里写"正遇着中秋天气"。（其间也有时间碰不拢的，
如武松被差遣上京，上文说是政和二年岁末，至来年八月始
回，应该有大半年光景，可下文又说"去时三四月天气，回
来却淡暑新秋……前后往回，也有三个月光景"，分明是作
者疏忽了，也是小说家的通病。）

　　不仅是排日记事，而且人物的年纪，也是一出场，一见面，
就先介绍明白的。潘金莲道："奴家虚度二十五岁，属龙的，
正月初九日丑时生。"西门庆曰："属虎的，二十七岁，七
月二十八日子时生。"连生辰八字都交代清楚了，然后才开
始勾搭，"龙虎斗"。

　　这种排日记事的写法，让人想起中国的史学传统，尤其
是编年体史书，如《春秋》《左传》《资治通鉴》，以及正
史中的本纪等。[①]"史统散而小说兴"（绿天馆主人《古今小

---

① 美国汉学家韩南也注意到这一点："晚清以前的白话小说全部是第三人称叙
　述，并采用历史编年或传记式的叙述方法。""从小说叙述的时间顺序看，白
　话小说总是从头说至尾，编年史式地顺序说去，既要说明事件的背景，又要让
　读者详细了解前因后果。""中国文言小说中是完全看不见口头文学的影响
　的……叙述时取编年史家或传记作家的姿态，而不取说书人的姿态。"（见其
　《中国白话小说史》，尹慧珉译，杭州，浙江古籍出版社，1989年，第20页，
　第26页，第21页）看起来，他认为中国古代小说无论文言还是白话，都采用
　了历史编年或传记式的叙述方法。

说叙》），史书在中国地位崇高，若小说写得像史书，读小说就会像读史书，可以讨中国读者欢喜的。①

再举一个有趣的例子。佛经多无年历注记，中国释子不忍佛祖释迦牟尼没有确切生日，遂以《春秋》鲁庄公七年（前565）四月辛卯（五日）夜恒星不见为据，推定佛祖生日为夏历四月八日（《瑞应经》曰："到四月八日，夜明星出，佛生右胁，堕地即行七步。"）。其间种种牵强附会、扞格难通处，见沈约（441—513）的《答陶隐居〈难均圣论〉》："释迦出世年月，不可得知。佛经既无年历注记，此法又未东流，何以得知是周庄之时？不过以《春秋》鲁庄七年四月辛卯恒星不见为据。三代年既不同，不知外国用何历法？何因知鲁庄之四月，是外国之四月乎？若外国用周正邪？则四月辛卯，长历推是五日，了非八日；若用殷正邪？周之四月，殷之三月；用夏正邪？周之四月，夏之二月；都不与佛家四月八日同也。若以鲁之四月为证，则日月参差，不可为定；若不以此为证，则佛生年月，无证可寻。且释迦初诞，唯空中自明，不云星辰不见也。瑞相又有日月星辰停住不行，又云明星出时堕地，行七步，初无'星辰不见'之语，与《春秋》'恒星不见'意趣永乖。"（《全梁文》卷二十九）。但对于中国释子来说，

---

① 苏联作家爱伦堡 1951 年访华时，也观察到了一个有趣的现象："我有机会碰到的中国人都很注意日期、周年，而在论证什么事情的时候则说'第五点''第六点''第七点'……"（见其《人，岁月，生活》第六部 28，冯南江译，北京，人民文学出版社，2016 年，下册，第 1357 页）

最重要的是佛祖得有个确切的生日，至于有无理据则是次要的事情。庾信（513—581）的《哀江南赋》也提到，当时人皆热衷于此事："谈劫烬之灰飞，辩常星之夜落。"

同处东亚的日本，深受中国文化的影响，又有自己的民族特色。以《日本书纪》为首，古史有所谓"六国史"，也是"本纪"式编年史，与中国史学分派同源。早期小说的代表作《源氏物语》，论者以为也受过史书影响。唯其中时间标志虽然清楚，却又与中国小说稍有不同，主要是季节、节日，而较少具体日期，也不细数人物年纪。两个中译本的译者，可能为了照顾中国读者的习惯，一个加了详细的脚注，说明这是哪一年、主人公几岁时的事情（丰子恺）①，一个则编了更加详细的《各帖要事简表》，堪称《源氏物语》主要人物的年表（林文月）②。从译者的这种做法中，不难看出两国的文化差异。

日本的现代小说，如川端康成的《古都》等，每受《源氏物语》的影响，多以季节、节日为时间标志。而同受《源氏物语》的影响，谷崎润一郎的《细雪》，故事从1936年11月开始（正是作者搬入倚松庵的日子），到1941年4月26日结束（作者开始写《细雪》的前一年），四年半里排日记事，具有编年史般的精确性，与中国传统小说有得一拼，

---

① 北京，人民文学出版社，1980年。
② 南京，译林出版社，2011年。

显示了东洋史学传统的根深蒂固。据说萨特曾夸《细雪》是"现代日本文学的最高杰作",不知道他于其中的排日记事法是否喜欢?

之所以有此一问,是因为西方小说中很少时间标志,更少像中国小说那样排日记事。即如萨特自己的小说,像《文字生涯》,说是唯一的自传了,可其中时间标志极少,更看不到排日记事。"今天,1963 年 4 月 23 日,我在一幢新楼房的第十一层上修改这部手稿。"这是整部自传中唯"二"明确到日的时间标志(另一个是 1914 年 8 月 2 日,法国战争总动员的翌日),可它显然游离于自传之外,跟自传内容并无直接关系。也许对萨特来说,比起故事中的时间来,写作时的时间更为重要。这是因为对他来说,"写作即存在","我在写作中诞生"——他更看重的是自己的"文字生涯"。

又如著名的以"时间"为主题的小说,普鲁斯特的《追忆似水年华》,其中也几乎没有什么时间标志,很难把握故事发生的确切时间。连译者之一的周克希都说:"昨天正好译到主人公'我'比较小的时候——这个主人公到底有多少年纪,我们始终都搞不清楚(笑)。"(《译边草》)有人夸它是"巴黎社交界的编年史",显然于什么是"编年史"毫无概念,倒不如吹捧它为"史诗"还好一点。

无独有偶,马克·吐温的《哈克贝利·费恩历险记》,是用少年人(哈克贝利·费恩)的口吻讲述的,可是讲述者的年纪却并未交代,研究者推算说大约是十三四岁。

　　至于纳博科夫，他在回忆录《说吧，记忆》里公开宣称："我承认我不信任时间。我喜欢在使用后把我的魔毯这样折叠起来，使图案的一个部分重叠在另一部分之上。让客人们出门旅行去吧。"话都说到这份上了，你还能拿他怎么办！

　　西方小说的这种特点，似乎也与西方的史学传统有关。西方史学之父希罗多德的《历史》，里面就很少有时间标志，什么时候打仗，打到什么时候，大都语焉不详，与中国史书正好形成对照。中西史学传统既异，小说自然也就不同，时间标志是要素之一。

　　法国史学家吕西安・费弗尔在《莱茵河——历史、神话和现实》一书中，曾表扬古罗马史家的"以年为单位计算时间"："我们这些经常把若干世纪搅浑的人却不应忘记，《高卢战记》和《日耳曼尼亚志》以年为单位计算时间，这与伏尔泰作于1753—1758年的《风俗论》中有关罗马征服的那几章，以及卡米伊・茹里安作于1908—1912年的《高卢史》头几章是一样的。"①费弗尔意在替古罗马史家说话，但其所谓的"以年为单位计算时间"，与我们所理解的《春秋》式编年史，完全不是同一个概念。如凯撒的《高卢战记》七卷，从前58年至前52年，基本上每年一卷记事，的确是"以年为单位"的，但这只是后人推算的日期，书中除了一两个具体日期，以及关于季节的词以外，并无明确的时间标志。而关于其他几部

---

① 许明龙译，北京，商务印书馆，2011年，第96—97页。

史书，费弗尔则可能是记错了。除茹里安的《高卢史》我未经眼外，如塔西佗的《日耳曼尼亚志》（98），记载了古日耳曼人的各种情况，但它根本就不是一部编年史，除了一处提到"罗马纪元六百四十年"外，书中没有任何的时间标志。即使是伏尔泰的《风俗论》，"有关罗马征服的那几章"（这里有可能写错或译错，因为该书只简略提及罗马征服，并无'那几章'的篇幅），也基本上没有时间标志，更没有"以年为单位计算时间"。所以在费弗尔的上述那段话中，最有价值的也许只是这一句："我们这些经常把若干世纪搅浑的人……"西方文人之忽略时间标志，正如西方史家之搅浑若干世纪。

但也不是没有例外的。比如巴尔扎克的小说，因为要写成所谓的"风俗史"，便常常贯穿明确的时间标志，提到故事的时间与人物的年纪。如《欧也妮·葛朗台》[①]，从 1819 年写起，那年欧也妮二十三岁，写到她三十三岁守寡，应该是 1829 年，主要写这十年里的故事，开头则追溯了以前的事情。可是巴尔扎克记性不好，或者数学不行，所以他的人物年纪混乱，他的"编年史"常常出错。1789 年大革命爆发那年，葛朗台四十岁上结的婚。到 1806 年，"那时葛朗台五十七岁，他的女人三十六，他们的独养女儿才十岁"。那么到了 1822 年 10 月，欧也妮母亲去世时，葛朗台应该是七十三岁，他妻

----

① 傅雷译，郑州，河南人民出版社，1998 年。

子应该是五十二岁,欧也妮应该是二十六岁,可是在那年年初,巴尔扎克却说,"那时葛朗台刚刚跨到七十六个年头,两年以来,他更加吝啬了"。欧也妮母亲去世五年后,到了1827年年底,"在八十二岁上,老家伙患了疯瘫,很快的加重",其实那年葛朗台应该是七十八岁。至于提到欧也妮或其他人物的年纪,常常会有一两年之差,那就到处都是了。显见得对于时间标志,巴尔扎克要么心不在焉,要么力不从心。

在法国小说中,时间标志最清楚,最像所谓"编年史"的,应该是莫泊桑的《漂亮朋友》(《俊友》)①。其小说开始时,是1880年代某年,姑且假定为1881年。第一部第一章开头说,"这一天是6月28日"。第二章写翌日(6月29日)的事情。第三章写后天(6月30日)的事情。第四章具体写7月1日到3日的事情,笼统写此后的事情。第五章开头说,"两个月过去了,接着又进入了9月",中间说,"就这样到了12月14日这天"。第六章中间提到主角收到老板的请柬,邀请他于1月20日去赴宴,这就进入第二年(1882)了。第八章开头写"2月底就要到了"。第二部第一章一开始说"她4月中旬才能回来",说明这时还不到4月中旬;然后是"夏天过去了,接着又是秋天";然后写主角在5月10日结婚,那就是进入第三年(1883)了。第二章中间说,"靠近6月底的一个晚上"。第四章开头说,"在7月的骄

---

① 王振孙译,上海,上海译文出版社,2008年。

阳下";中间又提到,"今天是 7 月 28 日"。第五章开头说,"秋天到了","尽管时间才 10 月初"。第七章开头说,"征服摩洛哥已经两个月",说明已经到年底了;接着又写瓦尔特夫妇发出请柬,邀请社会名流于 12 月 30 日去他们家看名画。第八章开头说,"临近 3 月底",这就进入第四年(1884)了;中间又说,"今天是 4 月 5 日"。第九章开头说,"三个月过去了",那就是 7 月初了;又提到"瓦尔特一家要在 7 月 15 日这一天动身去特鲁维儿度假"。第十章提到,"今天是 8 月 16 日",又提到当时是"9 月初",又提到"婚礼定在 10 月 20 日两院复会之后",最后小说在婚礼场面中结束。也就是说,小说从第一年(1881)的 6 月 28 日,写到第四年(1884)的 10 月 20 日,时间标志非常清楚。而小说就在 1885 年出版,简直就像是在写新闻报道。无疑是因为这是一部主要写报界的小说,报纸每天按时出刊,从业人员的故事自然也就时序历历了。莫泊桑的其他几部长篇小说却并非如此的。而对比同写报界黑暗的巴尔扎克的《幻灭》在时间标志方面的粗线条,则莫泊桑与其前驱的区别又昭昭可见了。

百余年前来到中国的法国文人谢阁兰,折服于中国连绵不绝的编年史传统:"而这部中国历史,几乎是一日一日地记载了四千年,实在是全人类记忆中的一座最连贯、最均一、最完整,或许也是最有权威性的丰碑——只差每一日的意义和重要性不是等同的了。正是如此,它在人类记忆之长河中开创了一个崭新的时代。"[1]也正因此，他在当时中国小说家群起向西方寻找新的小说叙事模式的潮流中，反其道而行之，竟然用编年体来写他以光绪皇帝为主人公的长篇小说《光绪别史》（*Le Fils du Ciel*, 1918）！

2016 年 3 月 11 日

（原载 2016 年 4 月 3 日《新民晚报》"国学论谭"版，笔名"胡言"，续有增补。）

---

① Victor Segalen, *Chine. La grande statuaire*, édition établie et annotée par Philippe Postel, Paris : Honoré Champion, 2011, p. 63.

小说里的空间设置

　　小说叙事离不开时空架构。除了时间标志以外，小说作者如何设置空间（地点），显然也不会是随心所欲的，而应是深思熟虑的结果。

　　比如《儒林外史》，不仅在悠长的时间中，而且在广阔的空间里，展开其连环套式的故事，呈现了丰富多彩的人物画廊。除了引子为元末王冕的故事，发生在浙江诸暨以外，小说开篇是在山东汶上，接着到了广东南海、番禺、高要，然后又回到山东汶上，又到了江西南昌，浙江嘉兴、湖州、杭州、温州，然后经过芜湖、扬州、安东，慢慢地向南京靠拢聚焦。而南京正是空间的中心，真假名士表演的舞台，正如在《水浒传》里，各路好汉聚义梁山泊，在《金瓶梅词话》里，各地商人贸迁清河县。与南京相对的则是北京，不仅是地理上的首都，也是体制内的象征，与体制外的南京相对，为真名士们所不喜。《儒林外史》的潜在模板是正史"儒林传"，"外"相对于正史的"内"而言。但在形式上，必须具备正史"儒林传"的时空格局，所以有了《儒林外史》的悠广时空；又以南京和北京的对立，展示其体制外的价值观。有专家说，《儒林外史》之失，在于缺乏一个贯穿全书的主角；若天假吴敬梓以年,他会让杜少卿成为这样的主角。①但试问,正史"儒林传"会有贯穿始终的主角吗?《儒林外史》里,始于成化末年（1487）,终于万历二十三年（1595）,超过百年的悠长时间（还不算引子和尾声）,南至广东,北至山东、北京,以南京为中心的广阔空间,有什么超人可以贯穿这样的时空呢?不仅杜少卿做不到,其他人物也做不到啊!

　　小说里的空间设置,也可以表现为虚拟空间,作者凭借它寄托理想,以与现实空间相抗衡。《红楼梦》里的"大观园"就承载了这一功能。"大观园"所围起的,是一个干净的"孩子世界",这里情欲还没有抬头,与外面的"成人世界"对立,那是被情欲毁坏的世界。"可以把大观园内的世界看成是一个孩子世界,而把大观园外的世界看成是一个成人世界。在小说家看来,大观园内的孩子世界是一个干净的世界,一个'情'的世界,一个理想的世界;而大观园外的成人世界则是一个肮脏的世界,一个'淫'的世界,一个现实的世界……大观园内的孩子世界的崩溃,正是因为孩子们的长大成人。女孩们的出嫁当然是一种标志,另外,对于性的渴望则是另一种标志。绣春囊的出现之所以显得如此严重,正在于它乃是一个孩子世界即将崩溃的信号。"②

　　小说借助空间设置的不断转换,可以表现人物的历险或

① 陈汝衡《吴敬梓传》,上海,上海文艺出版社,1981年,第149—150页。
② 拙著《小说:洞达人性的智慧》,上海,复旦大学出版社,2008年,第55—56页。

成长。《西游记》《鲁滨孙飘流记》《围城》等名著就不用提了，在明末清初青心才人的小说《金云翘传》里，与历史记载的语焉不详不同，女主角王翠翘的苦难历程，被安排在北京—临淄—无锡—台州—钱塘江—杭州这个一路南下的线性空间里。读者可以解读为，京师象征了王翠翘出身的良好；江浙是倭患的重灾区，在那儿容易遇见倭寇头目徐海；徐海败亡以后，王翠翘投钱塘江自尽，可与古时曹娥投江"互文"……但更大胆一些猜测，这个一路南下的线性空间设置，是否与明末清初的改朝换代具有隐秘的联系？北京的沦陷，南明小朝廷的建立，反清复明的希望寄托在郑成功身上，而乃父郑芝龙原本就是大海盗……（顺便说一句，在此后越南人改写的汉文小说《金云翘录》里，女主角的故乡被从北京挪到了雷州——毕竟雷州离越南比北京近得多了。）

小说里的空间设置，也可以故意缺失或隐藏，这同样能够反映问题。在朝鲜文人金万重的汉文小说《九云梦》里，大唐天子面临诸多内忧外患的困扰："而时国家多事，吐蕃数侵掠边境，河北三节度或自称燕王，或自称赵王，或自称魏王，连接强邻，称兵反国。"（第六回《贾春云为仙为鬼狄惊鸿乍阴乍阳》）却全未提及困扰隋唐多年的高句丽，以及继之而起的渤海国。"大小臣僚言议矛盾，皆怀姑息之计。翰林学士杨少游出班奏曰：'宜如汉武帝招谕南越王故事，亟下诏书，告以祸福；终不归命，用武取胜。为万全策也。"（同上）汉武帝平定南越两年后，曾以同样手段征服古朝鲜：

"元封二年（前 109），汉使涉何谯喻右渠，终不肯奉诏……天子募罪人击朝鲜。"（《史记·朝鲜列传》）但杨少游上奏时只记得前者，于后者却似乎有意失忆。小说写杨少游平藩镇，降吐蕃，东搜西讨，南征北战，却从未提及过朝鲜半岛。而正是在这梁启超所谓不记载什么的"消极史料"里，透露了金万重作为朝鲜半岛文人的隐秘心曲。

在有些小说里，空间本身就是重要角色，有时甚至可以成为"灵魂"。比如近世白话小说每以杭州为故事发生的舞台，美国汉学家韩南乃称之为"杭州现实主义"："这类小说的中心点可称为'杭州现实主义'……八篇小说的地点都在杭州，都说是宋代故事，对杭州这个城市的描写非常细致：某门、某街、某场、某林、某堤岸、某乡、某村，都具体点明。"[1]在为马克·吐温的《哈克贝利·费恩历险记》新版写的引言（1950）中，艾略特称密西西比河为小说的另一个主人公。对于川端康成的《古都》，评论家山本健吉认为："作者是要描写美丽的女主人公，或女主人公姐妹俩，还是要描写京都的风物？何者为主，何者为从？这委实难以闹明白。小说是为了描写这对孪生姐妹难以改变的命运而需要京都的风物，还是恰恰相反，是为了引出京都的风土、风物而需要这对姐妹？我的想法更倾向于后者。"[2]帕斯捷尔纳克的《日

---

[1] 韩南《中国白话小说史》，尹慧珉译，第 61 页。
[2] 新潮文库版《古都》解说，东京，新潮社，2010 年，第 272—273 页。

瓦戈医生》最后这样结尾："不知是过了五年还是十年，在一个静谧的夏日的傍晚，戈尔顿和杜多罗夫又一起高坐在敞开的窗户旁，窗外是一眼望不到边的傍晚时候的莫斯科。他们正在翻阅格兰尼亚整理的日瓦戈作品集……窗外一望无际的莫斯科是作者的故乡，他一生经历的事件大半在这里发生。但在他们看来，莫斯科现在不是这些事件的发生地，而是今晚他们手中那部长篇故事中的主角，现在他们已经把这个故事读完了。"也就是说，在近世白话小说、《哈克贝利·费恩历险记》、《古都》、《日瓦戈医生》等小说中，杭州、密西西比河、京都、莫斯科就是主角，空间成了小说的灵魂，重要性甚至超过人物。

从小说结构上来说，把空间设置开宗明义就交代清楚的，是普鲁斯特的《追忆似水年华》。小说开头，一上来就是一大段睡眠描写，翻个身就感觉到了哪里哪里，新的睡姿又产生了新的回忆，借此把小说里的主要空间都介绍到了，可以看作是整部小说的一个总纲。"半夜梦回，在片刻的朦胧中我虽不能说已纤毫不爽地看到了昔日住过的房间，但至少当时认为眼前所见可能就是这一间或那一间。如今我固然总算弄清我并没有处身其间，我的回忆却经受了一场震动。通常我并不急于入睡；一夜之中大部分时间我都用来追忆往昔生活，追忆我们在贡布雷的外祖父母家、在巴尔贝克、在巴黎、在东锡埃尔、在威尼斯以及在其他地方度过的岁月，追忆我所到过的地方，我所认识的人，以及我所见所闻的有关他们的一些往事。"不仅是空间介绍清楚了，而且时间也全部出现了："一个人睡着时，周围萦绕着时间的游丝，岁岁年年，日月星辰，有序地排列在他的身边……那时沉沉的黑暗中，岁月、地域，以及一切、一切，都会在我的周围旋转起来。"（第一卷《在斯万家那边》第一部《贡布雷》）不过，这样一个别出心裁的总纲，是要读完全书才能明白的，可是它却被置于全书的开头，吓退了多少没有耐心的读者，也包括当年的许多出版商，致使小说出版好事多磨，①但普鲁斯特宁可自作自受。②

　　空间设置还可以表示作者的好恶。艾衲居士的《豆棚闲话》里，作为杭州人的艾衲居士，借着苏州扁豆的形厚中空，把苏州人着实奚落了一番："这也是照着地土风气长就来的。天下人俱存厚道，所以长来的豆荚亦厚实有味；唯有苏州风气浇薄，人生的眉毛尚且说他空心，地上长的豆荚越发该空虚了。"（第十则《虎丘山贾清客联盟》）"上有天堂，下有苏杭"——原来天堂里也有互踩！司汤达的《红与黑》里，

---

① 1913年2月19日前后，奥朗道夫出版社总编辑恩布洛在退稿信中写道："我这人可能是不开窍，我实在弄不明白，一位先生写他睡不着，在床上翻过来又翻过去，怎么居然能写上三十页？"不过现在的开头这部分，怎么看都没有三十页，或许是恩布洛言过其实？又或者普鲁斯特作了删节？
② 《追忆似水年华》的开头别出心裁，结尾或高潮也同样意味深长：它以一场盛大的聚会结束，主要角色悉数到场，他们的结局都有了交代。明眼人马上就会联想到托尔斯泰的《战争与和平》，它以一场盛大的聚会开头，借此让主要角色悉数登场亮相。普鲁斯特熟悉并欣赏托氏的小说，通过将其小说开头的写法用于自己小说的结尾，来向托氏致敬。

于连和市长夫人的情事败露后，躲进了贝桑松一家丑陋的神学院。司汤达其实从未到过贝桑松，不过那里却是雨果的出生地。司汤达一向讨厌雨果，批评其诗歌毫无意义可言；雨果则反唇相讥，司汤达从不了解写作的真谛。神学院设置在贝桑松，也许并非是无心之举？

　　如果不限于小说，那么在侯孝贤执导的《悲情城市》里，以各地方言象征不同的空间，也承载了同样的好恶功能：说闽南语的是良善的本地人，说日语的是他们的日本友人，说北方话的是凶神恶煞的大兵，而最大的反派人物，一个流氓头子，开口闭口"册那"的，却是阿拉上海人……作为一个土生土长的上海人，对于编导的这种刻意安排，我一直心怀不满，腹诽不已！

2016 年 9 月 25 日

（原载 2017 年 2 月 5 日《新民晚报》"国学论谭"版，续有增补。）

我以为，这是比较文学

鲁班用木头做了一只鸟，竟然让它飞上了天。鲁班的工地总是离家很远，便骑着它回家看望妻子。鲁班死了，木鸟还活着，飞到了印度，变成了金翅鸟。印度织工骑着它，飞越重重宫禁，与公主幽会。波斯太子又看上了它，把它弄到了手，派它作了同样的用途。爱马的阿拉伯人征服了波斯，喜欢它的飞行功能，却不喜欢它鸟的形状，于是让它变身为乌木马，继续上演他们的浪漫传奇。法国人好偷懒啊，就这么原封不动地引进了，只把马主人换成了骑士，靠它成就了缠绵的罗曼司。还是英国人有上进心，把马的材料改造一过，使它成了威风凛凛会飞的铜马。可铜马啊铜马，乔叟为何没有讲完你的故事，让大诗人弥尔顿念念不置……我骑着鲁班原创的木鸟一路西行，就像坐在飞往欧洲的航班上一样，降落时木鸟已经变成了铜马。我把旅途上的所见所闻记录了下来，于是就有了《〈坎特伯雷故事集〉中铜马故事的东方来源》[①]。我以为，这是比较文学。

我从小喜欢听故事，尤其喜欢一夜又一夜连着听成串的

[①] 原载《中华文史论丛》2002 年第 2 辑，2002 年 12 月；收入《跨文化研究：什么是比较文学》，北京，北京大学出版社，2007 年；又收入拙著《中国古典文学论集》，上海，上海古籍出版社，2013 年。

故事，故事中套着的故事。我听过印度的婆罗门老师讲迷宫般的故事，阿拉伯的公主讲一千零一个故事，意大利的薄伽丘十天讲一百个故事，英国的乔叟讲坎特伯雷朝圣路上香客们的故事，德国的豪夫讲黑森林里不断遇到强盗的故事……可是，为什么在中国很少有人这样讲故事呢？只有明末的艾衲居士搭过一架豆棚，在豆棚下开讲过一连串有趣的故事。我好像自己就坐在那架豆棚下，甚至都闻到了扁豆花开的清香，那清香让我想起了那些外国故事集，于是就有了《〈豆棚闲话〉：中国古典小说中的框架结构》①。我以为，这是比较文学。

　　日本的芥川龙之介来到中国，看一切都不顺眼；法国的洛蒂去到日本，看一切也不顺眼。这本来没什么，可要命的是，两人的"看法"竟然一模一样！是中国、日本长相一样，还是芥川龙之介、洛蒂眼光雷同？是中国、日本有问题，还是两人的眼光有问题？日本人芥川龙之介说，法国人洛蒂很喜欢日本；法国人洛蒂却说，他很不喜欢日本。在这个"罗生门"故事里，谁说了真话，谁说了假话？还是自以为都说了真话，其实却都说了假话？还是看上去都像是假话，其实却都是真话？我就这么一天到晚把这两个人看来看去，看出了一篇《芥川龙之介与洛蒂：分裂的中国与日本形象》②。我以为，这是比

---

① 原载韩国岭南中国语文学会编《中国语文学》第30辑，1997年12月；又载《中华文史论丛》2001年第2辑，2001年9月；收入拙著《中国古典文学论集》。
② 原载台湾淡江大学《淡江日本论丛》第20辑，2009年12月；又载《书城》2010年1月号；收入拙著《东洋的幻象》，上海，上海锦绣文章出版社，2010年；

较文学。

　　洛蒂的同乡谢阁兰，名字很像中国人，对中国文化也是一往情深。但是，他怎么可以这样反动呢，竟说桀、纣都是了不起的人物（我们今天的"戏说历史"又何尝敢说到这分上）？他不爱开国英雄，却爱亡国之君，宁可弃明投暗，不愿弃暗投明……他是脑筋有毛病还是怎地？但是且慢，魏晋时重出且流行的先秦古书《列子》里，好像也有类似的反动声音哎？什么尧、舜名声虽好，却活得辛苦，桀、纣名声虽臭，却过得快活，两相比较，自然是前者不如后者。还有，要说思路古怪，鲁迅好像也是半斤八两，不喜正宗的"桂冠诗人"，偏爱可恶的"摩罗诗人"（魔鬼诗人），还夸后者才是精神界的勇士，开新生面的希望。那么，谢阁兰用中国文化"六经注我"，于中国文化果然没有"我注六经"的意义？我期期以为不然，于是就有了《与〈画〉的对话：谢阁兰的"中国的幻象"的中国式解读》[1]。我以为，这是比较文学。

修订版，北京，商务印书馆，2018年；又收入陈众议主编《外国文学学术史研究》之邱雅芬编选《芥川龙之介研究文集》，南京，译林出版社，2014年。

[1] 原载延边大学《东疆学刊》第27卷第3期，2010年7月；中国人民大学书报资料中心复印报刊资料J4《外国文学研究》2010年第12期全文转载；收入谢阁兰《画 & 异域情调论》附录，黄蓓译，上海，上海书店出版社，2010年；又收入拙著《东洋的幻象》；又收入《谢阁兰与中国百年：从中华帝国到自我帝国》，黄蓓主编，上海，华东师范大学出版社，2014年；法文版《Un dialogue avec *Peintures*：ou une lecture chinoise de la «vision de la Chine» de Segalen》，邵南译，原载法国 *Cahiers Victor Segalen*, numéro 1, *Le Mythe de la Chine impériale*（《谢阁兰研究》第一辑《中华帝国的神话》），巴黎，Honoré Champion 出版社，2013年。

就这样，我以为，这些都是比较文学。

但这些真的是比较文学吗？其实我不知道。

甚至有的时候，我都不知道其实我不知道。

而且，在认为比较文学有了"危机"、比较文学已经"死亡"的人看来，这些也许根本就不是比较文学吧？或者，在认为比较文学没有"危机"、比较文学还活得好好的人看来，这些也许就更不是比较文学了吧？

但自己知道也罢，不知道也罢，别人说是也好，说不是也好，于我都无妨碍。

因为，虽然"上帝死了"，但万事万物间的联系还在，因此，所有的文学作品也都是连在一起的。于是，似我这般有着"自由而无用的灵魂"的文学饕餮之徒，自会着迷于探寻它们之间伟大而隐秘的联系，而不管不顾于所有有形无形的界限：国境、种族、时代、风尚、文体、语言，载体、性别……

我以为，这就是比较文学。

2012 年 3 月 14 日于法国雷恩

（原载复旦大学校内刊物《为学》第 17 期，2014 年 3 月。）

比较文学研究要重视"比较思维"

　　刚才各位同行都谈到，由于"比较文学与世界文学"二级学科的设立，导致了比较文学的"三个分化"；而其中的两个"分化"——外国文学化与文艺理论化，对这些年来一直在探索前进的比较文学学科的健康发展构成了冲击。我同意大家的看法，同时也想作一个补充，即我觉得比较文学的健康发展，除了上述这些外部的冲击以外，还面临着来自内部的问题。其中之一是庸俗化与泡沫化的问题，而这与外部的冲击也是有关的。

　　正如各位同行所指出的，比较文学不应是简单的"类比"，而应是运用解析式的"比较思维"，对研究对象作深层次的把握。因此，那些随意"拉郎配"的组合，那些一望而知的表面特征，不应成为"比较"的主要对象。但自从1980年代比较文学复兴以来，我们却看到了许多简单"类比"的东西，使得比较文学研究庸俗化和泡沫化了。我觉得这也是比较文学健康发展的障碍。

　　其表现之一，是比较对象的选择太随意，即任意选取两个对象（也许具有某种表面的相似性）作类比，以为这样就尽了比较文学之能事。不过由于缺乏"必须比较"的理由，所以让人觉得就像排列组合一样，可以有无穷多的搭配可能性，从而范围也就漫无边际了。中国的张三，与日本的李四，与韩国的王五，与英国的赵六……或者人物换成作品，就像"乔太守乱点鸳鸯谱"，点到哪里是哪里，拉到篮里就是菜；又像古代传奇里神奇的方士，或现代技巧高超的魔术师，从兜里可以掏出无限多的玩意儿。但是，二者组合的必然性或必要性又在哪里呢？或换句话说，使比较得以成立的理由又在哪里呢？

其表现之二，是只就比较对象的表面特征做简单类比，就像钱锺书讽刺过的那种"狗比猫大，猫比狗小"式的比较。比如有人对《红楼梦》和《源氏物语》的比较感兴趣，不过如果比较了半天后得出的结论，只不过是"两部小说都写了一个男人身边围着许多女人"，这恐怕就有点说不过去了。这就像台湾曾经流传过的一个笑话，考题要求比较韩国、朝鲜之异同，有考生回答：韩国在朝鲜的南面，朝鲜在韩国的北面；韩国比朝鲜纬度低，朝鲜比韩国纬度高；韩国比朝鲜暖和，朝鲜比韩国寒冷……其实二者的类似性你不说人家也知道，就这样把不言而喻的东西告诉人家，那还要你作比较文学研究干什么？怪不得大家都觉得比较文学很容易，连电影《绿茶》（2003）都拿比较文学来装点门面。

其表现之三，是论文结构上的"三步曲"俗套。第一步的代表性术语是"无独有偶""何其相似乃尔"。借用杯子与盖子的比喻：中国古代的有些杯子是有盖子的，无独有偶，相距千年、远隔万里的某国，其有些杯子竟然也是有盖子的，何其相似乃尔，让人惊叹不已！第二步的代表性术语是"同中有异"——世界上没有完全相同的东西，所以这句话是永远不会错的。第三步的代表性术语是"异中有同"——反正人类的基因总是差不多的，人类也总是要走向大同的，所以这句话也是永远不会错的。另外，有些论文的两两对比，好像是拆散了两篇文章，再分段夹缠在一起，看起来实在是别扭得很，恨不得把它们再拆散了，让各部分重新归归队。

在以上思路下产生的比较文学研究的"成果"，自然就会有庸俗化和泡沫化的倾向。仔细回顾一下 1980 年代以来比较文学走过的道路，检点一下这几十年来比较文学领域的实绩，我们在看到不少优秀成果和成功经验的同时，无疑也会看到许多庸俗化和泡沫化的东西，与比较文学这门"显学"的走红和热闹并不相称。

而且，正因为把比较文学研究看得太简单了，所以也就助长了上面所说的两个"分化"：以为外国文学里本来就包含了各国的文学，外国文论里本来就包含了各国的文论，所以只要放在一起讲一讲，任选两个对象比一比，用"三步曲"套一套，"无独有偶""何其相似乃尔""同中有异""异中有同"一番，自然就是比较文学了。其实这正是缺乏"比较思维"的表现。

的确，我们有理由要求比较的对象之间具有充分的"可比性"，我们有理由要求比较出一些我们以前不知道的东西来，我们有理由要求比较的过程本身也异彩纷呈……这就要求从事比较文学研究的学者必须具备"比较思维"。

"比较思维"究竟是什么玩意，这是一个"存乎一心"的东西，也难以一下子说清楚。但至少它不应该是"对比思维"或"类比思维"，而应该是一种特别注重"跨"的思维。"跨"不是"1＋1"当中的那个"＋"号，所以"跨"的结果不应是"＝2"，而应该是"＞2"。

"比较思维"也不应该是"比大小"，用不着一定要比出谁的不是来。比如近现代文学的比较研究，用不着比出中国的不是来；古代文学的比较，也用不着比出中国周边国家的不是来。而是应该来一点文化相对主义，承认大家都有活得自在的权利。当然，不同时期、不同国家文化的强弱势还是客观存在的，我们也应承认事实，不必用貌似公允的对等理论来掩盖真相。

"比较思维"不一定局限于"双边"，也可以来一点"多边"比较。像古代的东亚汉文化圈里，大家都走东串西的，不一定两点成一线：日本的留学僧或留学生，坐了新罗船商张保皋的船，到中国来留学"学讲"，去中亚各国旅行观光，交上了渤海国的朋友，还有到安南去做官的（如晁衡）；或者像唐罗联军灭了百济，百济文化人流亡到了日本，在琵琶湖畔作起了汉诗文，使近江朝的汉文学大放异彩——"多边"一起比比应该也是挺有意思的，再说也符合法国学派关于"总体文学"的构想，学理上也是有根有据的。

此外，如果骨子里具备了"比较思维"，面上反倒不妨宽松一点，所谓"得鱼忘筌""得意忘言"是也。比如比较文学的几个"跨"里，一般认为"跨语言"是必须的。但从"比较思维"出发，试试看不跨语言如何？诸如古代东亚各国的汉文学，日本殖民统治时期朝鲜半岛、台湾地区的日语文学，都跨国跨民族而不跨语言。但这类文学，源语国文学不管，各国的"国语文学"也不管，或管而打入另册，像个没娘或后娘的孩子，身份不免暧昧，处境实在尴尬。那么比较文学来管一下如何？这种不跨语言的比较研究做好了，倒可以成为"中国学派"的一个特色；对拉美的西班牙语文学研究，非洲的法语文学研究之类，也可以提供借鉴和参考作用。说不定等将来西方失落其文化霸权以后，非洲人看自己历史上的法语文学，也就像今天日本、韩国、朝鲜、越南人看自己历史上的汉文学一样。

2003 年 9 月 25 日在"北大—复旦比较文学学术论坛"上的发言

（原载《中国比较文学》2004 年第 1 期，2004 年 1 月；收入《跨文化研究：什么是比较文学》，北京，北京大学出版社，2007 年。）

夜报上的文章，肯定卖得脱咯

今朝很荣幸来到这里，作为"优秀作者"的代表，来讲几句闲话。大家发言都开国语，我想讲讲上海闲话。《新民晚报》本来就有"上海闲话"版的，我就算今朝会议发言的"上海闲话"版好了，希望大家允许。听不懂的朋友也不要紧，跟着大家笑笑就可以了。

我是夜报几十年的老读者了，而作为夜报的作者，大概是从八年前，也就是 2008 年开始的。那年祝鸣华先生创办"国学论谭"版，我被拉去滥竽充数做作者，从此就开始给夜报写文章，一写就写了八年。我在"国学论谭"上写了不少文章，还推荐了许多学生的文章，加起来大约有五十来篇。我在"夜光杯"上写的文章，加起来也有四十几篇，后来集成了一本小册子，就是我手头的这本《马赛鱼汤》。

我晓得夜报副刊是一个品牌，全国报业界独此一家，几十年里天天出刊，在全国也是大名鼎鼎的。我不了解总体上的情况，但以我自己的切身体会，晓得夜报副刊的影响实在是大。

自从我开始在夜报上写文章，发现在单位里处境有所改变。本来像复旦大学这种地方，都是博士博士后教授副教授，发表点学术论文，出版点学术著作，都是不稀奇的，也没有人认得侬是啥人。尤其是学校的行政部门、附属机构，平常朝南坐惯了，老师们去办点事体，要倒过来叫伊拉老师，哪怕是小鬼头，伊拉对老师们反而直呼其名，哪怕是老先生。

但是自从我在夜报上写文章，学校各个部门机构的人，好像都开始认得我了，事体也开始好办起来。伊拉一看到我就会得讲，"前两天看到侬在夜报上发的文章了"。这个讲："哦哟，侬外婆觉悟哪能介高，字也不识的小脚老太太，一门心思想着解放台湾，好白相咯……"一边讲，一边"啪啦嗒"图章就敲下去了；那个讲："侬教育小人老有办法咯，侬小人从小就介有理想，长大了想做唐朝诗人——伊现在大概已经蛮大了噢？各么做成功唐朝诗人了伐啦？"一边问，一边"啪啦嗒"图章又敲下去了。（不过我心里头想，现在的人，要做得成唐朝诗人，不是就好白相了吗？）

后来复旦大学出版社帮我出书，就是这本《马赛鱼汤》。我怕卖不动，叫伊拉少印点，伊拉倒好，一印就印了好几千，还信心十足地讲："夜报上的文章，肯定卖得脱咯！"去年书刚刚印出来，正好碰着上海书展，出版社隆重推出"十大重点推荐图书"，人家都是高头讲章，鸿篇巨制，《马赛鱼汤》模子介小，竟然也堂而皇之厕身其中——摆了人家边上，寻也寻不着咯！弄得我倒不好意思。其实出版社还是看夜报面子。不过听说书展上卖得还不错。

通过这些例子，我充分认识到，原来在复旦大学这种地方，讲么讲是世界一流的大学，学术是第一要紧的事体，其实还是夜报，尤其是夜报的副刊，更加有影响力的。我想在座的各位，不一定了解这个情况，所以要搭大家讲一讲。

所以，做夜报的作者，实在是一种荣幸！利用今朝这个机会，我要对夜报，对副刊部，尤其是对祝鸣华先生，表示我由衷的感谢！祝夜报副刊一直办下去，办得越来越好，兴旺发达，长命百岁！

2016 年 7 月 22 日在《新民晚报》通联工作大会上的发言

（原载《新民晚报之友》2016 年第 7 期，2016 年 7 月 30 日。）

日影韓流

"韩流"与"汉潮"

　　对许多人来说感觉突如其来的"韩流"与"汉潮",对我来说却是一种"姗姗来迟"的东西。十年前我就期待它们的来临,结果却一直等到了现在。

　　1992 年中韩建交前夕我赴韩任教,8 月 24 日中韩建交公报发表当天,我初次登上韩国大学的讲坛,我的激动和感触可想而知。我期待着在打破了几十年隔阂的坚冰以后,会看到韩国社会里"汉潮"涌起,就像当年中日恢复邦交后在日本发生过的那样。但是我的愿望没能够完全实现,虽然韩国人对于中国的关心日益增长,开设中文学科的大学也越来越多,《三国演义》电视剧还掀起了文化产业界的旋风,但是其发展速度好像比较缓慢,离我的预期也有相当的距离。作为建交国礼的一对大熊猫的际遇堪为象征:它们在汉城大公园里过着"隐士"般的生活,没有出现日本或美国那样的"大熊猫热"。或者说韩国传媒对此作了低调处理,一般韩国孩子连有这件事都不知道。

　　1998 年初我回国以后,在复旦大学中文系初次开设"中韩文学关系史"课程,满心以为可以满足一下同学们对于韩国文化的好奇心,却不料课后有同学私下里对我说:"老师,我们对日本文化还有点兴趣,对韩国文化却不怎么关心,要是改上'中日文学关系史'就好了。"我听了绝倒。我还以为就像当年的日语和日本文化热一样，在中韩建交后也会马上在中国出现一个韩语和韩国文化热，却不料那么多年过去了还没热起来。这致使我后来几年没敢重开这门课程。

而今，"韩流"与"汉潮"终于来了，尽管是姗姗来迟，却还是浪潮汹涌。别人也许觉得突兀，我却觉得如遇故人，因为一切都在情理、逆料之中，事情本来就应该是这样的。现在每当我打开电视机，发现越来越多的频道在播韩剧，熟悉的韩国艺人说起了港台腔的汉语；坐在公共汽车上，广播里放的是"汉城音乐厅"的节目，空气中荡漾着似曾相识的旋律；韩国电子产品的广告铺天盖地，扮"酷"的"哈韩族"以用韩国产品为荣；安在旭、张东健、金喜善、全智贤……耳中所闻都是这一类的"韩星"；三星手机、大裤衩子、双肩包、流氓兔……街上所见皆是这一类的风景；复旦大学的韩语会话班报名爆满，没赶上趟的同学在文科大楼里贴出"寻人启事"，要求教韩语会话的老师破例收留他们，上面还竟然写了几句似是而非的韩语……回首1998年那时候，不过短短几年工夫，感觉已恍如隔世。

韩国的"汉潮"也是来势汹涌。原来不过是各大学中文学科的学生们在学中文，现在据说社会上学中文的人数已超过了三十万，中文学院（补习班）雨后春笋般地遍地冒出，成了一门名副其实的"朝阳产业"；在韩国大学的各外语学科中，原先中文一向屈居日文之后，现在人气已经超过了日文，直逼位居龙头老大的英文，有些高分考生还弃英从中；韩国人深受儒家思想影响，历史上一向重视教育，为了从小培养孩子的中文能力，有韩国财团打算在河北建一所学校，全部采用中国的教材、课程和师资，却只招收韩国学生，让他们受完全的中国式教育；原先受华侨抑制政策的影响，华侨众多的韩国形不成一条"唐人街"，最近仁川市政府却打算斥巨资造"中国城"，使之成为仁川乃至韩国的一处旅游亮点；东航招收韩籍空姐，韩国佳丽报名踊跃，场面火爆空前；为了迎接中国观光客的到来，交通标志牌破天荒地加了汉字；青瓦台讨论汉字政策和方案，金大中总统亲自出席并讲话……

"汉潮"的涌动与中国的经济发展有密切关系，尤其与近年来中国的好事连连直接相关。亚洲金融危机中人民币坚挺，还开放了中国公民的赴韩旅游，为低谷中的韩国经济"雪中送炭"；中国终于加入了世界贸易组织；北京争得了2008年奥运会的主办权；足球踢进了2002年世界杯的决赛；APEC会议在上海成功举行……中国近年来的一系列精彩表现，使一度因暴富而轻视中国的韩国人刮目相看；中国广阔的市场，又让精明的韩国人看到了无限的商机。这一切的合力直接推动了"汉潮"的高涨。

然而，更深层次的原因却还在于历史，不了解历史便不能真正理解"汉潮"。在历史上，韩国曾经是东亚汉文化圈中的一员，其文化有近两千年之久处于中国文化的影响之下。仅仅在一百多年前，韩国还以汉字为正式书写系统；即使在基本不用汉字的今天，儒道佛三教，尤其是儒教，还是韩国人的精神命脉。在1894年甲午战争战败后，中国文化的影响随国力的衰落而从韩国退潮；在1945年二战结束后，热战和冷战又在中韩之间竖起了意识形态的高墙；战后的历届韩国政府，又高扬民族主义的旗帜……这一切都使中国文化的影响风光不再。然而，长达两千年、深入骨髓里的文化联系，却不是说中断就能中断的，它会成为一种永恒的"乡愁"和潜流，碰到时机合适就会再度"涨潮"。中韩建交以来中韩关系的持续发展，中国综合国力的增强和国际地位的提高，最终孕育出了推动"涨潮"的合适时机。所以在我看来，现在在韩国涌动的这股"汉潮"，其实并不是一种新的东西，而是一种历史的延续和必然，是"退潮"过后的"涨潮"。也正因此，它不会是昙花一现，而应该是刚刚起步，其前途正不可限量。

与"汉潮"相比，"韩流"却实实在在是种全新的现象，同样值得有识之士密切关注。因为在历史上，韩国一向是个"东方隐士"，从来只有它关注中国文化，而中国人却不大关注它的文化。只是在最近几十年里，韩国人经过艰苦奋斗，取得了举世瞩目的经济成就，才令中国人为之刮目相看。1988年成功举办的汉城奥运会，可以说是目前这股"韩流"的起点。因为正是从那时候开始，韩国开始引起中国人的注意。此后是中韩建交，互相开放市场（包括文化产品市场），互相开放公民旅游……日积月累，水滴石穿，终于汇成了滚滚的"韩流"。它与"汉潮"遥相呼应，象征着历史已进入了一个中韩互相关心、互相了解的新阶段，中韩两国人民都将从中受益。

当然，现在在中国涌动的"韩流"，尚有许多是属于较表层的东西。"哈韩族"们模仿的只是一些流行的外表，他们对韩国文化的真面目可以说是一无所知；电视里热播的韩剧里，因文化隔膜而导致的误译、误解比比皆是；那些在韩国脍炙人口的韩剧，如《바람이 불어도》（《不管风吹浪打》），似还没有机会被引进中国；对韩剧的盲目迷信，又引出了拙劣的模仿国产剧……我们有理由期待"韩流"不断向深层次发展，最终有助于加深我们对韩国文化的了解，有助于增进中韩两国人民之间的互信。

对于韩国的"汉潮"，我们又能做些什么呢？我觉得我们应该对得起这股"汉潮"，在"退潮"之后它的重来来之不易。我们应努力善待和复兴优秀的古代文化遗产，因为它们不仅是属于我们中国人的，也是属于整个东亚汉文化圈的；我们应努力扩大当代精神文化产品的输出，将之放在与物质产品同等重要的位置；我们应明确我们在东亚乃至国际上的责任，成为一个能给邻居和世界带来福音的强国，一如我们在历史上大部分时期里曾经是的那样。

2002 年 6 月 10 日

（原载《新民周刊》2002 年第 25 期，2002 年 6 月 24 日，易题为《韩国："汉潮"涌动》，发表时有删节。）

提醒"哈韩族"

词的构成：一个"美丽的错误"

"哈韩族"的说法，从字面上来说，本身就是一个"美丽的错误"。"哈韩族"一词，来源于"哈日族"。"哈日族"是日文"はらじゅく"（音"哈拉久古"）的音译，"はらじゅく"是什么意思呢？原来就是东京的一个地方——原宿。原宿是年轻人的天国，他们在那儿尽情地表现自己，什么时髦的东西都从那儿发端，久而久之，原宿就成了日本流行文化的发祥地，也成了日本流行文化的代名词。可是传到了中国，也不知怎么搞的，先是被译成了"哈日族"，而后又成了现在这样的意思；而且引申开去，又变成了"哈韩族"，可以说是"一误再误"了（总有一天，会把迷恋巴黎或巴西或巴什么的人叫作"哈巴族"吧）。这足以说明汉字的表意功能和造词功能的卓越，"郢书燕说"，或者用流行的话说"拷贝走样"，乃是文化传播的铁律。

"哈"的表层：看上去很美

古人说，"名不正则言不顺"。"哈韩族"的"名"既是个"美丽的错误",它的"实"又到底如何呢?凭我对于"哈韩族"及韩国文化的粗浅了解,我觉得他们所"哈"的"韩",可以说是"韩",又可以说不是"韩"。

此话怎讲?说他们"哈"的是"韩",这大概不用多作解释。你看他们穿大裤衩子,涂黑色口红,染鹅黄头发,用三星手机,挂"流氓兔"饰件,听韩国流行歌曲,看韩国青春偶像剧,参观韩国商品展,付费学跆拳道,追着韩国"星星"尖叫,汗流浃背吃"某某辛拉面"……在他们眼里,凡是韩国的东西一切皆好,谁要敢说"不"就跟谁急。而上述种种,也不能说不是韩国的东西,甚至此刻就在汉城街头流行着。

"韩"的内涵:不"哈"是硬道理

要说他们"哈"的不是"韩",解释起来可能就要费一点口舌。比如,他们也许不知道,汉城街头流行的东西,其实并不一定就发祥于汉城,而是可能来自于东京或纽约。要不然,为什么韩国青春偶像剧里的明星一伤心,画面外响起的背景乐或主题曲总是英文歌呢?他们也许不知道,韩国人真正爱的服装是传统的"韩服",所有的时装都会随风而逝,只有韩服是永恒的经典。还记得2002年韩日世界杯的开幕式吗?世界足联副主席、韩国人郑梦准(他是我曾执教的蔚山大学的老板)以一身本白色的韩服,出现在全世界亿万观众面前,令无数韩国年轻人为之叫"酷",为之倾倒。他们也许不知道，在中国大力推销韩国货的韩国人，包括那些最时髦的"星星"，他们自己大抵是不用外国货、不买外国车的，他们还曾捐出自己的金首饰，帮助国家度过金融危机的难关。他们也许不知道，他们所爱吃的口味辣辣的"某某辛拉面"，在韩国报纸上是这样做广告的：一个巨大的鲜红的尖头辣椒，下面是几行说明文字："辣椒也要像个辣椒样——本拉面绝不使用中国产的进口辣椒，而是百分之百地使用国产阴性清洁辣椒！"①他们也许不知道，经过韩国人的不懈努力，跆拳道已被列为奥运会正式比赛项目，而早已风靡全球的"中国功夫"——武术，却还在奥运会的大门外徘徊。他们也许还不知道，他们所喜欢的韩国男星的阳刚之气，很大程度上来自于每个韩国男子都必须服的二十六个月的兵役；他们所喜欢的韩国女星的"淑女"风范，其实渊源于韩国社会里根深蒂固的儒教教养——这些都不是轻易能够学得像的。也许可能我弄错了，他们其实是知道这些的；不过如果他们不知道这些，那么就可以说他们"哈"的不是"韩"，至少不是真正的"韩"。

"族"的认同：时代的阵雨

当然，流行本来就是社会的面具，时代的阵雨，不能对

---

① 1996 年 11 月 30 日《朝鲜日报》。

它提出过高的要求；况且，"距离产生美感"，了解得太多，也许就"哈"不起来了。但是，只要我们不是闲得无聊地追风逐浪，只要我们对所"哈"的东西还有一点真心的喜爱，我们就应努力地去接近它们的本来面目，尽可能地"哈"得更深入、贴切、实在一些，并从中学得一些对我们的生活有用的东西。有可能的话，再把这种"哈"升华为跨文化的交流，以之促进两国人民之间的了解。而这，对于在本世纪构筑新的东亚共同体，乃是极为重要的。

2002 年 6 月 17 日

（原载《新民周刊》2002 年第 25 期，2002 年 6 月 24 日。）

韩国教育：重视传统，讲究自由

高密度的文化自立教育

韩国在古代受中国文化影响很深，近现代又受西方文化影响很大。在中国与西方这文化两极之间，作为一个文化上的弱势国家，近代以来，韩国非常强调它的本土文化，特别重视进行民族文化教育，以此来把握自己的精神方向和文化方向。

韩国的学年从 3 月 1 日开始，日本则是从 4 月 1 日开始，全世界大概就这两个国家这样，给外国留学生带来了不少麻烦。但他们就是不愿意和世界接轨，而是刻意保持自己的独特性。日本另当别论，对于韩国人来说，"3 月 1 日"是个特殊的日子——1919 年 3 月 1 日是《独立宣言》发表的日子。光是这一点，就象征和体现了韩国教育的特点。

韩国近代以前一直使用汉字，1894 年甲午战争以后，韩国开始寻求它独立的文化。1945 年光复以后，韩国开始排斥汉字。1948 年韩国颁布了专用韩字的法令。1970 年代起韩国小学里不再教学汉字，现在中小学教科书里很少有汉字了。报纸上偶尔也会出现汉字，不过一般人大都不容易认得。对于汉字作用存有不同意见，韩国的政策则一直摇摆不定。对于英语或日语，韩国同样也是心态矛盾。韩国小学原来不开英语课，到了1990年代中期，才从小学三年级开始学习英语。

韩国不能说没有自己的文化传统，只是受中国近两千年文化的影响，近代又被日本殖民统治了五十多年，现代又受到美国文化的强力浸润，跟这些国家（尤其是中国）的关系太密切，因此就特别强调民族特色，强调民族文化的独特性，强调自己的母语和韩字，强调自己的历史跟中国不一样，强调"身土不二"，认为自己的东西都是一流的，愿意买国产的汽车，不愿意进口外国的农副产品。"爱国语，爱国家"的口号印在小学生的练习本上，以便让孩子从小就热爱母语和韩字，热爱自己的国家。这种观念有时虽不免矫枉过正，但还是有值得我们学习的地方。中国因为是大国，历史上文化自卑感会相对少一点，但近代以来也有对西方文化的自卑，就像鲁迅批评的那样，有些人觉得会讲洋文就高人一等。

完全的学分制

在韩国，大学享有充分的自由度。韩国大学实行的是完全学分制，这和我们的学分制不太一样。我们的学分制可以称为"准学分制"，因为什么时候上什么课程，很多还是规定好的，在总共一百几十个学分中，只有十几个学分可以选择，选择余地不是很大。韩国的学分制自由度很大，可以这学期选这门课，也可以不选，到下学期再选。当然，选课是有一些规定的，课程有上中下的话得按次序选，不能乱来，但具体什么时候选，则没有时间限制。比如中国文学史，你可以在大一就选，也可以到大四再选。

花七八年完成博士论文

韩国的博士生培养制度有一点和中国不同，他们的博士生，博士课程一结束就可以参加工作，可以一边工作一边写博士论文。博士生的课程学习通常只有两年，很多人拿到博士学位要七八年，有充分的时间写作博士论文，在学期限放得很宽，写作空间也比较自由。我在复旦在职读博时，在学期限只能延长一年，所以就感觉非常累（现在可以延长数年，应该说是一个进步，但仍然不能工作，就业压力还是很大）。日本和韩国在这一点上是一样的，中国的大学也可以参考。也就是说，博士课程结束以后可以先工作，慢慢写论文。否则如果学制限制太紧，就容易影响博士论文的质量。

教授的苦乐

在韩国，专职的大学教师不管什么职称，都统称"教授"①，这一点和国际上是一样的。要成为大学教师，竞争很激烈，但成为大学教师以后，职称却基本不成问题。韩国的职称评审制度，只是工作上的一个定期考核：大约专任讲师做两年，考核合格就可以升任助教授；助教授做五年，考核合格就可以升任副教授；副教授做七年，考核合格就可以升任正教授。只有基本考核要求，没有名额岗位限制。也就是说，只要达到基本要求，原则上每个教师都可以循序渐进，按时得到晋升。同时，在韩国的大学里，无论什么职称，差别只是任教年限的不同，学术阶梯上位置的不同，工资上也略有一些差别，但绝不像中国那样有很大的待遇差别，还牵涉到岗贴、住房、医疗等各种福利。韩国的大学教师不管职称，每人都会有一间研究室，可以备课、研究、接待学生，条件比我们这里好得多，也更加公平合理。不过，韩国大学的师生比很高，尤其是在私立大学，教师的教学工作量通常很大，科研时间相对不如我们充裕。但他们基本上没有职称方面的竞争，也没有规定一年要发多少篇论文，几年要出版多少本专著，所以相对压力比我们小得多。而且他们有轮休制度，一般每五年可轮休一年。

---

① 所以后来人气韩剧《来自星星的你》里，那个"都教授"那么年轻，让中国观众觉得不可思议，其实他的职称很可能只是讲师，未必就是我们这里的教授。

礼貌有加、自主有余的师生关系

我在韩国教书有一点印象很深,就是韩国的学生非常讲究礼貌,就像那句有名的俗话说的,"就是老师的影子也不能踩"。不仅是学生,整个韩国就是个传统的礼仪社会,社会上年轻人对长者,学校里学生对老师,都非常讲究礼貌。这本来是中国的儒家传统,中国在以前也是这样的,但是因为"文革"的关系,现在这些都不大讲究了。

不过,一方面学生尊敬老师,讲究礼貌,另一方面,韩国学生几乎是完全自立的。韩国大学宿舍很少,学生大多住在外面,自我管理能力很强,不像我们的大学有导师,还有辅导员。韩国大学的师生关系仅限于课堂。师生关系是相辅相成的,老师有很高的权威,但不能滥用。在很多事情上,学生会请老师参谋,但没有义务非得遵守。在中国的大学里,老师总觉得学生像小孩一样,需要大人来管理。韩国有继承儒家传统的一面,也有效仿西方文化的一面。学生独立自主,懂得争取和维护自己的权益。韩国学生都很能干,社团组织非常多。大学校园非常热闹,集体活动特别多。运动会不止是运动员参加,而是全体学生都会参加。学生会都是自治自主的,很有力量,经常组织游行示威,抗议校方乱涨学费之类。

中文学科的发展

目前韩国中文很热，学习中文的超过三十万人。以前中文不如日文，排在第三位，后来并列第二，现在中文的普及程度已超过日文，而紧追英文。韩国大学外语学科的报考情况也是这样，英文第一，中文第二，日文第三。这也反映了国家实力的消长对于外语学科的影响。1990年代，我在韩国的那五六年间，开设中文学科的大学从二三十所发展到一百多所，真如雨后春笋一般。韩国现有的一百六十多所大学，不开设中文学科的已经很少了。当然也存在着一些问题。本来语言和文化紧密相联，中文学科应语言文学并重，但韩国新设立的中文学科，大都偏重口语而轻忽文学。其实中国的外语院系也差不多，听说西方的外语院系也一样。这是一个具有普遍性的问题，经济发展往往带来这类问题。在经济发展比较稳定以后，人们不再为衣食住行发愁，兴趣的需要大于生存的需要，相信人文学科会再度复兴的。

（原载《上海教育》2002年6月下半月号，孔燕妮采访整理，发表时有删改。）

无穷花下的韩国女子

　　从韩国的大学回到中国的校园，我有那么一阵子恍惚——不习惯！在韩国教书时，干净的讲台上总会有杯热腾腾的咖啡，虽然并不晓得是谁放的；课间休息的时候，常会有一两个女生轻轻地走过来，似乎是不经意地塞给我一个橙子或是一块巧克力，说声"老师辛苦了"，然后又低头走开去。一切都那么自然、周到、妥帖。而这些细节在我们的大学里是不可能有的。

　　印象中，韩国的女孩子在人面前就一直是温顺地微笑着，一如铺天盖地的韩剧里的金喜善、宋慧乔、崔真实、沈银河们。她们绝对是模范淑女，当然淑女也就意味着距离感。她们是一群心思细密到插不进一根针的可爱生物，当然她们要忘记些什么时也会做得干净利落。正宗！就好比韩国现今铺天盖地的拉面广告："辣椒要有辣椒样，绝对使用本国辣椒！"韩国男人特别有男人样，而女人也把自身的特点发挥到了极致。

　　韩国女子爱打扮么？确实！不是说"刀下出美女"么，满街的整容院不是白开的呀！韩国女孩子赶时髦也是有名的一窝蜂。今天说流行染金发，涂"口黑"，穿松糕鞋，明天所有的女孩子都顶了一头黄毛，描着一嘴黑圈，踩着高跷出门了。她们的妆都化得相当浓，让人不敢近看，又忍不住远看。无论是崇拜偶像的小女生的夸张造型，还是大女孩清爽宜人的装扮，都花费了巨大心思。总之，韩国女子不要说穿睡衣上街，就连不化妆见人，都是不可思议的。

韩国女孩子含蓄，在男女交往时恪守"男女授受不亲"。从小女孩群就和男孩群严格区分，绝不掺杂在一起玩。很多细节方面也体现了这点，比如，韩国女子绝不替家人以外的男人斟酒——不过老师除外。即使是恋爱时节，在韩国的校园里也见不到年轻人当众亲热，无论白天黑夜教室校园。不少韩国女孩到了中国后都脸红心跳地目睹了一幕幕"非礼勿视"的场面，受了很大的刺激。她们不停地感慨：原来社会主义国家那么开放！真愿意像中国女孩那样谈恋爱！

韩国女孩子极端地讲究礼节。她们温和、谦恭、女人味十足。在任何地方，她们都安静地遵守秩序，整齐划一地就像世界杯的红魔拉拉队。当然现在又流行"野蛮"了。不过可别误会了，这个"野蛮"仅是恋爱的调料，就像韩国泡菜里的红辣椒一样，并不等于说全民都改了品性。

所有这些完全拜道地的儒教传统之所赐。根深蒂固的儒教文化传统使得韩国女子的思维模式相当于中国五四之前，生活状态则类似于张爱玲、苏青时期。

重男轻女思想在韩国相当严重。婴儿尚在娘胎里，父母亲就急吼吼地去医院做B超检验，看看是男是女。如果是个"没把儿的"，有时就会拿掉，尤其是从第二胎起。这使得韩国的出生性比例严重失调，男子人数为女子的 1.1 倍还不止（1995年统计数字）。据说到 2010 年，将达到 1 比 1.23。及至女孩生下来，家庭就会对其有非常严格的要求。绝对的男尊女卑。女孩时时处处牢记自己要低兄弟一头，说话做事要低声下气，千依百顺。儿子如果做家务会被别人耻笑，女儿不做家务就是冒天下之大不韪。逢年过节，家里的男人们吃喝玩乐，或祭祀祖先，女人们却要辛苦操劳，准备食物。过完了节日，男人们都说充过电了，女人们却都嚷嚷累坏了。

以前如果家里穷，女孩就得把受教育的机会让给男孩。而如今，韩国女子已经普遍可以接受高等教育了。可婚嫁始终是女子最好的职业。多数女子念个大学出来是为了相亲时提升个档次，就好像钱锺书《围城》里方鸿渐刻薄的那样，把毕业证书镶个镜框挂起来给人看。她们晓得要好好念书，念个名牌大学将来就能配个"名牌男人"。比如，创办于1886 年的著名女校梨花女子大学毕业的最优秀的女孩，就应该嫁给最高学府首尔大学毕业的最优秀男子。因为首尔大学毕业的男生就是未来的国家栋梁，许给她们机会当总理夫人、部长夫人、外交官夫人、企业家太太。一流大学女毕业生对一流大学男毕业生，二流对二流……没得说。许多女子大学里专业就是家政管理，培养一批拿文凭的高档家庭主妇。

大学毕业以后，工作区区几年，筹集了一点嫁资，便该谈婚论嫁了。二十五岁以后，大部分的韩国女子陆续顺利转型成为家庭主妇，从此周旋于尿布、抹布、花布之间。妻子的地位低于丈夫——这有韩剧作证。男人一般不会让老婆出去工作，老婆出去工作只能证明丈夫无能。当然，也有职业妇女，有的还相当成功。如新任韩国总理张裳，曾任梨花女子大学校长，便是成功女士的典范。但是，这样的事例凤毛麟角。韩国女性的经济活动参加率不到一半（1997 年统计数字）。

即使移民到了海外，韩国妇女也恪守传统，甚至比在国内时还严格。她们坚信"家务是妻子的事"，"丈夫拥有对家事的最终决定权"，"比起自己的父母来，公婆的位置更优先"。有个韩剧《洛杉矶阿里郎》，便表现了在美韩侨女性不顾文化环境的急剧变化，依然恪守传统价值观的生活样相。

当孩子们一个个长大成人，四十多岁的主妇们就要出来挣钱了。是的，中年主妇出来做钟点工，到大卖场做收银员，到小学当代课老师，绝对不是丢脸的事情。她们自己挣零花，买衣服，也贴补家用。一边等待着儿子找个媳妇回家来。做婆婆可是件扬眉吐气的事儿，非常厉害，指手画脚，管头管脚，多年的压抑得到释放，进入超自由境界。如果你在街上和一个韩国大妈有点摩擦，千万别和她争执，她就有本事撒泼骂街，让你明白什么是韩国老妇人之"野蛮"。

当然，韩国的世道也在变。号称"新世代"的年轻媳妇们，未必买传统的婆婆的账，她们会要求丈夫也分担家务。碰巧丈夫也是"新世代"，对做家务"不以为耻，反以为荣"，那就添了一层幸福情调。不过可得小心别让母亲（婆婆）大人看到，否则会骂媳妇不贤惠，儿子没出息。"三明治"处境的儿子（丈夫），得习惯做个"两面派"，经常会有尴尬的时候，也成了肥皂剧里的常见笑料。

也有"新世代"婆婆，她们年纪不大，也受过高等教育，观念新潮而开放。她们才不乐意去管娃娃们的事，也不乐意像过去那样与儿子、媳妇住在一起。她们也要自由自在，享受晚年的日子。这样的婆婆正在多起来。

在韩国，男女关系唯一例外的地方是济洲岛。那是个极具"异国情调"的海岛，石头多，大风多，女人多。"女人多"，倒不是说岛上男女比例失调，而是因为济洲岛的男女分工与本土不同，男人们在家里照料家务，而女人们则外出从事潜水采集业，被称为"海女"。外来游客初来乍到，放眼所见均为女人！其实，这是由于济洲岛远离本土，尚保留着母系社会的原始痕迹，而又受儒家思想影响较少的结果。济洲岛的妇女吃苦耐劳，从小练习游泳和潜水，十多岁就开始下海作业，一直要干到六十多岁。在十余米深的海水下，她们能呆上三四分钟，海水冰冷刺骨的寒冬也不例外。

无穷花是韩国的国花，就是我们称木槿的。粉红色的花朵开了又谢，谢了又开，象征着一种坚韧不屈的精神。韩国男子在日韩世界杯中的顽强作风已经惊退了一批欧洲雄狮，而那无穷花下微笑的韩国女子呢？却轻而易举地征服了安贞焕们。

（原载《现代家庭》2002年10月下半月号，蒋逸征采访整理，发表时有删节。）

中华文化：朝鲜半岛永恒的"乡愁"
——答《出版者》编者问

《出版者》编者按：中华文化曾是东亚汉文化圈里的一种国际性文化，而中华文化在朝鲜半岛的传播、影响，又是其中重要的环节。《黄海余晖：中华文化在朝鲜半岛及韩国》①对此作了完整、生动的论述和介绍，揭示出了现今"韩流""汉潮"兴起的历史原因。本刊编者就此专访了该书作者邵毅平。

（问——《出版者》编者，答——邵毅平）

问：据说国内外目前还没有像本书这样的出版物，本书可以说是一本填补空白之作，那么，你是怎么想到要写这样一本书的？

答：中华文化曾是东亚汉文化圈里的一种国际性文化，囿于今天的中国之国境将难以彻底地认识其全貌——这是我对中华文化所一直抱有的看法。而中华文化在朝鲜半岛的影

---

① 昆明，云南人民出版社，2003 年；修订版易名为《青丘汉潮：中华文化的遗存与影响》，上海，中西书局，2017 年。

响,又是其中的一个重要环节。可是长期以来由于种种原因及条件的限制,国内外都很少有人认真关注这一课题,相应地这方面的出版物也就一片空白。我自十余年前就开始关心这一课题,为此做了大量的准备工作。所以当云南人民出版社的瞿洪斌先生找到我,谈了社里及他本人关于本丛书①及本选题的基本设想以后,我感到与我长期以来的想法和准备不谋而合,所以就愉快地接受了撰写本书的任务,并自信较好地完成了这一任务。

问:作为一本填补空白之作,你认为本书的价值主要体现在哪些方面?

答:本书的根本价值,可以说是通过究明中华文化在朝鲜半岛影响的历史和实态,来从一个侧面加深我们对于中华文化的本质的认识,并使这份宝贵的遗产在现代和未来发扬光大,为人类的进步与发展作出新的贡献;其次通过本书,也有助于我们更好地认识邻居的文化,更好地把握其与中国的历史和现实关系,促进双方之间的友好交流与互识互信。简言之,即弘扬民族文化,增进文化交流。

问:本书为此在哪些方面作了努力?或换言之,本书的主要内容是什么?

---

① 指云南人民出版社推出的"中华文化域外遗存丛书"。

答：本书想要解决或探讨的基本问题是：一、中华文化传入朝鲜半岛的时间和历史背景；二、中华文化在朝鲜半岛历史上发生的影响和经历的风雨；三、中华文化在朝鲜半岛的遗存现状（限于目前的条件，本书主要谈韩国）；四、中华文化对朝鲜半岛现实生活和文化的影响（同上）。为此，本书从传播与影响史、思想、教育、文字、文学、艺术、日常生活、传说及其他等方面，作了系统、完整而清晰的论述和介绍，相信读者看完本书后，会有一个完整的印象和全面的了解。

问：作为一本填补空白之作，又涉及如上的方方面面，本书的准备和写作一定是有相当难度的吧？

答：真的是很难。十余万字的书稿，整整写了一年，还不算此前的准备时期。不过好在准备时间充分，又有一些相关成果的积累，所以还算胜任愉快。具体一点说，1992年8月24日中韩建交之前，我就已应邀赴韩国的大学教书，此后在那边一直住了五六年。旅韩期间，我学会了韩文，潜心钻研其历史和文化，搜集了大量的文献资料，这些在写作本书时都派上了用场。另外，在写作本书前，我已完成和出版了计划中的"朝鲜半岛三部曲"的另外两部，即《韩国的智慧：地缘文化的命运与挑战》[①]《无穷花盛开

---

① 台北，国际村文库书店，1996年；修订版易名为《朝鲜半岛：地缘环境的挑战与应战》，上海，上海古籍出版社，2005年；重修版易名为《半岛智慧：地缘环境的挑战与应战》，上海，中西书局，2017年。

的江山：韩国纪游》①，它们从不同的角度考察了韩国的历史、现实和文化，也可以说是广义的前期准备工作吧。所以对于本书的写作，一边觉得难度不小，一边也有水到渠成之感。

问：从你介绍的独特经历和准备情况来看，本书应该是一本有相当特色的作品吧？其主要特色是什么呢？

答：首先，读者会发现一种生动的"现场感"，好像跟着作者在韩国转悠一样，这是其他类似著作所难以具有的。这主要来自我在韩国的亲身体验，而且我有意识地将这种体验传达给读者。其次是读者会发现大量的第一手资料，比如韩国各大报纸的消息报道、珍贵的历史图片和我自己拍的照片等。像报纸的剪报资料，都是我从旅韩期间所订的韩国报纸上剪下来，并在引入本书时由我自己一一译成中文的。这些第一手资料应该是很好看的，而且在其他书里也看不到。

问：这样看起来，除了学术价值和现实意义以外，本书的鉴赏性、可读性也应该是比较强的？

答：是的。本书的定位本来就是"雅俗共赏"，从"雅"的方面来说，相信本书会成为专业人士了解朝鲜半岛文化及中华文化的工具或窗口；从"俗"的方面来说，我写作

---

① 上海，复旦大学出版社，2001 年；修订版易名为《韩国纪行：无穷花盛开的锦绣江山》，上海，中西书局，2017 年。

中力戒论文式长篇大论和抽象论述，而以深入浅出、通俗易懂的语言，在保留知识性、学术性和科学性的同时，注重作品的趣味性、通俗性和可读性。本书共十余万字，却分成了八章五十来节，每节不过二三千字，又配以六十余幅图片，读起来应该会轻松愉快。

问：最后，顺便问一个也许是题外的问题，本书的写作和出版，与目前中国流行的"韩流"、韩国涌动的"汉潮"，有什么潜在的联系吗？

答：本来应该是没什么联系的，因为早在"韩流"出现之前好久，我就开始关注韩国文化了；即使以后"韩流"不再流行，我也仍会继续保持关注的。而就"汉潮"来说，我本来预计它十年前就应该来的，结果却在十年后才姗姗来迟，我对相关课题的研究其实走在它的前面。不过，既然本书的写作和出版正好遇上了这么一个"时尚"，那么它以后自然也会与这个"时尚"发生关系。比如，我在为《新民周刊》所写的一篇文章①里曾说，"汉潮"的深层原因还在于历史，不了解历史，便不能真正理解"汉潮"。这个历史，简言之，就是朝鲜半岛曾是东亚汉文化圈中的一员，其文化有两千年之久处于中华文化的影响之下，中华文化已成了其永恒的"乡愁"，遇到时机合适就会"涨潮"。而本书所写的，正是关

---

① 即收入本书的拙文《"韩流"与"汉潮"》。

于这个"历史"的方方面面，以及与此有关的一串长长的故事。因此，对于所有对"韩流"和"汉潮"感兴趣的读者来说，本书也应该是一本恰逢其时、恰如其分的读物吧？

2002 年 9 月 14 日

（原载云南人民出版社编《出版者》第 2 期，2002 年 10 月。）

一些关于日本文化的书

——答《复旦青年》记者问

（问——《复旦青年》记者，答——邵毅平）

问： 最近我们注意到许多关于日本民族性的书，比如《周作人论日本》①《菊与刀》②等纷纷重版了。您对这些书怎么看？

答： 先谈谈我对《菊与刀》的看法。这本书最有价值的是它的文化相对主义。本尼迪克特是个文化人类学家，当她面对不同文化的时候，她不是简单地作是非判断，而是努力去理解那种不同于自己的文化，因而这本书的研究方法本身有可取之处。这本书出现的背景是美国即将进攻日本本土，在此之前需要研究人员做出一个分析报告，占领日本后该怎么做才能对美军最有利？本尼迪克特用文化相对主义来研究这个问题，她在本书中提出了一个观点：如果把天皇作为战犯，日本将举国抵抗；如果把天皇保留下来，日本将非常驯服。美国政府采纳了她的建议，保留了天皇，结果在占领日

---

① 西安，陕西师范大学出版社，2005年。
② 吕万和、熊达云、王智新译，北京，商务印书馆，1990年。

本本土时，没有遇到任何抵抗。它的研究价值就体现在这里，这也是我看重这本书的原因之一。

但我认为这本书的致命缺点，也正在于提出了保留天皇。美国对本国现实利益的考虑，压倒了法律和道德层面的思考，本应把头号战犯天皇绳之于法，却最终保留了天皇。由于最大的战争责任者没有受到追究，下面的人势必更不会去认真反省战争责任了。这是战后日本不能从根本上彻底反省战争责任，始终回避对受害国人民道歉谢罪的原因之一。这本书一方面给美国顺利占领日本提供了非常实用的建议，同时也阻碍了战后日本对战争责任的彻底反省。试想一下，如果美国政府没有采纳这本书的建议，事情将会怎样？也许美国的损失会大一些，但历史进程肯定会改写，今天的"后患"也不会这么严重。美国人很"现实"，很实用主义，这本书也是一个代表。

问：另外，这类书现在在学生中也很热门，您认为造成这种现象的原因有哪些呢？

答：现在同学们为什么对《菊与刀》感兴趣呢？原因之一是这本书写得确实是好。我自己也把它作为学术研究的榜样，希望对东亚文化的研究能够像它一样深刻，上课时也经常向同学们推荐这本书。此外，最近中日关系比较紧张，我们也面临着一个困惑，即不了解日本。在这样的情况下，这是一本很不错的参考书。据我所知，关于日本研究的书，现在出版了很多，但在深层次的研究方面，很少有能超过这本书的。过了半个多世纪，这本书仍没有失去它的生命力，我认为同学们读这本书还是会有收获的——当然对它的缺点也得头脑清醒。

问：我们自己对日本的了解如何？相较日本对我们的了解而言呢？

答：在我看来，日本学者对中国的研究比较深入，中国学者对日本的研究相对不足。日本人了解中国的，是一些根本上的东西，比如经史子集、诸子百家，中国的历史、思想、社会、经济、文化，他们都有很深入的研究。中国的日本学与日本的汉学，不在同一个水平等级上。一般国民对中国的了解，也应该说比我们多得多。作为中国人来说，这一点是很遗憾的。就说你们年轻人，除了流行文化以外，对日本又了解多少？

最近，复旦大学出版社出了两本书，建议同学们去看一下。一本是《对中国文化的乡愁》①，介绍日本人对中国的了解；一本是《我的日本印象》②，介绍中国人对日本的了解。比较一下两本书的话很有意思，中国人对于日本的了解，明显不如日本人对于中国的了解。

---

① 戴燕、贺圣遂选译，上海，复旦大学出版社，2005 年。
② 贾植芳、周立民选编，上海，复旦大学出版社，2005 年。

问：那为什么我们以前不去了解呢？是不是不屑于了解？

答：甲午战争以前一直是不屑于了解，甲午我们战败以后才开始去了解。鲁迅、周作人是第一代开始认真了解日本的人①，所以现在大家觉得他们的书还有点意思。一直到现在，国内了解日本能超过他们的人不多。我想他们的书现在还能引起大家的兴趣，就是因为现在的研究水平还没能超过他们。

不过，美籍华裔学者张纯如的《南京大屠杀》②一书不错，她对大屠杀背后日本文化深层原因的剖析很有说服力，引入的"压迫转移"之类说法也很别致，对一般人性中阴暗面的剖析也很深刻。此书也许不久就会有中文版，同学们可以关心一下。这是一个我非常敬重的学者，真正代表了知识分子的良知。可惜她不幸自杀了，年仅三十六岁，本来还可以做多少事情啊！

问：对于《周作人论日本》您怎么看？

---

① 其实在他们之前还有一代人，就是最早出使日本的黄遵宪等人，也曾花大力气了解日本，对后来人还是很有影响的。如周作人就曾说过："以我浅陋所知，中国人纪述日本风俗最有理解的要算黄公度，《日本杂事诗》二卷成于光绪五年己卯，已是五十六年前了，诗也只是寻常，注很详细，更难得的是意见明达。"（《日本的衣食住》）但黄遵宪那代人不懂日语，固守传统的中华思想，习惯于以异域为古昔，还不能像甲午战争后那样，虚心了解日本文化的长处。所以，认真了解日本的第一代人，仍得说是鲁迅、周作人他们。

② 英文原版，1997年；中文版，谭春霞、焦国林译，北京，中信出版社，2007年，2013年，2015年。

答： 周作人对日本确实是非常了解的，我认为国内能超过他的人不多，他确实可以说是一个"日本通"。在各个层面上，从生活层面到文化层面，从表层到深层，他都有所了解。我曾读过他那辈人对日本的评论，感到很多人都不如他（即如在1936年7月5日致梁实秋的信里，他谈到日本文学不同于中国文学的特色，便迄今也没有几个人能有如此见识）。

不过，周作人对日本的了解也有他的局限，与他后来做了汉奸似乎不无关系。他自以为对日本了解得很"透彻"，觉得日本民族在各方面都比中华民族强，所以在抗战开始后就对前途非常悲观，照他的判断中国是不可能战胜日本的，这与他最终决定与日本合作是有关系的。但恰恰在这一点上，他犯了一个致命的错误，导致他整个人生的失败。这个自以为了解日本很透彻的人，可能在最根本的一点上没有了解，即日本文化有它的局限性，而中国文化即使有很多缺点，也自有它的不可战胜之处。在这一点上，周作人恰恰误入了歧途。

在《对中国文化的乡愁》的"译者前言"里，译者介绍的一个情况很有意思。1937年冬，有个日本青年学者，就是后来大名鼎鼎的吉川幸次郎，去拜访周作人。周作人和他谈到正在发生的日本侵华战争，感到不可理解，他了解的日本文化是那样地富于"人情美"，但日本在中国的所作所为却凶狠而卑鄙龌龊，全是一副吃人相。吉川幸次郎告诉他，这是因为他只看到了日本文化文雅的一面，而没有看到野蛮、崇尚武力、武士道的一面。这就是周作人的盲点。他了解日本，却有致命的盲点。这可以说明，周作人对日本的了解是有局限的，对日本的判断也是有问题的。这就像俗话说的"聪明反被聪明误"，就像《红楼梦》里的那个王熙凤那样。周作人也许把所有的因素都考虑到了，但恰恰忽略了最重要的那个因素。他和三国时的鲁肃正好相反，鲁肃是小事糊涂，大事不糊涂。因此同学们现在读周作人，要特别注意这一点。

在这方面，周作人不要说及不上本尼迪克特，甚至及不上当时西方的一些战地记者。我读过许多他们写的关于抗日战争的报道，比如美国记者哈里森·索尔兹伯里的，他们就看到了日本文化的局限性，看到了中华民族的不可战胜之处，所以都断言日本必败。此外，还有一个"日本通"赖肖尔，他的《日本人》也是一部名著①。在中国范围内，我们会觉得周作人是个"日本通"，对日本很了解；但是放大到世界范围，与本尼迪克特这样的学者、索尔兹伯里这样的记者、赖肖尔这样的外交官比起来，周作人还是有点差距的。

问：从这类书的"回潮"来了解邻国的文化，这对于我们重新认识自己的文化有什么帮助呢？

答：要反思、评价自己的文化，身在庐山中，往往是不

---

① 孟胜德、刘文涛译，上海，上海译文出版社，1980 年。

识真面目的，必须跳出去看，到山外去看，因此重要的是要比较。身在庐山中，又不和别的文化比较，是很难深入剖析自己的文化的。柏杨的《丑陋的中国人》[①]，孙隆基的《中国文化的深层结构》[②]，都从民族性角度，用比较的方法，来反思中国文化，剖析得就比较深入一点。

再一个就是方法。说一些偏激的话是容易的，但要像《菊与刀》那样，有一套科学的方法就不容易了。从文化相对主义来说，一种文化肯定包含了很多方面，不可能去掉那个而保留这个。日本的"高效"也许会伴随机械死板，而我们的"灵活"也许会伴随没有章法。这取决于你到底怎么做。我基本上是文化相对主义者，认为各种文化都有自己的特点，这些特点可以比较，但很难去批评。

不过美国人现在好像离文化相对主义远了，离《菊与刀》远了。他们认为文化必定有优劣，他们的文化是高级的，其他的文化是低级的，别人都是附属性的，他们才是世界的中心。正如有的美国人自己说的，美国现在信奉"托勒密学说"，需要来一场"哥白尼革命"。好莱坞的警匪片很有象征性：外国配角总是要死很多，死起来也总是很容易，美国主角却总是死不掉的。

---

① 长沙，湖南文艺出版社，1986 年；广州，花城出版社，1986 年；长春，时代文艺出版社，1987 年。
② 西安，华岳文艺出版社，1988 年；桂林，广西师范大学出版社，2004 年。

问：请您再谈谈这类书现在集中出现的原因？

答：可能是各个国家的联系越来越紧密了吧，特别是我们邻居的文化，在我们的日常生活中影响越来越大，在这样的情况下，势必要去了解他们的文化。此外，最近外交纠纷也比较多，国际关系比较紧张。了解别人总是一件好事，所谓"知己知彼，百战不殆"。至少，如果不了解别人，就不能更好地了解自己，这是相辅相成的。所以，现在大家对别国文化感兴趣，想去了解，这肯定是件好事。

但问题是我们的了解还太肤浅。很多流行文化对了解那个国家是没什么价值的，流行文化与一个国家的本来面目可能相距遥远。比如"哈韩"，你没去过韩国你"哈"，你去过以后也许就不"哈"了。又如"哈"了半天韩，可要你说说韩国的文学艺术，却是什么都不知道的。我曾在不同的场合问过同学，哪怕只举一个韩国作家，一本韩国小说，可就是没人能够举得出来。相对韩国来说，我们对日本文化的关注还算是多的。

问：日本民族最独特的民族性是什么？有什么长处值得我们借鉴？

答：这说来话长，只说一点吧。日本民族最显著的特点之一就是做事认真，这也是最值得我们中华民族学习的地方。这个鲁迅也曾经谈到过。了解日本文化最根本的是要了解它的长处，然后学习它，提高自己，当它有短处的时候，我们才更有资格去批评它。抗战最大的意义就在于让我们明白，落后要挨打，我们要自强。要自强就要学人家的长处，包括日本的长处。学它的长处并超过它，它反过来就会向你学。日本这个民族很爱学习，历史已经证明了这一点。它从前学中国，现在学欧美，中华民族伟大复兴之后，它还会回头来学中国，对此我确信无疑。不过当务之急，还是我们应多学日本，尤其学其做事认真的精神。

问：那我们中国人的民族性又如何呢？有什么短处吗？

答：中华民族是一个伟大的民族，我们的文化非常优秀，有深厚的历史积淀和传统。中国一代又一代的的仁人志士，都为中华文化的生生不息而努力奋斗。现在历史的重任落到了我们这一代、你们这一代人身上，中华文化的伟大复兴是我们的使命。如果说我们的民族性有什么短处，那就是我们做事常不太认真，这样对产品质量、服务态度、研究水准等都会有不利影响。在认真做事这方面，我们应该向日本学习。

问：那么，反思自身文化会走到一个怎样的程度呢？

答：最终还是要发展自己。

（原载 2005 年 12 月 19 日《复旦青年》，刘海、孙诗皓、滕昌怡等采访整理，发表时有删改。）

中日间真正有价值的交流

　　——井上泰山等译《中国文学史新著》
日文版评议

　　首先，我想我们三个发言的（徐静波、李振声和我）里头，只有我忝列作者之一，所以我要代表全体作者（其实这个话本来不该由我来说，而是应该由陈正宏、谈蓓芳他们来说），对井上泰山先生及翻译团队完成这么一项巨大的工程表示衷心的感谢！

　　其次呢，我还想接着徐静波先生的话题，作为一个也翻译过日本汉学论著的人，一个深知翻译工作辛苦的人，对井上先生及翻译团队表示深深的敬意。大概是从1984年开始，到今年正好三十年，我一开始跟着章先生，后来是独立工作，累计翻译了上百万字的日本汉学论著，所以深知翻译工作的辛苦，能够理解你们所做工作的艰巨性和创造性。所以在此作为同行，既是研究中国文学的同行，也是翻译学术论著的同行，对你们表示深深的敬意。

　　接下来我要谈的是对林雅清先生说的"因缘"这个词的感想。2011年，当知道日文版上卷出版的时候，我的第一反应，就是想到了"因缘"这个词。这个"因缘"呢，刚才井上先生说，他是 2007 年跟章先生谈到要翻译此书的，因此"因缘"从那时候开始。而据我所知，井上先生跟章先生的因缘，其实从1979 年章先生到神户大学担任客座教授的那个时候就开始了，所以我想稍微往前说几句。章先生是作为"文革"结束后第一位中国文学专家到日本讲学的，听说当时在日本学界引起了非常大的反响。章先生在日本的高足之一，就是井上先生。那个时间已经非常悠久了。

1980 年章先生从日本回来，当时我们在他家里，看到一个非常有意思的现象。在章先生的书房里，除了蒋天枢先生让他买的百衲本二十四史外，还有一个书架，都是日本汉学论著和日文词典，如《广辞苑》之类。在当时复旦中文系的老师里，章先生的书房肯定是独一无二的，有那么多的日本汉学论著，那么多的日文词典。当时章先生就说了，他为什么要带回这些日文书和词典呢，因为他想把日本汉学论著翻译成中文，介绍到中国来。在复旦中文系我们的老师辈里，懂日文的，我估计，大概除了贾植芳先生，也就是章先生了；而关心日本汉学的，主要也就是章先生。所以可以说，这个"因缘"，其实早就开始了。

于是章先生回国以后，就带领当时还都比较年轻的我们一起翻译，我、孙猛先生、李庆先生、骆玉明先生、贺圣遂先生……我最初参加的翻译工作，是为 1984 年在上海召开的中日学者《文心雕龙》研讨会翻译日本学者的论文。接着呢，就是 1986 年，在章先生的带领下，我们翻译、出版了吉川幸次郎先生的《中国诗史》。在章先生的影响下，后来我们很多人都继续从事日本汉学论著的翻译工作。如果说复旦中文系在翻译日本汉学论著方面走在中国学界前列的话，那么章先生就是一个率领者，一个得风气之先者。所以这个"因缘"呢，还不仅是他和井上先生个人的。

二三十年后，章先生主编的《中国文学史新著》里，引用了那么多日本汉学的研究成果，这在中国文学史的撰写史上，大概也是独一无二的吧？我统计过，从铃木虎雄、内藤湖南开始，一直到井上先生，大约有十几位日本汉学家的名字，以及他们的研究成果，出现在这部《中国文学史新著》里。如果大家对中国出版的汗牛充栋的中国文学史有一个大致了解的话，就会知道这可能是独一无二的，至少也是很罕见的。

现在，《中国文学史新著》日文版三卷全部出齐，更让我想到了"因缘"这个词。我想请教林先生，佛教有没有"善因结善果"这样的话？（林雅清：有！）我是俗人，不懂佛教，不知道有没有这样的话，但是，我是真心觉得，这就是"善因结善果"！所以，我非常敬佩井上先生做的这项工作，同时也由衷地为章先生感到高兴。这是一个非常好的学术文化交流。尤其是当两国关系风云变幻的时候，我们托章先生的冥福，大家坐在这里，一起讨论《中国文学史新著》的中文版和日文版，我觉得这才是真正有价值的交流。这是我此刻最大的感想。

其次呢，就是关于翻译工作本身。正如大家都谈到的，《中国文学史新著》的日译，这是一个非常艰巨的工作，我是完全赞同各位的说法的。徐静波先生说的，主要是中卷里小说戏曲的翻译，其实，诗文的翻译也不容易。而且，你们做了大量的训读，完成了非常艰苦的工作，这不仅对日本读者有用，其实对我们中国读者，尤其是对我们这些研究中国文学的学者有用。我们通过你们的训读，看日本学者是怎么理解那些原文的，所以，这个工作对我们还是很有意义的。这个其实也是我自己的翻译体会。我翻译日本汉学论著的时候，有原文，那个没问题，但是有训读，那样的时候，我一边复原原文，一边还是会注意他的训读。也就是说，我会注意日本学者的理解，跟我们对原文的理解有什么不同。所以我深知训读工作的重要性。

再次呢，这次日文版有几个改变。一个是把所有的脚注都放到了最后。这个对我来说有什么意义呢？原来读中文版的时候，我最喜欢读的就是脚注。因为如果说正文里还有许多其他作者的文字的话，那么脚注基本上就是章先生自己的文字，那个脚注很能反映章先生的个性，他的见解，他各种各样有意思的想法。举个例子，关于《秦风·蒹葭》，章先生有一个很好玩的解释，就是放在脚注里的。章先生说，"溯洄从之，道阻且长；溯游从之，宛在水中央"，以前的人都理解错了。那个伊人，那个美人，是在一个三面环水的半岛上。如果要从陆地上过去呢，你们去过漓江的人就会知道，看上去就在对面，但是要走过去的话，那个路是非常曲折的，轻易是走不到的；如果要从水上过去呢，我们觉得很容易，可以乘船过去，但为什么《秦风》的作者他就觉得很难呢？因为秦非水乡，当地人本不惯于行舟，所以自然就觉得难了。章先生说，《秦风·蒹葭》应该这样来理解。这个说法就是在脚注里的。这个从来没有人说过的吧？而且我是在书还没有出版的时候，就听章先生说的，他说他有一个新的看法。我听了觉得很有意思，就问他，为什么以前注疏的人都没有注意这一点呢？他就说，注疏的人也可能是南方学者居多，他们天然地以为渡水是很容易的，所以就想不到那上头去了，其实对北方人来说是不容易的。类似这样的脚注，日文版把它们集中到一起，放在全书的最后，让我吃了一惊。原来没注意啊，在每页下面的时候，一条条地分散着，还不觉得什么，现在集中到了一起，一看，三卷书的脚注加在一起，差不多有一千一百条！这些脚注本身，就是章先生个性的体现，他的一些比较另类的想法的反映，所以现在这个做法我也觉得非常好。

本来我还想说，我没有看到索引，觉得有点遗憾，因为我一向以为，索引是日本学术著作比中国学术著作好的地方。但是后来一看，我拿的上卷里头没有，但下卷里头是有的，是集中在下卷最后的。这个工作也是非常重要的，也是超过中文版的地方。

还有，刚才井上先生也提到了，章先生给日文版写的前言，他觉得是为日文版增色的。这个前言我是第一次读到，正好在我手头有的上卷里。我不知道它有没有中文版，有没有在中国国内发表过？（啊，《复旦学报》上已经发表了？我孤陋寡闻，还不知道。）我觉得这个前言特别的精彩，同意井上先生说的为日文版增色，因为它系统地阐述了中国文学古今贯通的理念。虽然这个三卷本里头还是没有现当代文学部分，但是章先生本来肯定是要写的吧？这个"古今贯通"，我现在越来越有一个感觉，就是不仅仅是一个学术问题，因为涉及对现当代文学的评价，在中国一向是非常敏感的。那些外国人写的中国文学史，像日本前野直彬主编的《中国文学史》，译成中文的时候，现代文学部分就被删掉了[①]；美国夏志清的《中国现代文学史》，大陆简体字版不是全本，而是增删本，删去了两个涉及当代文学的附录，正文第三编"抗战期间及胜利以后（1937—1957）"有三章则是节选[②]；美国学者编写的《剑桥中国文学史》，最近中文版出来，也不见了当代文学部分[③]。所以我就想说，"古今贯通"不仅仅是一个学术问题，它还牵涉到许多更深层次的问题，这使我感觉到章先生眼光的厉害。刚才井上先生说，这篇前言是日文版的一个特色，那中文版放上去的话不大妥当，但确实是非常有意思的。

---

① 骆玉明、贺圣遂等译，上海，上海古籍出版社，1995年；上海，复旦大学出版社，2012年。
② 刘绍铭、李欧梵等译，上海，复旦大学出版社，2005年。
③ 孙康宜、宇文所安主编，刘倩等译，北京，三联书店，2013年。

最后，如果说我对日文版还有更多期待的话，那么我想，现在篇幅已经很大了，但是章先生引的这些引文，其实在传统的中国文学史里头，有很多是第一次引用的，跟一般的引文是不一样的。就是在日本的话，如果汉学家们直接读中文版，他们当然很容易引用那些引文，那个诗文啊，小说啊，戏曲啊；但是我估计利用这个《中国文学史新著》的，除了汉学家以外，应该还有研究日本汉文学的学者，研究日本"国文学"的学者。所以，如果以后经济条件允许的话，这些引文是否能够附上中文原文呢？这样也许能够满足更多层次的读者的需求。这是第一个期待。

再一个期待就是，我在想，章先生的脚注，你们现在都放到了最后，形成了非常庞大的规模，但其实你们在翻译的过程当中，肯定也会产生很多的想法，以后可否用脚注的形式，适当地添加一些译者注呢？这不也是一种反馈吗？特别是章先生提到了十几位日本学者的研究成果，从老一辈的到现在的，包括井上先生的，那些成果有很多在中国是有翻译出版的，如果把那些情况也告诉日本读者，可以让日本读者更容易体会到，啊，原来我们的吉川幸次郎先生的著作在中国有那么多的中文版啊，井上先生的研究在中国也已经引起了重视啊，等等，你们对此可以做一些介绍。这也是我的一个小小的期待。

要说的话本来还有很多，我只能挑自己认为比较重要的说一下。其实，我本来还有几句话是想对出版社说的，就是井上先生的那个编年纪事里也提到了，他们校勘呀，每次都是五校六校的，可我们的出版社最多只让三校，这一点我永远不懂的。你看，他们就五校呀六校呀，一直校对到满意为止，我们为什么就不可让多校几遍呢？

2014 年 9 月 18 日在纪念《中国文学史新著》日文版出版座谈会上的发言

（收入井上泰山编《进化する中国文学史——〈中国文学史新著〉翻译关联文集》，2015 年 3 月 31 日。）

"京都学派"的方法与个性

——小南一郎《楚辞的时间意识》评议

在很久以前,我就记得一件有关日本学者的轶事:有一个日本学者说,他最重要的论文用法文写,不那么重要的用英文写,最不重要的用日文写。我一直记得那件轶事,但是忘了它的出处。最近为了准备小南一郎先生今天这个讲演的评议,我重新翻阅了他在中国出版的《中国的神话传说与古小说》一书①,才发现原来那件轶事就是小南先生讲的,而且那个日本学者就是他在京都大学的同事。这使我很开心,因为我一直记得那件轶事,印象实在太深了。

但我要说的重点不在这里,我要说的重点是,小南先生在《中国的神话传说与古小说》中译本序里,讲了这个研究西藏佛教的同事的轶事后说:"假如笔者说这样的话,那最重要的论文当然应该用中文写。这不单是因为笔者把中国的研究者看做最重要的读者,还由于包括欧美学者在内,对于以中国为对象的研究者,中文是世界通用的学术用语。"也就是说,小南先生表示对于他自己来说,以及对于以中国为

① 孙昌武译,北京,中华书局,1993年。

研究对象的学者来说，中文是世界通用的学术语言，所以最重要的论文应该用中文来写。这个话他是在1989年说的，然后过了二三十年，这次来复旦大学讲演，他也就是这么做的。这次的讲座，我们主办方跟小南先生说，你只要把日文原稿给我们，我们来翻译，然后你用日文讲，我们当场翻译。小南先生说不行，他要自己用中文来写稿，然后自己用中文来讲演。这件事情的难度和意义，对你们来说可能想象不到。

小南先生1942年出生，1960年进京大中文科，1969年完成博士课程学习，整个1960年代，全都在京大度过。大家知道，1945年以后，一直到1972年恢复邦交，中日之间几乎没有往来。所以，作为一个读京大中文科的学生，他从本科一直到博士课程结束，完全没有留学中国的机会。我刚才还跟小南先生说，在那样的情况下，作为那个时代的学者，能用中文来写作和讲演，我觉得很不容易。他说为此花了整整一个月时间——他本来可以不花这么多时间的。所以，这是我觉得首先要向大家说明的。现在日本年轻一代的汉学者，他们在本科、硕士、博士阶段，都有机会到中国来留学，而且可以长期留学，所以他们用中文说写都没有问题；可是对小南先生这代学人来说，那就是一个很特殊的情况了。联想到现在仍有些汉学家，跑到中国来讲中国学问，却不能用中文来讲，而只能用英文来讲，这个其实是不大得体的。对于以中国为研究对象的学者来说，中文是世界通用的学术语言，所以最重要的论文应该用中文来写——小南先生的这个意见也是值得他们倾听的。

其次想要说明的是，小南先生在中国出版的学术著作的中译本，除了这本《中国的神话传说与古小说》外，还有一本去年刚刚出版的关于唐传奇的书，名叫《唐代传奇小说论》[①]。所以迄今在中国学界一般的印象当中，他是研究中国古小说和神话传说的专家。这其实是一个误解，至少也是了解不全面。他的第一部著作，1973 年出版的，是楚辞的日译本[②]，那时他刚完成在京大的学业。三十年后，2003 年，他即将从京大退休前不久，又出版了《楚辞及其注释者们》[③]，那原是他的博士论文，从诠释学角度研究楚辞的（在日本学界有这样的习惯，博士论文不会马上出版，一般要到四五十岁，学术成熟以后才出版。小南先生的这个博士论文，也是到他耳顺时才出版的）。因此，他其实也是一个楚辞研究专家，他的京大岁月，可以说是以楚辞研究为始终的。这一点恐怕大家不大了解，所以这里也要说明一下。

再次想要说明的是，小南先生在给我的邮件里特别提到，他之所以来讲"楚辞的时间意识"，乃是为了展示他个人的研究方法。他今天的讲演，既细致地显示了他个人的研究方法，也完美地展示了"京都学派"的学术特征。我个人听下来，大致有以下三点体会。

大家一定已经注意到了，他的讲演里有几个关键字词，一

---

① 童岭译，伊藤令子校，北京，北京大学出版社，2015 年。
② 《楚辞》，东京，筑摩书房，《中国诗文选》六，1973 年。
③ 《楚辞とその注释者たち》，京都，朋友书店，2003 年。

个是"古",一个是"终",以及由它们合成的一些词语,如"万古""千古""终古",但是关键字词只有两三个,就是"古""终"及"终古"。所有的推论、阐述,全都是围绕这几个关键字词展开的。大名鼎鼎的"京都学派",其学术特征就是这样的吧。还是小南先生写的那个中译本序,我来念给大家听听:"敝大学所教授的中国学的基础,是直接上承清代考据学的。把选择最佳版本和一字一句的严密校订当作做学问的根本。借用恩师吉川幸次郎教授的话说,在一个字的校订之中,表明了一个学者的全部能力。"我以为,"京都学派"的学术特征,就体现在这句话里了:"在一个字的校订之中,表明了一个学者的全部能力。"今天我们有些人不要说"一个字的校订",就是论文也是可以错别字连篇的!"京都学派"培养学生的基本方法是:"选取一部作品在教室阅读时,让学生当作课业的,是尽可能多地查出作为每一句表达典据的更为古老的用例。这样,构成我们治学基础的,是并不直接与文学或思想相关的内容。"也就是说,把原典的细读和一字一句的推敲,当作全部学问的基础。这个方法,很"京都学派",也很乾嘉学派,也很复旦古籍所,也是我这个复旦古籍所出身的人目前在复旦中文系坚持采用的方法。因为复旦古籍所的学风,是从章培恒先生,上溯到蒋天枢先生,再上溯到陈寅恪先生,一路传承下来的,非常重视原典的细读和一字一句的推敲。所以在这一点上,我们完全能够理解"京都学派"的基本方法。"京都学派"根据吉川先生的说法,是上承江户时代荻生徂徕那种

"古学派"的，但是在"京都学派"这里又发扬光大了。无论"京都学派"的第几代学者，他们代代相传，都掌握这样的基本方法，具备这样的学术特征。他们可以做《说文解字》的详注，做得比中国的文字学者还要仔细；可以做《隋书·经籍志》的详考，做得比中国的文献学者还要深入。我参加过一个元刊本杂剧的读书会，基本上每个月一次，每次都是逐字逐句地在那里推敲，一共三十种元刊本杂剧，他们整整读了十多年，还没有读完。日本许多读书会都是这样的，一个字可以讨论很久很久，这样做出来的东西就非常扎实。这就是"京都学派"的学术特征和基本方法，今天我们通过小南先生的讲演也领会到了。他具体演示给我们看，通过"古""终"及"终古"这几个关键字词的细致分析，怎样建构一个观点，贯通一个脉络，从这几个关键字词含义的变迁当中，推导出整个先秦时代，尤其是战国时代，社会的变动怎么反映在时间意识上，时间意识怎么反映到文学作品里……这就是"京都学派"的基本方法，也是其重要的学术特征。这是我的第一点体会。

我的第二点体会是，刚才我们谈到，小南先生的中译本序说，"构成我们治学基础的，是并不直接与文学或思想相关的内容"，然后他接着说："在这种为读书而打下的基础上建造些什么，几乎是听任每个学生去自由选择。结果，虽然总括为'京都汉学'这个统一称呼，其内容却是非常多样的。实际上笔者的研究方法，在其中有些异端色彩。"也就是说，一代又一代"京都学派"的学者，从最基本的一字一句的推敲出发，在打下了扎实的基础之后，再根据自己的兴趣和能力，选择适合自己的研究方法，去从事各具个性的研究。这就是基础与发展的关系。所以，所谓"京都学派"，要同时从这两个层面去理解，我觉得才是比较完整的。

那么，小南先生个人的研究方法有什么特色呢？还是在那篇中译本序里，他谈到一般学者有宏观的研究，有微观的研究，但是他所主张的，则是介于宏观与微观之间的"中观"的研究。他是这么说的，首先，"一部作品存在的意义，不能全部由时代环境直接说明（假如可以这样说明的话，那么处在同一时代、同样性质的社会环境中的作者，即使有巧拙之差，也会创作出具有同等价值的作品）"，也就是说，不能全用社会环境来说明文学作品，而这是我们这里经常做的事情；其次，"也不能全部由作者的个性和生活经历来说明（被当做'个性'的东西实际大半是从时代环境中产生出来的）"，也就是说，作者生平的研究代替不了作品本身的研究。宏观的社会环境的分析不能完全解释作品，关于作者生平的研究也不能完全解释作品，小南先生的方法则是取中间的"中观"："对于各作品的作者本人几乎未加注意，也是由于力求把各作品置于时代的'中观'之中的意图突出表现出来的缘故。"这一点在今天的讲演中也体现出来了。

楚辞为什么那么的富于悲哀色彩呢？传统的解释是由于作者个人的不遇。但要谈论个人的不遇，就必须首先确定作者。是谁不遇呢？那就是屈原。没有作者屈原这颗钉子，就挂不上"个人的不遇"这个观点。可是大家知道，在楚辞研究界历来有强大的声音，质疑到底有没有屈原这个人，或者即使有屈原这个人，他到底写没写过《离骚》等作品。我导师蒋天枢先生是坚定地相信有屈原这个人的，坚定地相信是屈原创作了《离骚》等作品的；但蒋先生的导师陈寅恪先生，就曾对蒋先生说过："温公书（《资治通鉴》）不载屈原事。"意思是司马光也不是很确定有无屈原这个人；同样是在复旦中文系，朱东润先生也认为楚辞跟屈原没关系，《离骚》等作品是淮南王刘安写的。在中国，朱先生这样的意见不是主流，1951年他"楚辞探故"系列文章在《光明日报》上一发表，就被郭沫若、何其芳他们痛批了一顿。因为当时正值宣传屈原为爱国诗人，《离骚》等作品是否为屈原所作，是"爱国"与否的大是大非问题，所以在当时谈论这样的问题，是比较地"政治不正确"的。但是在国外，在日本，在欧美，在国际汉学界，强大的声音，主流的意见，反倒是质疑到底有没有屈原这个人，楚辞的作者到底是不是屈原（就楚辞的作者问题，我也询问过小南先生的看法，他说其实他也不能确定作者到底是谁）。所以，要在屈原这颗钉子上，挂上"个人的不遇"的观点，看来并不是那么容易的。

那么问题就来了，假如我们不能确定作者，我们就不能研究作品了吗？到底是作者重要，还是作品重要？重视作者的人总是以为，只有我们了解了那个作者，我们才能完全了解其作品。这种想法其实是有其局限性的。[1]坦白地讲，我们

---

[1] 普鲁斯特有一个著名的观点，认为作者除了有日常生活中普通人的一面，还有

研究很多的作者生平，对于作品的了解其实无甚意义。即使楚辞的作者不是屈原，即使我们无法确认它的作者，也根本无妨于楚辞的价值，也无碍于我们对它的研究。大家想想，如果楚辞不是屈原写的，难道它就没有价值了吗？它就没有办法研究了吗？即使是淮南王刘安写的，《离骚》还是《离骚》，一点也不妨碍它的价值。有利害关系的只是刘安与屈原，他们的著作权问题，谁有了这个著作权，谁就可以扬名"终古"。如章先生曾考证说，《西游记》不是吴承恩写的。[1]这对于吴承恩来说，对于吴承恩家乡今天靠他发财的人来说，可能是一个损失，但对于《西游记》来说，却一点损失也没有。又如，我们可以通过《金瓶梅词话》，了解其作者兰陵笑笑生，他的价值观和艺术才华，至于他到底是明代哪个文人，我们完全没必要感到焦虑，因为不知道也无妨其伟大。只有那些被推定的作者的家乡，他们才会对此感到兴趣。[2]

体现或隐藏在作品中的创作者的一面，与作品有关的是后者而非前者。了解作者作为普通人的一面，其实无助于了解其作品；反而通过深入了解其作品，却能推测作者是怎样的人。他写了整整一本书《驳圣伯夫：一天上午的回忆》，痛批圣伯夫的批评方法（即所谓"圣伯夫方法"）。在《追忆似水年华》里，他也通过嘲讽德·维尔巴里西斯夫人，批评了圣伯夫派自以为认识作者就能了解作品的偏见。

[1] 见其《百回本〈西游记〉是否吴承恩所作》《再谈百回本〈西游记〉是否吴承恩所作》《三谈百回本〈西游记〉是否吴承恩所作》，皆收入其论文集《不京不海集》，上海，复旦大学出版社，2012年。

[2] 即如在英国，围绕"莎"剧作者问题，也存在着诸多的争议。如美国电影《匿名者》（*Anonymous*, 2011）说，莎士比亚不过是个演员，是个冒名顶替者，真正的作者其实是爱德华·德·维尔，伊丽莎白女王的私生子兼乱伦情人；也

　　这就牵涉到一个研究方法的问题，即那个微观的方法为什么有局限性，为什么要采取"中观"的方法。在今天的讲演中，小南先生不是从作者个人的不遇来解释楚辞富于悲哀色彩的原因，而是从循环的时间意识到直线的时间意识的历史大变动的结果来解释，认为时间意识的推移反映了整个时代对于一神教的、中央集权的一种意识和愿望，它表现在《离骚》最后关于绝对时间"终古"的追寻过程当中。因为我们早先的时间意识是循环的，而现实生活中则变成为直线的时间意识，所以我们对循环的时间意识就会有一种乡愁，我们的文学作品就常常会表现这种乡愁，楚辞里面的悲哀色彩就是这么来的。①由此我们既理解了楚辞的作者，也理解了他所处的那个时代。那个时代就是从比较小的王权向更大的中央集权转移的时代，楚辞的作者就是非常敏感于这一转移的诗人——好吧，管他作者到底是屈原还是刘安！于是，历来我们以为的个人不遇带来的楚辞的悲哀色彩，现在知道完全可以换一个角度来理解。这就是小南先生所主张的"中观"的研究方法，

　　有人说是马洛，或是琼森，或是其他的什么人。但是无论作者是谁，都无损于"莎"剧的伟大，也不妨碍人们了解"莎"剧。

① 类似的从循环的时间意识到直线的时间意识的变化，其实也在轴心时代的欧洲发生过。德国学者洛维特的《世界历史与救赎历史》一书提到，古希腊史家的时间意识是循环的，但犹太教和基督教的时间意识则是直线的，最后整个欧洲文化都转向了直线的时间意识，追求历史的所谓终极意义和虚拟未来。米兰·昆德拉的《不能承受的生命之轻》也提到："人类之时间不是循环转动的，而是直线前进。这就是为什么人类不可能幸福的缘故，因为幸福是对重复的渴望。"（第七部《卡列宁的微笑》）欧洲人时间意识的这一历史巨变，近代随着西风

可以让我们避免掉入无谓的作者之争的陷阱。

小南先生比较早期的一篇论文，1972 年发表的《〈西京杂记〉的传说者》，也是采取"中观"的方法来研究的。他说，此前人们研究《西京杂记》，专门集中在推定作者是谁；但他对推定作者没有兴趣，他想要采用的研究方法是："对于某一作品的意义，不是集中到其作者个人身上来进行考察，而是抽出作品表现水准所体现的固有'逻辑'和价值体系，并确定它们在时代与社会中的位置来加以理解。在这篇论文里，这种方法虽未成熟，却开始打下了基础。"（《中国的神话传说与古小说》后记）从早期关于《西京杂记》的论文，到今天《楚辞的时间意识》的讲演，这种研究方法在他是一以贯之的，也正是他区别于其他学者的地方。这是我的第二点体会。

我的第三点体会是，我们注意到这个时间意识的研究，在"京都学派"里似乎有一个文脉。小南先生的老师吉川幸次郎先生有一篇文章，叫作《推移の悲哀》（收入《吉川幸次郎全集》第六卷），研究中国文学中时间意识的变迁。在该文里吉川先生阐述，什么叫作"推移的悲哀"："这是随着时间的流逝，人们的生活条件发生了变化，一度得到的幸福重又失去，并转向了不幸的悲哀，这是由于将现在的不幸的时间，与过去幸福的时间加以对比，意识到其间时间的流

东渐刮到了东土，再次激发了中国人时间意识的转型，从农耕时代的四季流转的循环的时间意识，转变为工业化时代的进化论的直线的时间意识，近代中国的动荡不安也可说皆源起于此。

逝带来了幸福向不幸推移的悲哀。"①吉川先生该文的研究对象，主要是汉魏六朝隋唐的诗歌。今天小南先生的讲演，对于吉川先生的研究，其实是一个延续和深化，他进一步追寻，随着时间意识从循环到直线的变迁，楚辞里头具体发生了哪些深刻的变化；而在吉川先生的研究中，像楚辞啦，像先秦文学啦，这一部分还没有被细化到。

所以我们看到，"京都学派"这个学术传统，在一代又一代学者身上延续；同时也看到，每个学者都按照自己的个性和能力，在自己喜欢的领域里焕发光彩。我觉得这是"京都学派"给我们的最大启示。各位同学以后其实也应该这样做，先通过严格的学术训练打好基础，然后按照自己的个性和能力，在自己喜欢的研究领域里自由发展。

从前章先生带领我们翻译吉川先生著作的时候，我们就已经对"京都学派"第二代学者有了较深的印象和了解；今天我们又听到了第三代学者当中的一位，通过讲演介绍了自己的研究方法和个性。希望大家从小南先生的这次讲演中，得到关于他的研究方法和个性的启发，得到关于"京都学派"学术特征的启发，也得到关于我们自己如何治学的启发。

2016 年 6 月 13 日在小南一郎复旦大学讲座上的发言

---

① 我自己也受过吉川先生该文的影响，在拙著《诗歌：智慧的水珠》里，特辟了"时间观的智慧"一章，阐发中国诗歌中呈现的时间意识。

文前书后

《杨升庵夫妇散曲》前言

　　杨慎，字用修，号升庵、博南山人，四川新都人，大学士杨廷和之子。生于明弘治元年（1488）。正德六年（1511）举殿试第一，授翰林修撰。嘉靖三年（1524），世宗召因议大礼而得宠的桂萼、张璁二人为翰林学士，杨慎率人力谏，触怒世宗，被谪戍到云南永昌卫。从此在故乡四川与戍所云南之间，度过了三十五年的流放生活。嘉靖三十八年（1559）去世，享年七十二岁。《明史》本传称："明世记诵之博，著作之富，推慎为第一。诗文外，杂著至一百余种，并行于世。"在学问上，杨慎堪称明代屈指可数的大家，散曲创作只是其文学活动的一个方面，但也显示了他杰出的才华，卓然自成一家。

　　杨慎的散曲内容充实，感情真挚。他的散曲多作于谪滇以后，表现了他对滇南风物的感受，对妻儿故人的思念，对不幸遭遇的不平。如压卷的《谪滇南》一套，先历数远谪途中所经历的艰难险阻，复以亲人的萦念与古人的遭遇作映衬，最后强作宽慰之言，诚如陈所闻所评："摹写述情，甚是悲壮，读之令人哽咽。"（《北宫词纪》）他如《傍妆台》"远行人"四首、《折桂令·寄同时谪戍二公》等，都充满着真情实感，堪称散曲中的变徵之音。这些慷慨悲歌之作，拓展了散曲的表现领域。诚然，《升庵乐府》中也有不少舞筵歌席之作，但它们与充斥于明代曲坛的无病呻吟文字有所区别。杨慎即使去荒远的贬所，政治环境仍极险恶。史载明世宗"恶其父子特甚，每问慎作何状，阁臣以老病对，乃稍解。慎闻之，益纵酒自放"（《明史》本传）。他的寄意于声伎艳词，本是韬晦之计。表现在具体的作品上，便竭力追求"乐而不淫，哀而不怨"，而且时有芳草美人的寄托。时人"《杨柳》《大堤》之曲，出江潭屈子之口"（简绍芳《陶情乐府序》）的评论，是有一定道理的。

杨慎的散曲富有才情，于汪洋恣睢之中，见流丽俊秀之气。他虽不以学问为曲，但由于感情奔放，而才力又足以济之，所以常常如行云流水，侃侃而下，有一泻千里的气概。正因如此，他集中的"重头"（同一曲调反复多首以咏一意）特别多，而不令人感到累赘冗复。他善于炼字琢句，而又流畅自然，不落前人窠臼。如"费长房缩不就相思地，女娲氏补不完离恨天"（《秋怀》），"任光阴眼前赤电，傲霜雪镜中紫髯，仗平安头上青天"（《水仙子》），都是警策的佳句。

他的散曲在格律方面不受清规戒律的约束，卓然自成一家。这和他当时在诗文方面不受"七子"影响，如天马行空、独往独来的行为是一致的。尽管王世贞等人对此有"川调"的微词（《艺苑卮言》），但后人仍有公允的评论。如王季烈即肯定杨慎："特其于曲，不屑寻宫数调，信笔挥洒，故拗折天下人嗓子，殆比临川为尤甚。"（《孤本元明杂剧提要》）杨慎和汤显祖一样，着意表现独立不羁的精神，生动活泼之情趣，故不甚守宫调，却未必是因为不懂格律。更何况杨慎散曲"传咏满滇云"（张愈光《陶情乐府序》），要使中原的本腔在边陲得到认可和流行，本非易事。杨慎"多川调，不甚谐南北本腔"（《艺苑卮言》），未始不是因地制宜的革新。

杨慎的散曲在曲坛上评价甚高。吕天成称其"异才甘放"，"允为上品"（《曲品》）；王骥德誉其"俊而葩"，"风流旖旎，即实甫能加之哉"（《曲律》）；王世贞也承认其所著乐府"流脍人口"，"才情盖世"（《艺苑卮言》）。隆庆、万历时，至有追摹杨慎风格为曲者。从以上三个方面，可知这一切绝非偶然。

杨慎的散曲集，有《陶情乐府》《陶情乐府续集》二种。其中《陶情乐府》所收作品较为可靠；《陶情乐府续集》则有五十来篇与之相重，所剩三十余篇，亦往往多出自传闻，甚或误以时曲及元明旧作羼入。[1]此外，明时尚有杨慎与友人唱和的《玲珑倡和》单刻本二卷。

杨慎继配黄峨亦善词曲。据说杨慎在云南时，她寄给杨慎的散曲中有《黄莺儿》"积雨酿轻寒"小令，杨慎"别和三词，

---

[1] 今本《陶情乐府》与《陶情乐府续集》之关系，详见下文《今本〈陶情乐府〉与〈陶情乐府续集〉》。

俱不能胜"(《艺苑卮言》)。她的作品有时与杨慎的相淆，正说明二人的散曲在思想感情、才华及风格上相似，不止是"夫倡妇随"而已。其可确考的作品，如《折桂令》四首、《仕女图》等，或以悱恻见长，或以细腻入胜，堪称情辞并茂。黄峨是散曲史上第一位知名妇女作家，可比为词中的李清照。她的散曲集，《明史·艺文志》《澹生堂书目》俱有著录，惜传本已非原璧。任二北《杨升庵夫妇散曲弁言》说："夫人集为《杨升庵夫人词曲》五卷，有套数八、重头百三十四、小令廿六。就中套数三、重头八十二、小令十五，复见于《陶情乐府》；而另有套数二、重头十七、小令三，据明人选本，则亦属升庵。所余者不过套数三、重头三十五、小令八而已；即此所余，仍未必皆属夫人。盖其书支离杂乱，必出明季坊贾之手。"但因为是万历刻本，所以仍有参考价值。

如上所述，杨慎夫妇散曲的编次相当混乱。1928年，任二北加以董理，合辑成《杨升庵夫妇散曲》，包括《陶情乐府》四卷、《杨夫人词曲》三卷及《陶情乐府拾遗》一卷。后卢前刻《饮虹簃所刻曲》，即收入此整理本。1984年，四川人民出版社出版王文才辑校《杨慎词曲集》，亦加采用，又增入《陶情乐府续集》及《玲珑倡和》各一卷，以散见于正、续集外者为《升庵乐府补遗》一卷，替代《陶情乐府拾遗》。

这次收入"散曲聚珍"丛书的《杨升庵夫妇散曲》，采用卢前《饮虹簃所刻曲》所收《陶情乐府》、《杨夫人乐府》，《杨慎词曲集》所收《陶情乐府续集》、《升庵乐府补遗》、《玲珑倡和》凡五种，又从《升庵长短句》中辑出《天净沙》、《殿前欢》、《折桂令》、《满庭芳》（"梦中作"）、《四块玉》、《黄莺儿》（或《金衣公子》）、《黑漆弩》、《金字经》、《庆东原》、《驻马听》、《水仙子》等小令十九首并入《补遗》，《玲珑倡和》则仅保留杨慎原倡。整理中，参考了《杨慎词曲集》的标点，任二北所作校语及《杨慎词曲集》的补校则择要录入，使之成为一完整简洁之本，以飨广大散曲爱好者。

1985 年 2 月

（原载"散曲聚珍"丛书之《杨升庵夫妇散曲》卷首，笔名"金毅"，上海，上海古籍出版社，1989 年。）

今本《陶情乐府》与《陶情乐府续集》

1928 年，任二北董理升庵夫妇散曲，于杨慎作品，仅收嘉靖刻本《陶情乐府》一种（即本文所云"今本"）。1984 年，四川人民出版社出版王文才辑校《杨慎词曲集》，除《陶情乐府》外，增收嘉靖刻本《陶情乐府续集》，其中与今本《陶情乐府》重复者五十来首，不同者三十余首。编者认为，其重复者乃是续集"大量抄入正集中曲以充数"，而其不同者则多杂有"时曲"及明初人之作，不甚可靠。故删其重复，留其不同，以续正集。

鄙见以为，《杨慎词曲集》所收之《陶情乐府续集》，与今本《陶情乐府》不仅不是正续关系，而且前者还刻于后者之前。理由有三：据今本《陶情乐府》所附简绍芳序，知乃"临川拙庄杨子、澹斋余子"所刻；而据《陶情乐府续集》王畿跋，"同门东溪李侯君锡手辑之为一卷，藏于巾笥，安宁太守桂溪郑公见之，捐俸锲梓，名曰《陶情续集》，盖拾鲁泉董公所刻之遗也"，《陶情乐府续集》所续之正集乃"鲁泉董公"所刻，而非"临川拙庄杨子、澹斋余子"所刻。此其一。《陶情乐府续集》王畿跋作于"嘉靖乙巳"（1545），《陶情乐府》简氏序作于"嘉靖三十年"（1551），由序跋之作年可以推知，《陶情乐府续集》当刻于今本《陶情乐府》之前。此其二。又，简氏序云："且太史红颜而出，华颠未归，几三十稔，得古今奇谪。"王畿跋则云："吾师升庵先生在滇廿余年，寄情于艳曲，忘怀于谪居，吟余赏末，时一为之。"序跋中所涉及升庵在滇之年数，一云"几三十稔"，一云"廿余年"，其间相差大约六七年，正合二文撰作时间之差数，由此亦可见《陶情乐府续集》应刻于《陶情乐府》之前。此其三。

综合以上三点，可以得出下述结论："鲁泉董公"所刻之《陶情乐府》（年代不详）在前；后有"李侯君锡"刻《陶情乐府续集》以续董刻，时为嘉靖二十四年（1545）左右；"临川拙庄杨子、澹斋余子"合此二刻，重加遴选，而有新版《陶情乐府》（即今本）之刻，时为嘉靖三十年（1551）左右。所以，今本《陶情乐府》与《陶情乐府续集》有五十来首散曲相重，并非是后者抄前者以充数，乃是前者择后者以成编。而《陶情乐府续集》中其余的三十余首散曲，则被今本《陶情乐府》编者认为不可靠而弃之不取。

1986 年 2 月

（原载《中华文史论丛》1987 年第 1 辑，1987 年 8 月，原题《今本〈陶情乐府〉与〈续陶情乐府〉》。）

关于《诗骚一百句》
——答《风景线》记者问

《风景线》编者按： 2007 年 10 月 19 日，复旦大学中文系邵毅平教授携其新作《诗骚一百句》，在望道书阁以沙龙的形式与同学们亲密接触，和大家共同探讨领略经典的魅力。会后，《风景线》记者约访了邵毅平教授。

（问——《风景线》记者，答——邵毅平）

经典就是独一无二的东西

问：有很多人认为经典即那些经过时间的淘洗而沉淀下来的东西。您认为什么是经典？

答：经典就是独一无二的东西，与现在的"名牌"概念相近。真正的经典也不一定非要经过很长时间的沉淀，现当代文学中也有很多经典之作，我们能仅因为它们资历不够老，就否认它们的价值和魅力么？当然，真正的经典一定是经受得住时间考验的，它的味道会因时间的酝酿而越来越醇香。就像陶渊明、钱锺书、张爱玲，在一段时间里他们是沉默的，但经过另一段时间，他们的作品却复活了，人们从中发掘到经典特有的味道，那味道历久弥新。他们及其作品就像一口深邃的古井，无人打水时静静等候，有人打水时即吐出涓涓甘美。

问：在您博览群书的过程中，印象最深，对您影响最大的一部经典作品是什么？

答：我开始读书的那个时代，是最糟糕也最美好的时代，因为没什么课上，所以有大段的空闲时间阅读。虽然书籍稀缺，读书也要冒一定的风险，但我还是有幸从乱读书中培养了文学趣味，完成了我那可怜的文学启蒙教育。想当年印象最深的要数《牛虻》了。可能它并不算完全意义上的经典，现在的年轻人也不爱读它，甚至我自己也不敢去重读，但当年读的时候，它的确深深打动了我，那种与书与作者情感的沟通、心灵的共鸣所产生的感动和喜悦，我至今记忆犹新。

把经典去神圣化

问：您这次写《诗骚一百句》的出发点是什么？

答：我想以专业的知识为基础，以全新的观念、现代的视角和个性化的语言诠释经典，但又并非是要颠覆或搞笑，而是要把经典去神圣化。朱熹、冯梦龙、鲁迅都这么做过，都曾努力去除《诗经》神圣化的光环。事实上，《诗经》中的大部分作品，就是当时民间的流行歌曲，现在看来可能文

字和形式很古老，但其中表达的感情真实而鲜活，与现在的
流行歌曲并无二致。我这本书的读者对象主要是大中学生，
我希望通过这本书，能拉近大家与经典的距离。

把"文章千古事"铭记在心

问：您在本书中的诠释非常通俗而独到，其中更是涉及
许多外国文学作品，以及现实生活中的流行元素。但基于文
化和时代的巨大差异，您这样的诠释，会不会造成读者理解
的偏差，尤其是对中学生来说？

答：我一向认为，文学只有水平高低之分，没有古今
中外之别。写作是件非常严肃的事情，我一直把"文章千古
事"铭记在心。本书中的文字都经过仔细斟酌推敲，千改万
改后才留下来的。有些事例的确有点另类，比如用大"S"
小"S"解释"窈窕"，用茶花女的经历解释"子不我思，
岂无他人"，用《死了都要爱》诠释"之死矢靡它"……但
我并不认为这种联系必然会导致误解。虽然从表面上看起来
相差千里，但论及实质，它们所表达的精神是相同的，其中
的情感是相通的。

说到中学生，我也曾考虑过的。就目前来看，大多数中
学生与《诗经》的接触，仅限于语文课本上的那几篇，与现
实生活相比，他们与《诗经》的距离可谓有云泥之隔。本书
中通俗性流行性的描述和事例，正是为了更贴切地诠释《诗

经》，也是为了更多地引起他们的兴趣，让他们主动地走近《诗经》，真正地去读懂它。我想同学们会理解我的用意，他们会有自己的判断，有自己的评价标准，能够取其精华去其糟粕。①

文学没有"雅""俗"可分

问：对于文学的"雅"与"俗"，您个人持怎样的看法？

答：很多人喜欢拿"雅""俗"来评价文学作品，褒雅而贬俗，附雅而避俗。但实际上，文学没有"雅""俗"可分，只有"优""劣"可言。《诗经》是我国第一部诗歌总集，它的大部分内容，都是先秦时飘在田间垄上的民间通俗歌曲；戏曲、小说出身于市井之中，曾一度为"上流社会"所鄙薄；但它们都突破种种束缚繁荣了起来，成为中国文学殿堂上耀眼的明珠。何为"雅"？曲高和寡不是雅；何为"俗"？街谈巷议未必俗。"雅""俗"之别在于读书的态度：以猥亵的心态去读书，再雅的也会俗不可耐；以求知的心态去读书，优劣好坏之分自然可见，更不会信口说什么"雅""俗"了。

（原载复旦大学校内刊物《风景线》，2007 年 11 月 5 日。）

---

① 自 2007 年 9 月 17 日起，《上海中学生报》基本上每周一次，连载《诗骚一百句》，至当年底，共连载了十三篇，据说颇受中学生们的欢迎。由此可见，本书完全适合中学生阅读，大学生们反而是多虑了。

诗骚可以这样"时髦解读"吗？

——"正经人"评《诗骚一百句》

2007年下半年，复旦大学出版社陆续推出了"悦读经典"小丛书。有媒体颇青睐其中的《诗骚一百句》，称道它"用现代的眼光和流行的表达"，对古典诗词作了"时髦解读"（2007年8月5日《新闻午报》"书摘"）。我找来该书一读，却不觉疑窦丛生，不禁要问：难道诗骚可以这样"时髦解读"吗？

诗骚可以用外国文学来解读吗？

该书最让人大跌眼镜的是，竟然用外国文学作品来诠释诗骚——不伦不类！如用劳伦斯的《查泰莱夫人的情人》诠释"兴"，用屠格涅夫的《猎人笔记》、但丁的《神曲》诠释《周南·汉广》，用奥斯丁的《傲慢与偏见》、杰克·伦敦的《马丁·伊登》诠释《召南·摽有梅》，用加缪的《鼠疫》诠释《鄘风·相鼠》，用小仲马的《茶花女》诠释《郑风·褰裳》，用雨果的《葛洛特·格》、托尔斯泰的《安娜·卡列尼娜》、艾米莉·勃朗特的《呼啸山庄》诠释《郑风·

出其东门》，用莫泊桑的小说诠释《召南·野有死麕》、《邶风·静女》、《王风·大车》、《郑风·野有蔓草》，用莎士比亚的《罗密欧与朱丽叶》诠释《郑风·将仲子》、《齐风·鸡鸣》，用兼好法师的《徒然草》、毛姆的《红毛》诠释《九歌·少司命》……据我的粗略统计，该书用到的外国文学作品不下数十种，涉及古希腊、古罗马、意、法、德、俄、西、英、美、奥、日等十余国。这在诗骚的解读史上是"破天荒"的，谁知道以后会引发怎样的连锁反应呢？

诗骚可以用现代文学来诠释吗？

除了外国文学外，用现代文学来诠释诗骚，也是该书的一大"亮点"——可惜让人很难苟同。

用新诗的，如用刘半农的《教我如何不想他》诠释《周南·关雎》，用戴望舒的《雨巷》诠释《邶风·静女》，用徐志摩的《我不知道风是在哪一个方向吹》诠释《周南·芣苢》，用李金发的《弃妇》诠释《卫风·氓》，用邵洵美的《季候》、何其芳的《预言》、曾卓的《有赠》诠释《邶风·击鼓》，用顾城的《远和近》诠释《周南·汉广》，用郑愁予的《错误》诠释《九歌·湘夫人》，用何其芳的《预言》诠释《九歌·少司命》……

用现代小说的，如用钱锺书的《围城》诠释《召南·摽有梅》、《召南·野有死麕》，用卢新华的《伤痕》诠释《郑风·溱洧》，用卫慧的《上海宝贝》诠释《邶风·简兮》……

古典文学就是古典文学，怎么能与现代文学混为一谈呢？

诗骚可以用流行元素来包装吗？

在该书里，充斥了各种流行元素，中外影视剧、流行歌曲……什么都往里塞，也不管是否牵强附会。

光该书中提到的外国电影，就有《尼罗河上的惨案》《驿动的心》《指间沙》《苦月亮》《大开眼戒》《保镖》《喜福会》《狮子王》《爱得过火》……国产影视剧就更多啦，连《武林外传》里的一些台词，如佟湘玉的"偶滴神"，秀才的"子曾经曰过的"，郭芙蓉的"什么什么了啦"，莫小贝的"冰糖壶卢"，都会频繁地出现在该书中，竟然与诗骚连在一起！

还有什么《最浪漫的事》《死了都要爱》《恋上你的床》《苏菲的选择》，竟然用流行歌曲或中外影视剧来起篇名！还要让崔健、臧天朔来演绎《郑风·遵大路》，用蔡琴的歌声来说明《卫风·硕人》的"美目盼兮"，用《莫斯科郊外的晚上》来类比《陈风·东门之杨》……还有：

> 春香的"关了的睢鸠"，自然是她听"关关睢鸠"时产生的误解（就像今天有人把"巨龙巨龙你擦亮眼，永永远远地擦亮眼"，听成"巨龙巨龙你差两年，永永远远地差两年"，把"原来原来你是我的主打歌"，听

成"原来原来你是我的猪大哥"一样）。

这都是些什么话！作者好像对流行歌曲比诗骚还熟悉，这怎么能让读者对经典产生敬畏感呢？

诗骚可以这样注释吗？

请看《周南·关雎》的几条注释：

> 窈窕：身材曲线大"S"小"S"，类今人所谓"魔鬼身材"。
>
> 淑女：好小姐（今年沪上已开设"淑女夏令营"恢复培养）。
>
> 君子：成功人士。（在其他地方又译为"老公""好男儿"等。）

再看《召南·摽有梅》的几条注释：

> 庶士：各路好汉。（今译中又译为"哥们"。）
>
> 今：此时此刻，话剧《抓壮丁》里王保长所谓"现在而今眼前目下"。
>
> 谓：读为汇，聚会，台湾年轻人所谓"轰趴"（home party）。

诗骚难道可以这样来注释吗？这不是"媚俗"又是什么？

诗骚可以这样今译吗？

《召南·野有死麕》的"有女怀春，吉士诱之"，竟然被今译成了："有个女孩怀春，帅哥电眼电她。"难道"吉士"是梁朝伟吗？

再看《卫风·伯兮》的今译："大哥身材很威猛，国中豪杰人中龙。大哥兵器使得好，为王前驱打冲锋。自从大哥去征东，妹妹头发乱哄哄。不是没有化妆品，为谁打扮为谁容？"这还像是古色古香的《诗经》吗？尤其是"其雨其雨，杲杲出日"，竟然被今译成了："天气预报说下雨，可是日出红彤彤。"难道先秦时已经有了天气预报吗？

最让人不能接受的，是《邶风·新台》的今译："鱼网之设，鸿则离之；燕婉之求，得此戚施。"竟然被今译成了："本想要撒网捉大鱼，结果捉到只癞蛤蟆；本想要嫁个美男子，结果嫁了个法西斯。"难道先秦时就有"法西斯"了吗？

该书还用琼瑶的《在水一方》今译《秦风·蒹葭》，还有好几处径引倪海曙的《苏州话诗经》，如："山浪有扶苏，谷里有荷花。弗看见美男子，只看见小癞子！山浪有青松，谷里有红草。弗看见尖头馒（Gentleman），倒看见小瘪三！"什么"小癞子""尖头馒""小瘪三"，也真是莫名其妙！

  该书作者似乎对"正经人"颇不屑，时露讥讽之意，尤其是谈到"校园集体舞"时。但我们"正经人"不正是社会的栋梁，决定了时代的"主旋律"吗？所以笔者就用"正经人"为笔名，对该书的"不正经"提出几点质疑，希望引起读者诸君对该书的警惕。

2007 年末

《诗骚精读》跋

　　要说这本不像样子的《诗骚精读》[①]的由来，说来话长。

　　小时候正碰上"大革命"，没怎么上"正经"课。可坏事变好事，时间多得用不完，做了许多运动，读了许多闲书，身心两方面都颇受益。不过那时候时间虽多，却几乎无书可读，不像现在，是书很多，却没时间读。所以，那时候的爱书人，大都身怀两种绝技，一是快速阅读，还有就是抄书。

　　为什么得快速阅读呢？因为限时限刻要还，还有一长串的人等着呢。快速阅读可以快到什么程度？我自己的纪录是一分钟两页——当然只能是小说。诀窍是横排版竖着读，竖排版横着读，再加上适当"跳读"——跳过古小说的"有诗为证"，或新小说的抒情议论。不过这种快速阅读法，阅读量虽可以大得惊人，囫囵吞枣之弊却是免不了的，所以总有点心虚。直到后来听说，英国小说家毛姆也喜"跳读"，且一跳起来就像走下坡路，快得收不住脚；又晓得陶渊明的信条是"好读书，不求甚解"，看来也是个快读高手，这才得了"吾道不孤"的慰藉。

---

① 书稿未就，仅存此跋，录此存照。

再说抄书。有些书一读还想再读，那就得抄下来。时间当然很紧，环境也有压力，字还不能潦草，这样要求就高了。许多我这个年龄段的人字写得好（本人除外），可能就是抄书练的。大家抄《绞刑架下的报告》抄得热血沸腾，抄《第二次握手》抄得心猿意马（那时候该书的"杀伤力"之大，略同于上世纪末的《第一次的亲密接触》，上上世纪末的《巴黎茶花女遗事》）……不过，抄那些书的只是"菜鸟"，抄《辞海》的才算"大虾"！

闲话休提，言归正传。上面那些书我都没抄过，但我记得仿佛抄过《诗经》和《唐诗三百首》——只抄白文，不抄注释，注释抄不过来——也一样抄得热血沸腾或心猿意马。在"大革命"的"洪流"中，这就是我那可怜的古典文学启蒙教育了（我当时自然不可能知道，在后来的应试教育体制中，古典文学启蒙教育会更形可怜）。抄书抄得渐入佳境，正要抄《古文观止》，"大革命"戛然终止，书店里开始恢复供应各类古典文学读物。我对抄书意犹未尽，反而觉得若有所失，思想似乎比较反动。我发现，我后来关于古典文学的写作，诗歌的好像比散文的稍多；这次组织编写精读课教材，我又受命编写《诗骚精读》，而不是《古文观止精读》什么的，可能就是我的一种"宿命"，既可以理解成对我当年抄过《诗经》的奖励，也可以理解成对我当年未抄《古文观止》的惩罚，这就看从哪个角度去理解了。

进复旦大学以后，有幸跟蒋天枢先生读书，方向是先秦两汉文学，《诗经》和楚辞自然是必读书。蒋先生是楚辞学大家，先是有《楚辞新注》，后修订增补为《楚辞章句校笺》①，加上《楚辞论文集》②，两本不厚的书，成立了一家之言，奠定了蒋先生在楚辞学界的地位。我研究生毕业后，有幸留校做蒋先生的助手，曾抄写过《楚辞章句校笺》的部分书稿。那时没有电脑，没有复印机，得用复写纸垫着抄写（就像开手写发票），这样就可以一式多份。但一笔一画都要用力，方能"力透纸背"，让下面的稿纸也显出字来。在那个过程中，我练了字（但现在已经退步了），了解了各种繁体字、异体字和古字，最重要的是熟悉了楚辞。抄过不抄过，感觉就是不一样。我这才恍然大悟，原来过去的抄书，虽是不得已而为之，可无意中曲径通幽，却合了治学的大道。

不过说来惭愧的是，虽跟蒋先生读过《诗经》和楚辞，却因为资质愚钝，且不用功，竟然从没敢写过一篇相关的论文！唯一沾点边的，乃是一篇关于蒋先生《楚辞论文集》的书评。本来也是不敢写的，因为是某"权威期刊"的约稿，事先征得了蒋先生的同意，原稿又经过蒋先生的"朱批"，所以才敢涉笔并发表——却不料，就是这唯一沾点边的一篇，

---

① 《楚辞新注》为未刊稿，仅有油印本流传。蒋先生《〈楚辞章句校笺〉初稿序》云，该书"以宗叔师而又诤之"，故取名《楚辞章句校笺》。现书名《楚辞校释》为出版社方面所改，蒋先生生前未能看到该书出版（该书1989年由上海古籍出版社出版，已是蒋先生去世一年以后的事了），所以自然也就无从提出异议了。

② 西安，陕西人民出版社，1982年。

还被别人用化名抄袭了去。[1]我晕！

以上，就是我与《诗经》和楚辞的缘分，也是我编写这本《诗骚精读》的缘起。很显然，我的资格大大的不够。不过我又瞎想，比起没抄过《诗经》或楚辞的人来，也许我的资格还不是那么不够？于是就接下了这个活，且来滥竽充数一回。

因为先写了《诗骚一百句》，所以编写此书时，自然就会偷懒，从那里"搬"一点过来。自然不好意思全搬，即使是自己的东西，也不能这么"无耻"，对不起读者的钱包。为了维护教材的"严肃性"，大抵只搬一些诠释性的内容；至于随意的发挥和调侃，则基本上都没有搬。这样一来，此书的可读性就会打折。但教材嘛，虽然"看上去很美"，本来却不过是"敲门砖"，课程结束或心血来潮以后，总难逃束之高阁或一扔了之的命运，可读性更是一向无缘的，所以也就管不了那么多了。不过二书相较，要说读起来轻松一些，自然要属《诗骚一百句》；但要想了解得更多一些，则还是以此书为宜。

参考过的相关研究论著有很多，主要的都列在参考文献里了。凡是引用个人的研究成果，都在书中随处以脚注注明；而一般常识性知识的参考，则由于此书性质的关系，就不

---

[1] 详见拙著《中国古典文学论集》，上海，上海古籍出版社，2013年，第604—605页脚注。

——罗列了，免得啰唆。

写完此跋，重新翻阅纸张早已发黄变脆的《诗经》手抄本，却赫然发现好像并不是我的笔迹！这又是怎么回事呢？难道我当年其实并未曾手抄《诗经》，一切都不过是出于我的想象？

诗无达诂。回忆更是靠不住的。到底该信谁呢？就信你自己吧！

2008 年 2 月 29 日

《中国文学中的商人世界》韩文版序

大约从 1990 年代初起，中国社会经历了一次广泛而深刻的转型，当时的流行表述为"下海"（"海"指"商品经济的大海"）、"全民经商"等等。经过了四分之一世纪的持续发展，其深远影响和丰硕成果有目共睹：中国的商品经济有了质的飞跃，中国社会开始走向繁荣富足。

也正是从 1990 年起，我有感于中国社会正在发生的这一转型，确定以"中国文学表现商人的历史的研究"为博士论文题目。我尝试运用"文学形象学"等研究方法，在一个悠久广阔的时空范围内，阐述中国文学中所表现的商人形象的演变史，并回顾和总结中国文学关于商人的理念，以回应现代世界和现代社会的启示与冲击。

而从 1992 年起直至 1998 年，我有机会赴韩国的大学执教，我的研究工作遂在韩国继续进行。作为学位论文"副产品"的大众读物《传统中国商人的文学呈现》，于 1993 年上半年率先完成，并于当年末在中国出版（海天出版社）。博士论文则完成于 1994 年上半年，其中的第一章第一节《先秦文学对于商人的表现》、第二章《唐五代文学对于商人的表现》、第五章《清代文学对于商人的表现》，于 1996 年至 1997 年率先发表于韩国的学术刊物上。当时无论在中国还是在韩国，本领域都还是一片寂然，故自认有"筚路蓝缕"之力。

我的博士论文开宗明义就说："本论文所处理的虽然是一个纯属古代文学的课题，但是诱使我们作出这种选择的基本动机，却引发于现代世界与现代社会的启示与冲击。"其中所说的"现代世界与现代社会的启示与冲击"，除了中国社会当时正在发生的转型以外，其实也是包含韩国的因素在内的。因为正是在执教韩国期间，我亲眼目睹了韩国社会的繁荣富足，而这乃是受惠于商品经济的发达。

我的博士论文经过十余年的修订，于2005年在中国正式出版（复旦大学出版社），定名为《中国文学中的商人世界》。也许是因为与中国社会的转型同步，故拙著出版后得到了中国学界的肯定，也受到了中国读者的欢迎，十来年间已经出版了三版，累计印数则超过了八千。

但我自己一直觉得意犹未尽。对于进一步拓展本领域的研究，拙著中曾经表示过如下企盼："就我们过去的关于商人的理念而言，本书稿所涉及的只是其中的一个很小的侧面，除此之外还有很多工作可以做，这需要历史学、社会学、经济史、思想史等各个领域的学者们的通力合作；不仅如此，对于其他文学传统如何表现商人，我们也相当地缺乏了解，这又需要外国文学和比较文学方面的学者们来贡献意见。我们期待着在商人研究的领域里，能够有越来越多的研究成果出现，而本书稿的微薄努力，也许可以起一点抛砖引玉的作用。"其中所说的"其他文学传统",当然也是包含韩国文学在内的。长久以来我就一直期盼着,包括韩国学者在内的各国学者,能够一起来从事本领域的研究。

　　而现在,韩国高丽大学校民族文化研究院朴京男教授率领的研究团队,集合了中国文学、韩国文学(韩国汉文学)、日本文学、比较文学等各方面的学者,果然开展起了"东亚文学中的商人形象研究",这让我产生了一种梦想成真的感觉。而且,大家竟然还愿意翻译拙著,则更是让我喜出望外了。联想到作为拙著前身的我的博士论文,二十余年前,正是完成于我在韩国大学的执教期间,感觉拙著与韩国学界间似乎存在着某种奇妙的缘分。对于不辞辛劳翻译拙著的朴京男、郑广薰、申正秀、金秀玹、吴姝琪等诸位学者,我要表示由衷的感谢!

　　衷心希望拙著韩文版的问世,能够成为一块引玉之砖,引出本领域更多的优秀成果!

2017 年 4 月 9 日

(原载《중국문학 속 상인 세계》卷首,서울,소명출판, 2017 年。)

山外看山的好处

　　日本汉学家青木正儿曾经感慨："在研究某一国之文学方面，外国人相对于本国人抱有劣等感，实乃不得已之事。至极平稳安全之策，乃是满足于介绍、启蒙外国文学的拳拳之心。"①无独有偶，法国汉学家谢和耐也有过同样的，甚至更深的感喟，在他眼里，连日本汉学家都是值得羡慕的："中国和日本的汉学家比他们的西方同行有很大优势……在这个领域，我们要向他们学习，而且我们不能比中日大学者做得更好，这一点是显然的事实。"②相信他们的话很容易在海外汉学家中得到共鸣。

　　然而与此同时，海外汉学的成就却有目共睹，不仅常可与本土并驾齐驱，有时甚至更能够青出于蓝，成为我们看重的他山之石。这无疑是因为海外汉学家常能扬长避短，发挥他们所固有而为我们所欠缺的优势。在青木正儿，是"通过活用欧洲先进国的文化所教示的新的研究法和着眼点，

---

① 青木正儿《支那文学研究に於ける邦人の立场》，收入《青木正儿全集》第七卷，东京，春秋社，1970 年，第 45—48 页。
② 谢和耐《中国人的智慧》，何高济译，上海，上海古籍出版社，2004 年，第133 页。

而对中国学者抢占先机，取得一日之长"①；在谢和耐，则是背倚欧洲文化的悠久传统："如果说不能从小到大生活在中国的环境和语言中，接触到一个伟大文化的历史遗产，将会有很大的障碍，那么在受到希腊和拉丁文化熏陶后，再去认识和观察这个远东的世界，可能也是一个有利的条件。我们有我们观看事物的方式，我们对中国文化的理解肯定有其价值。"②

这里所要介绍的法国学者罗思德的论文《以文解画，以画解文：中国古代绘画与文学之间的关系》，似乎便是践行其乡贤谢和耐之说的一个例证。他认为，欧洲古代艺术皆与宗教有关，故艺术史家十分重视画的内容，注重观察画家如何用图画来讲述故事，表达意义，早在19世纪就建立了"图像学"。他以这一欧洲文脉为背景，指出中国古代的艺术史家大都重视画风，着重讨论绘画风格的变迁，其与社会环境的关系，却不太解释画的内容，不太重视画的主题，导致中国绘画史研究偏重真伪鉴定与绘画风格，却一直没有往"图像学"的方向发展。他举了三个例子，试图来纠正中国绘画史上常见的误解，尤其是关于所谓"文人画"的误解。他采用的基本方法是"图文互证"，这是因为文人最重视的还是文学，所选择的图画题材也因此变得相当重要，常常蕴含着

---

① 青木正儿《支那文学研究に於ける邦人の立场》。
② 谢和耐《中国人的智慧》，何高济译，第133页。

深刻的文学意义，有时甚至将画变成一种文学诠释，以表示当时文人的文学观念。正因为绘画属于文人文化，而文学是文人文化的精髓，因此必须研究绘画与文学之间的关系。他希望将来的专家可以彼此合作，以建立中国非宗教艺术的"图像学"。他的这一立足欧洲文化背景的研究，对于中国同行也许会有启发意义。

罗文中的某些例证或许还可作进一步检讨。例如，现存各种桃源图的最后一个画面，画一个手拿拐杖的人对着瀑布，此画面用《桃花源记》或难以解释。罗文认为画家所用《桃花源记》，可能是《搜神后记》中的版本，而非现在通行的《陶渊明集》的版本。因为《搜神后记》在"桃花源"故事后，紧接着"刘驎之"的故事，似与各种桃源图最后的画面相符。然而依据中国小说史家的研究，今本《搜神后记》实非原帙，原帙已经佚失于宋代，今本是 16 世纪末重辑，17 世纪初刊行的。其中的"桃花源"与"刘驎之"故事，以及二者间的前后相邻关系，应是重辑时才编入和形成的（所以李剑国的新辑校本①已将之排除）。而罗文所提到的各种桃源图，除了 17、18 世纪的三种摹本外，较早的如沈周（1427—1509）的，仇英（约 1494—1552）的，文徵明（1470—1559）的（1554），显然均早于今本《搜神后记》的出现。那么，它们与今本《搜神后记》到底具有

---

① 李剑国辑校《新辑搜神记・新辑搜神后记》，北京，中华书局，2007 年。

怎样的关系，尚有待于用罗文所提倡的"图文互证"法来
作进一步的研究。

2015 年 5 月 22 日

（原载《复旦学报》2015 年第 4 期，为"域外新刊"栏"主持人的话"，
2015 年 7 月。现标题为收入本书时所拟。）

时间意识的变迁

　　《楚辞的时间意识》原系日本京都大学名誉教授小南一郎先生 2016 年 6 月 13 日在"章培恒讲座"上的讲稿，作者后来又作了修订。"章培恒讲座"是由复旦大学古籍整理研究所组织策划、章培恒先生学术基金资助的主要项目之一，专门聘请海内外在中国语言文学及相关研究领域卓有成就的学者开设前沿学术讲座。

　　小南一郎先生在中国已出版有两种学术著作的中译本，即《中国的神话传说与古小说》①《唐代传奇小说论》②，所以迄今在中国学界一般的印象当中，他是研究中国古小说和神话传说的专家。但除此之外，他其实也是一个楚辞研究专家。他的第一部著作，1973 年出版的，是楚辞的日译本③，那时候他刚完成在京都大学的学业。三十年后，2003 年，他即将从京都大学退休前不久，又出版了《楚辞及其注释者们》④，那原是他的博士学位论文，从诠释学角度研究楚辞的。本文是他

---

① 孙昌武译，北京，中华书局，1993 年。
② 童岭译，伊藤令子校，北京，北京大学出版社，2015 年。
③ 《楚辞》，东京，筑摩书房，《中国诗文选》六，1973 年。
④ 《楚辞とその注释者たち》，京都，朋友书店，2003 年。

楚辞研究业绩的一个具体展示，既细微地显示了他个人的研究方法和个性，也显示了作为"京都学派"第三代学者的学术风貌，有助于我们更全面地了解作者及"京都学派"。

作者在《中国的神话传说与古小说》中译本序中曾写道："敝大学（京都大学）所教授的中国学的基础，是直接上承清代考据学（乾嘉学派）的。把选择最佳版本和一字一句的严密校订当作做学问的根本。借用恩师吉川幸次郎教授的话说，在一个字的校订之中，表明了一个学者的全部能力。"我以为，"京都学派"的学术特征就体现在这句话里了："在一个字的校订之中，表明了一个学者的全部能力。"——今天我们有些人不要说"一个字的校订"，就是论文也是可以错别字连篇的！本文具体演示给我们看，通过"古""终"和"终古"这几个关键字词的细致分析，怎样建构一个观点，贯通一个脉络，从这几个关键字词含义的变迁当中，推导出整个先秦时代，尤其是战国时代，社会的变动怎么反映在时间意识上，时间意识又怎么反映到文学作品里。

还是在那篇中译本序里，作者谈到一般学者有宏观的研究，有微观的研究，但是他所主张的，则是介于宏观与微观之间的"中观"的研究："一部作品存在的意义，不能全部由时代环境直接说明（假如可以这样说明的话，那么处在同一时代、同样性质的社会环境中的作者，即使有巧拙之差，也会创作出具有同等价值的作品），也不能全部由作者的个性和生活经历来说明（被当做'个性'的东西实际大半是从时代环境中产生出来的）。这可以说是必须确定隐覆在这二者之间的'中观'的根本理由。"因此，本文不是从楚辞作者个人的不遇来解释楚辞富于悲哀色彩的原因，而是从循环的时间意识到直线的时间意识的历史大变动的结果来解释，认为时间意识的推移反映了整个时代对于一神教的、中央集权的一种意识和愿望。通过这种"中观"的研究方法，我们既理解了楚辞的作者，也理解了其所处的时代：那个时代就是从比较小的王权向更大的中央集权转移的时代，楚辞的作者就是非常敏感于这一转移的一个诗人。同时，这种"中观"的研究方法也可以让我们避免掉入无谓的作者之争的陷阱。

我们还注意到关于时间意识的研究，在"京都学派"里似乎有一个文脉，作者的老师吉川幸次郎先生有一篇论文，叫《推移の悲哀》（收入《吉川幸次郎全集》第六卷），研究了中国文学中的时间意识的变迁。本文也可以说是对那一研究的延续和深化，作者进一步追寻，随着时间意识从循环的到直线的转换，楚辞里头具体发生了哪些深刻的变化。

（附记：关于《楚辞的时间意识》一文的详细介绍，参见收入本书的拙文《"京都学派"的方法与个性——小南一郎〈楚辞的时间意识〉评议》。）

2016 年 10 月 16 日

（原载《复旦学报》2016 年第 6 期，为"域外新刊"栏"主持人的话"，2016 年 11 月。现标题为收入本书时所拟。）

国学荐书荐文八种

一、〔先秦〕《大学》、《中庸》（朱熹撰《四书章句集注》，中华书局《新编诸子集成》本）

比《论语》《孟子》还要深入人心的儒家"原教旨主义"经典，"修齐治平""中庸之道"影响中国人人生观两千年，六百年八股文考试的必考经书，在邻国连小学生都能背诵如流，但在近年来国内的"国学热"中却备受冷落。

二、〔先秦〕《孙子》（孙武撰、曹操等注、杨丙安校理《十一家注孙子校理》，中华书局《新编诸子集成》本）

世界军事思想最早最杰出的经典，至今为美国西点军校的必读教材。20 世纪被日本人活用于商战与职场，遂"华丽转身"为商人们的"商战指南"与白领们的"职场圣经"。如果说"人生如战场"的话，书中更蕴涵众多实用的处世智慧。

三、〔西汉〕司马迁《史记·货殖列传》（司马迁撰《史记》，中华书局标点本）

"正史"二十四史中独一无二的篇目，中国经济思想史上惊世骇俗的"另类"，却直指人心与人性的最隐微之处，直通支配今日世界的西方重商主义思潮，会让中国人感叹两千年来走的弯路实在太长，并对当今"趋利"的世道多一份理解、宽容与投入。

四、〔东汉〕王充《论衡》（王充撰、黄晖校释《论衡校释》，附刘盼遂集解，中华书局《新编诸子集成》本）

中国思想史上批判、怀疑精神与理性思想的杰作，其对言说"虚饰"本质的犀利分析，直通福柯"话语是一种权力"的经典理论，是应对当代信息洪流、媒体暴力的绝妙处方。

五、〔东晋〕王羲之《兰亭集序》（《晋书·王羲之传》，中华书局标点本）

对中国人人生观、生死观最透彻的言说，也是中国人人生智慧的最深刻表现。与之相比，一切其他同类言说都显得过于肤浅。同时，它又是中国文章史上的最佳美文之一。

六、[北齐]颜之推《颜氏家训》[颜之推撰、王利器集解《颜氏家训集解（增补本）》，中华书局《新编诸子集成》本]

中国"家训"的始祖，该领域不刊的经典。其中有关为人处世、治家教子的教训，至今也还是那么鲜活生动，贴近现实。

七、[明]洪应明《菜根谭》[洪应明撰、张熙江整理编注《菜根谭（新编）》，上海人民出版社，1989 年版]

中国"人生格言"的代表作，其教训深入人生各个层面。在现代日本比在现代中国更为流行，日译本及衍生读物可以占据书店的专架，是他们成功人士的"人间案内"（"人生指南"），在日本的现代化中可以看到它的贡献。我们的现代化似也不应忘记它的存在。

八、[明]李贽《焚书·童心说》（李贽撰《焚书》，中华书局，1975 年版）

学习经典的目的不是死于经典，而是超越经典，使人类的思想不断吐故纳新，让人生和生活变得更加美好。

在这方面，没有比《童心说》更精彩的陈述，也没有比它更痛快的棒喝。在戏说、曲解"经典"成风的今天，它不失为一剂苦口的退烧良药。

（附记：此为 2008 年应《现代家庭》之约为其所编《樽轩学经》给出的国学荐书荐文目及荐语。）

荐书与自荐书十种

荐书八种

一、［法国］普鲁斯特《追忆似水年华》（十五人合译本，译林出版社，1989 年以来各种版本）

喂，朋友，拜托别再只谈"玛德莱娜小点心"了好不好？

它只是开胃小点心，真正的大餐在后面——请往后享用！

二、［俄罗斯］索尔仁尼琴《古拉格群岛》（田大畏、陈汉章、钱诚译，群众出版社，2006 年版，内部发行，2015 年版，公开发行）

不读此书，不知道庸常生活有多么美好。

读了此书，才知道当代文学缺少了什么。

三、［日本］筒井康隆《文学部唯野教授》（何晓毅译，

人民文学出版社，2007 年版）

大学教授最怕大学生们读的一本书。

大学教授最怕自己读的一本书。

四、［英国］萨克雷《名利场》（杨必译，人民文学出版社，1957 年第一版，1995 年第一次印刷）

你很难让我相信译作可以如原作般好玩；

除非是我引以为荣的复旦前辈杨必译的。

五、［德国］格拉斯《铁皮鼓》（胡其鼎译，上海译文出版社，2006 年版）

我们在历史中失去的故乡，可以在文学中把它找回来。

只要熟练而又耐心地敲打，铁皮鼓就会告诉我们真相。

六、［捷克］哈谢克《好兵帅克历险记》（星灿译，人民文学出版社，1983 年版）

如果你不相信帅克干预了第一次世界大战，

那你就既不配读这本书，也不配谈论战争。

七、［朝鲜］金万重《九云梦》（上海古籍出版社，2014 年版）

一个外国人，写了一本七八万字的汉文小说——这是什么精神？

一个外星人，以这本小说为自己的人生指南——这是什么意思？

八、［明朝］兰陵笑笑生《金瓶梅词话》（陶慕宁校注，人民文学出版社，2000 年版；另可参照各种未删节本）

不读完后二十一回，你就不会真懂前七十九回。

真懂了前七十九回，你就不会认为它是"淫书"了。

（但都什么时候了，可以不删节了吧？）

自荐书二种

一、《中国文学中的商人世界》（复旦大学出版社，2016 年第三版）

中国自近世以后为何落后于西方世界？

本书说：我们有西门庆，没有鲁滨孙。

二、《马赛鱼汤》（复旦大学出版社，2015 年版）

世界那么大，我想去吃吃。
——但《马赛鱼汤》吃的不是鱼汤，而是生活！
C'est la vie !

（附记：此为 2016 年 4 月 12 日在复旦经世书局做"学人只合书中老：一个爱书人的读书与写书——谈谈我在复旦社出的书们"讲座时，应主办方之约给出的荐书与自荐书目及荐语。）

西云东雨

皇帝也是血肉之躯

美籍华裔学者黄仁宇（1918—2000），近年来以其《万历十五年》①一书而为中国读者所知晓。李约瑟（1900—1995）对他非常欣赏，1981年9月23日在上海作学术讲演时曾说："我要提一下黄仁宇，他曾在美国任教多年，在剖析欧洲资本主义的起因和妨碍中国现代科学发展的社会条件方面，做了出色的研究工作。"李约瑟因之约请他参加《中国科学技术史》第七卷——内容是探讨中国科学技术和医学的社会和经济背景——的撰写工作。

黄仁宇的《万历十五年》有一个很大的特色，就是善于"知人心"，尤其是善于知皇帝之心。

作者本着"皇帝的职位是一种应社会需要而产生的机构，而每一个皇帝又都是一个个人"的看法，把皇帝写得很有人情味，并且据此而对皇帝一些历来受到非议的行为作出了新的解释。比如，万历后期的大部分政治活动，都与万历皇帝的宠幸郑贵妃有关，对郑贵妃其人，后来的史书没有不骂的，但是黄仁宇却指出："郑氏之所以能赢得

---

① 北京，中华书局，1982年。

万岁的欢心，并不是具有闭花羞月的美貌，而是由于聪明机警，意志坚决，喜欢读书，因而符合皇帝感情上的需要。如果专恃色相，则宠爱决不能如此的历久不衰。""她看透了他虽然贵为天子，富有四海，但在实质上却既柔且弱，也没有人给他同情和保障。即使是他的母亲，也常常有意地把他看成一具执行任务的机械，而忽视了他毕竟是一个有血有肉、既会冲动又会感伤的'人'。基于这种了解，她就能透彻地认清了作为一个妻子所能够起到的作用。别的妃嫔对皇帝百依百顺，但是心里深处却保持着距离和警惕，惟独她毫无顾忌，敢于挑逗和嘲笑皇帝，同时又倾听皇帝的诉苦，鼓励皇帝增加信心。在名分上，她属于姬妾，但是在精神上，她已经常常不把自己当作姬妾看待，而万历也真正感到了这种精神交流的力量。"像这样从精神上、感情上、心理上分析皇帝和贵妃的行为，当然要比单单骂几句"昏君好色""贵妃擅权"之类的话有说服力得多。即使是写皇帝、贵妃这样的人物，黄仁宇的笔端也常常蕴含着强烈的感情："今天，有思想的观光者，走进这座地下宫殿的玄宫（指定陵），感触最深的大约不会是建筑的壮丽豪奢，而是那一个躺在石床中间、面部虽然腐烂而头发却仍然保存完好的骷髅。它如果还有知觉，一定不能瞑目，因为他心爱的女人，这唯一把他当成一个'人'的女人，并没有能长眠在他的身旁。"当我们读到这里时，难道我们不会对历史上的万历皇帝有一个更生动的理解，并由此而对万历朝的政治风云产生一些新的感触?

　　"中国之君子,明乎礼义而陋于知人心。"(《庄子·田子方》)《万历十五年》既能"明礼义",又能"知人心",在历史研究著作中别具一格。希望更多的历史著作在"明礼义"的同时,能在"知人心"上下功夫。

　　　　　　　　　(原载 1984 年 7 月 7 日《新民晚报》,笔名"文韶"。)

推理小说与反推理小说

要我承认自己喜欢读推理小说，总觉得有点不好意思，因为据说有修养、有学问的人一般都是不读这种书的。不过尽管这样，我还是喜欢读，公开地读或偷偷地读。

然而，近年来随着阅历的增长，我对推理小说的兴趣却似乎有减退的趋势。这并不是因为故事里漏洞太多——现在的推理小说越来越严密，据说有些案件巧妙得连作者自己都破不了——而恰恰是因为漏洞太少。此话怎讲？你想，生活中阴差阳错的事情多了去了，那能像推理小说里那样每一步都合乎逻辑？你再想，生活中发生的案件一般只能几个里破一个，而推理小说里的破案率却是百分之百，这多不可思议！

令人高兴的是，有这种想法的不止我一个。最近读了一本叫作《橡皮》（1953）的小说，[①]不禁拍案叫绝。作者是法国"新小说派"的代表作家阿兰·罗布－格里耶（1922—2008），一个中国读者暂时还感到陌生的名字。故事的梗概是这样的：

---

① 《橡皮》，林青译，上海，上海译文出版社，1981 年。

侦探瓦拉斯受命调查政治经济学家杜邦被暗杀一案，来到外省一个小城。他判断刺客为窃取文件，还将再度光临杜邦的书房，于是当晚埋伏在那里。果然有人持枪而入，瓦拉斯一枪将他击毙。走过去一看，死者却正是杜邦。原来杜邦并没有被刺客杀害，内政部长为了保护他的生命安全，向所有人隐瞒了这个情况，也包括瓦拉斯在内。杜邦不放心自己的文件，当晚又回家去取，结果反而死在前来为他捉拿刺客的瓦拉斯手里。那个刺客知道自己当时并没有杀死杜邦，所谓杜邦被暗杀身亡的消息一定是伪造的，于是将这个情况向上司作了汇报，却遭到上司好一顿训斥，被视为精神错乱。后来他看到了杜邦的尸体，又觉得上司真是英明，今后一定要好好服从。

这是一个阴差阳错的故事，所有人都在行动，行动的结果却正与自己的愿望相反：内政部长想保护杜邦，结果反而害了他；瓦拉斯前来捉拿刺客，却杀了被刺的人；刺客的上司作了错误的判断，结果却为"事实"所证实；刺客的判断是对的，却为"事实"所否定。总之，所有那些在推理小说中常见的神机妙算，在这本小说里全然没有。但是，如果你能带着幽默感来读这本小说的话，你会发现它虽然缺乏推理的逻辑，却符合生活的逻辑。它是对所有那些过于自信的大侦探的一个讽刺。它在推理小说中扮演的角色，依我看，颇像《堂·吉诃德》在骑士小说中扮演的角色：对某种潮流的一声冷笑。就这个意义而言，《橡皮》可称为"反推理小说"。

　　但是，《橡皮》的意义绝不限于此。透过它那荒唐、幽默的侦探故事的外衣，我们可以看到一个更为深刻的主题，那就是人在社会中的渺小处境，人与人之间的难于沟通，人类努力的徒劳无益。因此，它主要是作为"新小说"的代表作，作为一部严肃作品，而不是作为一个侦探故事，而赢得世界声誉的。

　　　　　　　　（原载 1984 年 8 月 4 日《新民晚报》，笔名"文风"。）

有趣人物的有趣传记

你大概知道大仲马是老仲马的儿子，小仲马的父亲，你也一定读过他的《三个火枪手》和《基督山伯爵》。

也许你还想进一步了解那些给你带来美妙享受的小说的作者的身世，比如他怎样揣着打弹子赢来的几个法郎出发去征服巴黎；怎样与一个生性开朗的女裁缝邂逅，生下了他的"杰作"——小仲马；怎样为了情妇与雨果闹得不可开交；怎样要求法国政府派遣一艘军舰送他一个人去埃及访问；怎样在人世间与小说里同时建造了一个基督山山庄；怎样佩戴着勋章像小孩子一样扬扬得意地走在巴黎的大街上；怎样随心所欲地玩弄法国历史，编造了一些似是而非却引人入胜的历史故事；怎样开设了一家小说公司，成批地"生产"小说；怎样在拿破仑的将军们面前侈谈滑铁卢战役，当一个将军指出自己当时并不是那样攻上去的时候，他把手一挥，说"你知道什么"；怎样为了多赚稿费，让火枪手的一个仆人每句话只说一个字（当时的稿费论行算，而对话是分行写的）；后来报纸老板提出对话字数不超过半行不给稿费时，大仲马又怎样打发了那个不能赚钱的仆人……如果你想知道这一切，那么我劝你去读读莫洛亚的这本《大仲马传》①，薄薄的一百几十页，我肯定你会一口气把它读完的。

《大仲马传》的作者莫洛亚（1885—1967），是法国著名的小说家、评论家、传记文学家。尤其是他写的传记，既忠于历史事实，又引人入胜，简直和小说一样，可读性非常强。他的《雨果传》《雪莱传》《屠格涅夫传》等，最近也已陆续被翻译成中文出版了。

（原载 1985 年 4 月 17 日《新民晚报》，笔名"文风"。）

---

① 《大仲马传》，秦关根译，杭州，浙江文艺出版社，1983 年。

费洛西奥的《哈拉马河》

    中国读者对于西班牙早期的小说、戏剧也许还不陌生，比如流浪汉小说《小癞子》，骑士小说《堂吉诃德》，以及维加、卡尔德隆的戏剧，在中国都拥有广大的读者群；但是，对于西班牙的现当代文学，中国读者就不一定熟悉了。西班牙当代作家费洛西奥的长篇小说《哈拉马河》的翻译出版，[①]为中国读者了解西班牙现当代文学打开了一扇窗子。

    费洛西奥出生于1927年。父亲和妻子都是小说家。他的第一部小说《阿尔方乌伊的技能和遭遇》出版于1951年，当时他还是个乳臭未干的小伙子。但当他于四年后出版《哈拉马河》（1955），获得西班牙"欧亨尼奥·纳达尔"文学奖，一举成名以后，他就令西班牙文坛为之刮目相看了。

    《哈拉马河》写盛夏时节的一个星期天，一群马德里青年来到距首都十六公里的哈拉马河边度假时所发生的故事。里面没有什么大的冲突、悬念和戏剧性场面，却引人入胜，扣人心弦，因为这是一个关于人生与青春的故事。小说独特的结构也许就是为了表现这个主题的。小说的开头是一段关

---

① 《哈拉马河》，啸声、问陶译，北京，外国文学出版社，1984年。

于哈拉马河的描写，从它的发源地写到故事发生地，戛然而止，开始进入正文。正文结束，最后又接着描写哈拉马河，从故事发生地写到它流入大海。小说的正文沿着两条线索展开，一条是哈拉马河边一群青年人的故事，一条是离河不远的小酒店中一些成年人的故事。故事从早上"九点差一刻"卢西奥坐在小酒店里喝酒开头，到半夜"一点差一刻"卢西奥离开酒店回家结束……通过这种结构安排，作者想要表现什么呢？答案也许就在小说扉页上引用的达·芬奇的一句格言里："我们在河里接触到的水，既是逝水的水尾，又是来水的水头；眼前的日子也是这样。"小说首尾各置一段关于哈拉马河的描写，在故事发生地截断，正是"逝水"与"来水"的象征；青年人与成年人故事的同时展开，无非是为了造成一种人生的"逝水"与"来水"的对比；而这个故事中的星期天，就是人生"长河"中的某一段"水"，它既连着过去，又通往未来。通过这种结构安排，作者把他对人生与青春的"逝者如斯夫"的感受含蓄地告诉了读者。作者写《哈拉马河》时二十八岁，小说所表现的这一主题，也许正反映了他当时微妙的心理状态。

（原载 1986 年 1 月 4 日《新民晚报》，笔名"文风"。）

拉格克维斯特与《侏儒》

我们是通过《侏儒》[①]知道拉格克维斯特（1891—1974）的，这对中国读者而言是一件幸事，对拉格克维斯特而言也未尝不是如此，因为他是有幸为中国读者所知道的屈指可数的瑞典作家之一。

当拉格克维斯特于1891年来到一个火车站领班工人的家里时，家中谁也没有料到他在三十年后会成为瑞典文坛的核心人物。他小时候非常怕死，老是为此东想西想的。这或许预示了他后来创作的基调：人类在死亡面前的束手无策。他一生从青年到晚年的几乎所有作品，如散文和诗集《懊悔》（1916）、《混乱》（1919），戏剧《永不消失的微笑》，短篇小说集《战斗的灵魂》（1930），诗歌集《夜晚之国》（1953）等，大都是讨论人生与死亡、灵魂与生命等问题的。由他童年时代的阴暗心理，他年轻时在巴黎与现代主义文学的接触，以及他作品中反复出现的主题来看，他之主要采用象征主义、表现主义等现代派手法，也就不足为奇了。

《侏儒》写于1944年，在他长长的作品系列中，占据了

---

① 《侏儒》，周佐虞译，上海，上海译文出版社，1982年。

一个相当重要的位置。小说描写了文艺复兴时期意大利的宫廷生活，城邦之间的战争，以及毁灭性的瘟疫等。但是，这些都只是作为背景加以描写的，作者着力塑造的是一个侏儒，这是一个"象征人类本性里的邪恶势力"的形象，瑞典文学史家谢尔·埃斯普马克分析其意义道："侏儒是一个具有普遍性的人物，是对历史上目光短浅者的一种绝好写照。当我们在小说结尾处再次看到他坐在监牢里等待再生的时候，我们怀着惧怕的心理，领悟到是哪些人类心理特征一次又一次地把残酷的独裁者拥戴到权力的宝座上。"联想到小说诞生时正在进行的第二次世界大战，我们也许可以猜测侏儒的形象寓有的某种隐意。当然，这部小说吸引我们的不仅是其中的侏儒形象，而且还有它的表现主义手法。表现主义手法与侏儒形象的结合，产生了一种奇特的效果，使我们的目光透过荒唐的表面，直接深入到人性最隐秘的内部去。

1951年，他主要因为小说《巴拉巴》而获得了诺贝尔文学奖，这表明他的作品已具有了世界影响。由于有了这么巨大的成就，所以当他在晚年真正面临死亡时，也许已经不像小时候那么害怕了？

（原载1986年12月14日《新民晚报》，笔名"文风"。）

一个与成人世界相对立的孩子世界

人在小时候都希望快快长大，"什么时候才能像高年级的同学有张成熟与长大的脸"。但是长大以后，却发现生活并不能尽如人意，于是不免又怀念起那无忧无虑的童年来。不过大部分人进入成年以后都能设法适应环境，抛开小时候那些"无用的"幻想。只有极少数人，他们的天性过于敏感，资质过于纯洁，情感过于丰富，幻想过于强烈，所以怎么也习惯不了生活中粗俗和阴暗的一面——当然也就因此被生活所冷遇，总觉得与成人世界格格不入，总想回到童年时代去。有这种气质的艺术家，往往会在作品中创造一个与成人世界相对立的孩子世界（也可以叫青春世界）。这个世界里的人都单纯善良，充满幻想，没有利欲之心，没有害人之意。英国女作家曼斯菲尔德（1888—1923）的作品中，就有这样一个与成人世界相对立的孩子世界。①

《稚气可掬,但出于天然》写了一对少男少女的浪漫故事。他们在火车上邂逅，有趣的是，彼此都立刻产生了一种知己之感。少女对少男说："我觉得我似乎已经认识你好多年了。"

---

① 《曼斯菲尔德小说选》，方平编选，上海，上海译文出版社，1983 年。

少男回答："我也这么觉得……"他们为什么会有这种知己之感呢？他们自己大概也说不清楚。但读到后面我们就可以明白，原来这是因为他们对生活有相同的看法。少男："是人们把事情弄得那么——愚蠢可笑的，只要你能远远躲开他们，你就是安全的，你就是幸福的。"少女："噢，我很久以来就一直是这么看的。""那么你正像我。我相信我们是有这种想法的仅有的两个活人。事实上，我对这点深信不疑。没有人理解我，我感到自己似乎是生活在一个到处是陌生人的世界，——你呢？""向来这么感觉。"他们的知己之感，就是建立在这种与"愚蠢可笑"的"陌生"的成人世界格格不入的生活观念上的。

《画册的一页》也表现了相似的主题。许多温柔多情的女人都向一个年轻的画家表示好感，但他却丝毫不为所动，反而默默爱上了马路对面那所破旧的小房子里的一个"奇瘦的女孩"。之所以如此，是因为他感到自己和那个女孩都属于同一个与成人世界格格不入的世界，于是一下子就产生了知己之感："事情很简单，她是他唯一真正想认识的人，因为他认为她是世界上所有活着的人中间唯一和他年龄一样大小的人。""她的从容、严肃和孤独，以至她走路的姿势，似乎都在表明她急于和这个成年人的世界从此断绝一切联系。而这一切在他看来又是那么自然，不可避免。"那个女孩后来是否回报画家以爱情，作者没有说，但我想答案应该是肯定的，因为他们都有共同的生活理想。

当然，作者笔下的所谓"成人世界"，主要不是一个年龄概念，而是丑恶的社会的象征；而"孩子世界"则是其中尚未受到污染的充满希望的一角，是作者生活理想之所托。所以，那些不愿和成人世界发生关系的少男少女们的故事，既反映了作者对现实社会的批判，又表现了作者对美好生活的向往。

1984 年

用对话表现人物心理的杰构

亨利·詹姆斯（1843—1916）比他的哥哥威廉·詹姆斯（1842—1910）只小一岁，不过无论从哪方面来说，亨利都配得上做威廉的弟弟。兄弟俩一个在哲学上，一个在文学上，都对现代文化作出了有深远影响的贡献。威廉·詹姆斯的哲学名著《实用主义》已在中国出版；亨利·詹姆斯的代表作《一位女士的画像》以及几个中篇最近也陆续被译成了中文。这将使中国读者对这兄弟俩的成就有更深入的了解。

我手边的这本《亨利·詹姆斯小说选》[①]，收有亨利·詹姆斯的三个中篇小说。《国际风波》写的是美国小姐艾尔登与英国绅士兰伯思在美国相识、相爱而在英国被拆散的故事。《阿斯珀恩的信》写一个青年人功败垂成的计划。不过就我个人而言，我最喜欢的还是《黛西·米勒》。黛西·米勒是一个美丽迷人的美国姑娘，貌似放荡不羁，实则心地纯洁。她爱上了一个善良可爱的美国青年温特伯恩。由于一点小误会，两人互相猜疑。黛西·米勒为了报复，有意疏远温特伯恩，和一个意大利人打得火热，温特伯恩为此痛苦万分。其实，

---

① 《亨利·詹姆斯小说选》，陈健译，友琴校，北京，新华出版社，1983 年。

在言谈之中，黛西·米勒还是经常流露自己的真情的，可惜温特伯恩没能领会。最后，她染病身亡，临终前，托母亲捎了一句话给温特伯恩："我从来也没和那个意大利人订婚！"故事结束了，却给男主人公，也给读者留下了一个遗憾。

《黛西·米勒》很典型地表现了亨利·詹姆斯小说的风格：用风趣幽默、隐意无穷的对话，表现人物心理状态的微妙变化。亨利·詹姆斯的小说很少人物，故事也并不复杂，但人物的内心活动却非常激烈。正如他描绘的黛西·米勒："她没有很多动作，显得十分安恬，但她的嘴唇与眼睛却在不停地运动。"人物的心理变化主要通过对话表现出来，尤其是女主人公的言辞，往往是机锋迭出，令人回味无穷。如果她碰到了一个旗鼓相当的对手，那谈话就会变成一场真正的"火星四溅"的"舌战"。亨利·詹姆斯小说最吸引人的地方也正是在这里。我觉得，亨利·詹姆斯的小说，不能在喧嚣嘈杂的公共场所读，也不能在心情烦躁的时候读，因为小说里的大部分对话都值得细细玩味，否则，你尽管读过去了，却与那些傻乎乎的男主人公一样，对女主人公的心思不得其解，那你就算白读了。

亨利·詹姆斯十二岁起迁居欧洲，一直到去世，在欧洲住了六十年。因此，在他的作品中，可以看到欧洲文化传统的巨大影响。然而，有趣的是，他与崇拜意大利文化、歌颂意大利性格、对法国却常有微词的司汤达不同，他的作品中时常流露出对美国的思念之情。比如《国际风波》《黛西·

米勒》中的女主人公，都是可爱的美国姑娘，都受到了保守的英国贵族阶级或庸俗的意大利社会的侧目。《黛西·米勒》中男主人公与小孩谈论"哪儿的奶糖也没有美国的棒""哪儿的小孩也没有美国的棒""美国的大人也最棒""美国的姑娘最棒"那一幕，非常有趣，也富有深意。司汤达连死都没忘了让人在他的墓碑上刻上"阿里果·贝尔，米兰人"；而亨利·詹姆斯的骨灰却运回了美国。当我们强调亨利·詹姆斯对欧洲文化的崇拜时，不可忘了他思乡爱国的一面。

1984 年

对人生的牢骚与信念

威廉·福克纳（1897—1962）的名字对当今许多美国人来说已经十分遥远，但在中国人听来则尚很新鲜。这是因为除了1949年前后的零星介绍外，他的主要作品，如《喧哗与骚动》等，只是在最近才被译成中文；[①]而这部在我们看来非常"现代"的小说，还是他早在1929年写的。

福克纳的生活经历与许多美国人没有什么不同。他当过兵，念过大学，为一些地方报纸写过文章。但幸运的是，他最后因写小说而出了名。他的主要作品除了《喧哗与骚动》，还有《八月之光》《圣殿》《押沙龙、押沙龙》《去吧，摩西》《我弥留之际》及"斯诺普斯三部曲"等。正当五十二岁的盛年，他获得了1949年度的诺贝尔文学奖。据说这使得争强好胜的海明威大为生气，一怒之下，发愤写出了杰作《老人与海》，夺得了1954年的诺贝尔文学奖。

《喧哗与骚动》尽管是福克纳的早期作品，但他非常重视它，他说过，这部小说"是我感到最呕心沥血的一本书"。小说中叙述的，是福克纳虚构的杰弗生镇上康普生一家的故

---

① 《喧哗与骚动》，李文俊译，上海，上海译文出版社，1984年。

事。康普生一家是南方的世家，但到了昆丁那一代，却彻底垮掉了。老大昆丁，因妹妹凯蒂的"失身"而自杀；老二凯蒂，因"失身"而受到家人的侧目，后来被迫远离故乡；老四班吉，天生是一个白痴；老三杰生，是兄弟中唯一"精神健全"的人，但他的所作所为却是那样的冷酷、自私，所以实在说不出他和班吉谁更不正常。小说分别从班吉、昆丁、杰生及黑人女佣迪尔西的角度，叙述了以凯蒂"失身"为中心的内容相同的故事。作者写作此小说的内在动机，据说是要写出南方贵族世界的崩溃及精神心理的痼疾，以引起人们的"无比愤怒"及"羞愧难忍"，从而下决心去改造它。这种道德性的目的，与19世纪批判现实主义的文学传统是一脉相承的。小说中有关黑人善良品质的描述，也使人联想起《汤姆叔叔的小屋》对黑人的态度。这都说明他尽管是一个现代派作家，但和传统的联系还是很紧密的。

当然，小说最引人注目的还是它在表现技巧上的尝试与创新。比如他把意识流手法用到一个白痴身上；他像乔伊斯写《尤利西斯》一样，把现代人的遭遇与古代故事巧妙地结合起来，使一个有关美国南方的地方故事显示出泛人类的意义；而"多角度叙述法"的运用，也使得故事更为真实，让人联想起芥川龙之介的小说《竹林中》、黑泽明的电影《罗生门》。

一些美国文学史家认为，福克纳是美国继亨利·詹姆斯之后，又一个讲究作品形式的"小说艺术家"。他的作品于

1940 年代首先在法国引起注意，恐怕和这一点也不无关系。现在，《喧哗与骚动》已因其对人生的深刻洞察和高超的表现技巧，而成为现代派文学的一部名著，福克纳这一"南方作家"也得以跻身于世界性作家的行列，甚至被某些偏爱他的评论家誉为"所有时代最伟大的小说家"。

    《喧哗与骚动》的书名出自莎士比亚的悲剧《麦克白》："人生如痴人说梦，充满着喧哗与骚动，却没有任何意义。"但这并不是主题，而只不过是一点牢骚。这点牢骚，完全来自于他对人类、对人生执着的信念。这一点，我们看他在诺贝尔文学奖颁奖典礼上所作的那个充满理想主义色彩的演说，就可以明白的。

1984 年末或 1985 年初

人类与"恶"的力量的斗争

　　被某些美国评论家誉为"美国对世界文学最主要的献礼"的麦尔维尔（1819—1891）的长篇小说《白鲸》（1851），问世一百多年来影响经久不衰。原因之一，就在于小说通过描写亚哈船长与白鲸的殊死搏斗，表达了一种突破时空限制的象征意义——人类与"恶"的力量的斗争。新近在我国上映的日本影片《猎人》，使我们又一次看到了《白鲸》的影响。

　　老猎人平冈，曾经遭到一头身长八尺的大熊的袭击，脸上留下了伤疤。老猎人发誓要复仇，但好几年里，他一直没能找到这头大熊。在这期间，周围的村庄却不断发生熊害，经常有人、畜被咬死，而且都是这头大熊干的。又到了冬天，老猎人郑重地穿上了老伴生前缝制的衣服，带着小猎犬"小不点儿"上了山。躲过了一场历时几天的暴风雪之后，他终于找到了这头饥饿的大熊。在小猎犬的帮助下，老猎人打死了这头大熊，而小猎犬却死了……这就是《猎人》讲述的故事。

　　这是一个普通的故事，但作者却赋予它以一种神秘色彩与象征意义。这种神秘色彩与象征意义，依我之见，是与《白鲸》一脉相承的。佩阔德号捕鲸船船长亚哈曾经被白鲸"莫比·迪克"咬断了一条腿，他发誓要向白鲸复仇；平冈老爹也曾被大熊抓伤过，他也要向大熊复仇。亚哈不顾一切凶兆和劝说，一意孤行地寻找着那条白鲸；平冈老爹也不听家人和朋友要他洗手不干的劝告，不顾自己老眼昏花、打不中远距离目标的身体情况，硬是一再上山寻找这头大熊。在麦尔维尔的小说中，自始至终笼罩着那条白鲸恐怖而神秘的影子，白鲸却直到故事的最后一刻才露面；《猎人》里的大熊也是如此。亚哈所追踪的那条白鲸，是"恶"的象征，强大而神秘；老猎人所追踪的那头大熊，也作恶多端，人们却无奈它何。船长亚哈高傲而孤独，是人类那种渴望征服与人类为敌的"恶"的力量的自尊心、荣誉感与坚强意志的象征；平冈老爹的行为一开始也不被一般人所了解，他追猎这头大熊，不是为了金钱，甚至也不仅仅是为了博得人们的赞扬，而是以一种人类不甘屈服的自傲感去和作为"恶"的象征的大熊较量，并战胜它。所以，当大熊被打死以后，老猎人对它说："你大概也一直在寻找着我吧！"这句画龙点睛的话点出了影片的象征主题。

当然，《猎人》也并没有对《白鲸》一味模仿，在好些地方，两者还是有所不同的。例如，《白鲸》中的亚哈船长的形象非常神秘，充满了一种野蛮的、原始的力量；而平冈老爹则令人觉得可亲可爱，是一个高尚而普通的老人。又譬如，亚哈的追逐白鲸仅仅是为了个人复仇；而平冈老爹的复仇则同时也代表了受害的村民，这就使得影片的象征意义有所减弱，而现实感则有所增强。最重要的是结局的不同：《白鲸》的结局是悲剧，亚哈和他的船在搏斗中与白鲸同归于尽，这表明了麦尔维尔对人类力量的悲观认识；《猎人》的结局却充满了光明，老猎人终于战胜了大熊。不过，也许作者不愿让《猎人》走得离《白鲸》太远，所以特地安排了小猎犬的死，给光明的结局平添了一道悲剧的阴影。《猎人》的结局，也许会令偏爱悲剧和爱读《白鲸》的观众感到不够有力。但青菜萝卜，各人喜欢，还是让观众保留各自的印象吧。

1984 年

初阶古诗分析法

引言

　　古诗（与新诗相对，包括古体诗和近体诗，在东亚其他各国称"汉诗"），是中国及东亚古代文学史上一种主要的文学样式。千百年来，经过无数才华横溢的诗人的辛勤劳动，它已成为中国及东亚文化遗产中极为宝贵的一宗，是中国及东亚人民共同的精神财富。

　　古诗分析几乎是伴随着古诗的产生一起出现的。众所周知，孔子对于《诗三百》有过许多著名的论断，而这也只不过是见诸文字的较早的评论罢了。古诗分析的形式差不多也和古诗创作本身一样丰富多彩，有语录体、书信体、诗体、专论、专著……延及北宋，以欧阳修《六一诗话》为权舆，又出现了有影响的诗评形式——诗话。这都说明了前人对古诗分析的重视。

　　到了今天，古诗分析仍是古典文学研究的基本功之一，也是中小学语文教学的重要内容之一，因此，人们都是相当重视这方面工作的。

　　不过我们可以看到，在中小学的古诗文教学中，仍存在着一些不足之处。譬如，拿起一首古诗，照例是从头串讲，然后是分析思想内容，归纳艺术特色；而艺术特色的归纳，又总不外乎用一些诸如"豪放""沉郁""明快""清丽""音节铿锵""语言精炼"之类的字眼。这当然是远远不够的。

其实，每一首好诗都有自己的特点，某一类诗（如同一题材、同一体裁）之间则会有共同点，每一首诗都可以说是这种特点与共同点的统一体。因此，古诗分析，一方面要归纳它们之间的共同点，另一方面要分析它们各自的特点。特点的不同要求我们分析每一首诗时不能雷同，共同点的存在则使我们有可能总结出一定的分析方法和规律。

下面，我们介绍十一种常用的古诗分析法，都是我们从古诗分析的实践中总结出来的，以供中小学师生在古诗文教学时参考。

一、逐句分析法

这是最常用的古诗分析法，它主要用于那些典故较多、意义隐晦、比较难懂的诗，或是结构完整紧密、无甚警句、重在理解通篇内容的诗。如周恩来的《东渡日本》：

大江歌罢掉头东，邃密群科济世穷。面壁十年图破壁，难酬蹈海亦英雄。

其中"大江"出典于苏东坡的《念奴娇·赤壁怀古》，"掉头东"是唐诗点化，"面壁十年"是佛教故事，"破壁"是张僧繇"画龙点睛"故事，"蹈海"是鲁仲连义不帝秦故事。短短二十八个字，由于灵活巧妙地运用了许多典故，便蕴涵了丰富的思想内容。这种诗如不逐句分析讲解，就不能使人们彻底了解诗中的思想和感情，影响对于诗中塑造的抒情主人公的认识。

这里把"逐句分析法"作为古诗分析法的一种单独提出来，正是为了说明并不是任何诗都需要逐句分析的。那些明白如话的诗如果也逐句分析的话，是会使人厌烦的。并且，好的逐句分析，并不仅是逐字逐句的解释，它还要注意到句与句、联与联之间的关系，以及全诗结构层次上的特点，诗人感情的波澜起伏，或是情节的发展变化等（参见"层次分析法"节）。

二、警句分析法

此法主要用于全诗较易懂、典故较少、以诗中名句广为流传的诗。一般是对非警句部分简略概述，对警句作全面深入的分析，说出它为什么好，好在哪里。如王维的《九月九日忆山东兄弟》：

独在异乡为异客，每逢佳节倍思亲。遥知兄弟登高处，遍插茱萸少一人。

其中第二句是警句，但其余三句也并非是平平淡淡没甚好处的。我们注意到首句两个"异"字下得好，为第二句作了烘托与铺垫；第三句从对面写来，是唐代诗人惯用的"对写法"（如杜甫《月夜》的"今夜鄜州月，闺中只独看"）；末句既不写自己思念兄弟，也不写兄弟思念自己，却写了一个典型动作，兄弟之意，手足之情，已不言自明。不过，这三句和第二句都不能相比，故只须稍加分析即可，分析的重点置于第二句"每逢佳节倍思亲"。一个"倍"字，说尽心中无限事。人们可以想象：一个漂泊异乡的孤独少年（王维写此诗时年仅十七岁），风餐露宿，无人照应；霜晨雨夕，独对孤檠；春花秋月，牵动乡情；或有欢乐，亲人不能分享；或有危难，兄弟不能帮忙……这些都是多么需要向亲人倾诉的啊！可是，诗人却把这一切都压下不提，只在"佳节思亲"上重重地落了一个"倍"字，于是引起了我们联翩的浮想：诗人既然在佳节加倍地思亲，那么，这种心情一定是每时每刻都伴随着他的吧？平日的相思已是很痛苦的了，而一到佳节，这痛苦又该怎样地加重呢？那个"每"字，又说明不是在异乡的第一个佳节，而是时间已经很久了，它无形中加重了"倍"字的分量，又表现出诗人感情的深沉。这样，我们通过这句诗，便分明地看到了一个聪明、忧郁的漂泊少年的形象，看到了他那颗痛苦、敏感的心灵，并对他寄予深深的同情，这就是这句诗的好处吧。

然而，我们似乎还可作进一步的分析。这朴实无华的诗句之所以具有永久的魅力，是因为他不仅道出了少年诗人的隐曲，而且也拨动了天下人的心弦。试问：人生何处没有分离？谁人没有佳节思亲的体验？不管是"独在异乡为异客"的人，还是亲人中有人"独在异乡为异客"的人，一读到这句诗，怎能不激起感情的层层涟漪？诗歌的形象与人们的心灵打成了一片，让人们与之产生了共鸣，人们又用自己的生活体验理解它，补充它，深化它——这就是这句名句得以流传千古的另一个重要原因。

警句分析法是抓重点，以点带面，点面结合，一句分析好了，其余便都活了。另外，有些诗虽然没有什么脍炙人口的警句，却有在诗中占突出地位、对理解全诗很关键的句子，那也不妨运用此法。

三、"诗眼"分析法

有些诗结构紧凑完整，没有什么警句，形象塑造由全诗完成，其中有些关键性的字眼用得特别好（古人称为"诗眼"），对全诗有重要作用，那么，我们便可运用"诗眼"分析法，重点抓这几个词的理解分析，把全篇带活。如李白的《静夜思》：

床前明月光，疑是地上霜。举头望明月，低头思故乡。

诗中"疑""举""望""低""思"等几个动词的巧妙运用，使全诗增色不少。躺在床上的诗人睡不着觉，或许在想着白天发生的什么事。忽然，他注意到地上一片洁白，是霜吗？他心里思忖着，还没有完全从刚才的思绪中解脱出来，故用一"疑"字。接着，他马上醒悟到那是从窗口射进的月光，于是，他轻轻地下床走到窗前（如果床在窗边，他就不必下床），"举头"仰望天穹上那一轮皎洁的明月。忽然，他的心弦像被什么东西轻轻触动了：是啊，今晚的月亮多像故乡峨眉山上的月亮啊！（诗人对故乡山水包括月亮怀有深厚的感情，他曾在《峨眉山月歌送蜀僧晏入中京》诗中唱道："我在巴东三峡时，西看明月忆峨眉。月出峨眉照沧海，与人万里长相随。"）于是，他想起了峨眉山，想起了故乡，想起了亲人。在无边的乡愁中，他的头越垂越低，越垂越低……通过这几个动词，我们分明可以看到诗中人物的神态、活动以及情节的发展，也可以把握人物的心理活动。①

其他如"群山万壑赴荆门"（杜甫《咏怀古迹》五首之三）的"赴"字，"气蒸云梦泽，波撼岳阳城"（孟浩然《临洞庭上张丞相》）的"蒸"字、"撼"字，"不愁日暮还家错，

---

① 此诗有不同文本，如"床前看月光，疑是地上霜。举头望山月，低头思故乡"，但几个关键的动词（"诗眼"）并无不同。又，对"床"字也有不同理解，如有说是指坐具的，有说是指井栏的，在此姑举一说。

记得芭蕉出槿篱"（于鹄《巴女谣》）的"出"字等等，都可以运用"诗眼"分析法，揭示它们在情节发展、结构安排、环境描写、感情抒发等方面的作用。

四、切题分析法

诗歌的切题，广义地说，可以是某一题材的切题，如咏物、吊古、赠别、写景等等；狭义地说，则是诗歌描写内容与诗题（或题旨）的切合。运用这种分析法时，我们的主要着眼点是：诗人是怎样表现特定事件、环境或心情的？调动了哪些艺术手段？在这种处处切合诗题的描写中，有什么巧妙、独特之处？试举柳中庸（一作姚崇）的《夜渡江》来分析：

> 夜渚带浮烟，苍茫晦远天。舟轻不觉动，缆急始知牵。
> 听笛遥寻岸，闻香暗识莲。唯看去帆影，常似客心悬。

一二句，点明"夜"和"江"。中间四句，着力写"渡"。但这不是一般的"渡"，而是"夜渡"。并且，夜又不是漆黑一团或风雨交加的夜，而是带着"苍茫"天光的夜，这就决定了所谓的"夜渡"，只是这个"夜渡"，而不是别的"夜渡"。三四句，写视觉的不起作用。一方面，由于水波不兴，船行平稳，另一方面，由于夜里看不见两岸景色（从后面的"遥寻岸"可以知道江面较阔，不然，在小河里是可以看到河岸的），所以是"舟轻不觉动"。但是，借着苍茫的天光（或许还有水面的反光），可以看到缆绳绷得紧紧的，伸进黑暗的江面，伸向看不见的岸上，这才知道船在前行，而且还有人在拉纤。视觉的不起作用，正表明了这是"夜渡"。五六句，诗人进一步写视觉的不起作用——通过写听觉、嗅觉的格外敏锐来反衬，而听觉、嗅觉的格外敏锐，本身也只有在夜深人静时才能做到——"遥寻"和"暗识"是通过描写视觉识物的费力来表现"夜渡"的特点。最后两句则是见景生情：诗人依稀看到了去帆黑黝黝的影子，牵动了自己的乡愁，觉得自己的思乡之心，也像那去帆一样悬着（明明是"客心似帆悬"，他却偏说成是"帆似客心悬"，正如李白《清平调》的"云想衣裳花想容"一样，这是唐人喜用的"倒比法"）。这后两句虽是抒情，但由于用了悬帆作比，故仍紧扣诗题，不离"渡"字。

古人在力求切题方面大都是惨淡经营的，如果我们能准确领会诗人的匠心和技巧，那么就能得到很多有益的启示，加深对于诗歌的思想内容的理解。

五、层次分析法

此法一般适用于这样的诗：有情节的较长的叙事诗，抒情诗中感情波澜起伏、开阖变化较大的诗，写景诗中镜头有推、拉、摇等变化的诗。通过揭示诗歌内部的层次及变化，达到透彻地分析此诗的目的。试举写景诗为例，如

杜甫的《望岳》:

> 岱宗夫如何? 齐鲁青未了。造化钟神秀,阴阳割昏晓。
> 荡胸生曾云,决眦入归鸟。会当凌绝顶,一览众山小。

人们都注意到了,一个"望"字,可以从几个层面去看。仇兆鳌《杜诗详注》说,它有"远望""近望""细望""极望"四种望法。首句是设问,统领下面七句;第二句是"远望",不仅望到了泰山,而且看到了泰山南北辽阔的碧野(当然这里有想象、夸张的成分);第三四句是"近望",视界中只有泰山了,"造化钟神秀"是说山秀,"阴阳割昏晓"是说山高,由远到近,正像电影镜头的"推"一样,由全景到中景;第五句是近景,焦点集中到绕着泰山的层层白云上;第六句简直是细部特写了:一个大睁的眼眶,凝望着入林的归鸟! 到此,"实望"戛然而止,突然虚起一望:"会当凌绝顶,一览众山小。"远近、大小、粗细、虚实结合,请看,层次是何等的分明!

六、技巧分析法

对于那些艺术成就较高的诗,讲出个所以然来,分析它们用了哪些艺术技巧,在运用时有什么特色,这就是技巧分析法。在所有的分析法中,这种可以说是最需要细心的,因为古诗所用的技巧简直数不胜数。

影射法。如杜牧的《泊秦淮》：

烟笼寒水月笼沙，夜泊秦淮近酒家。商女不知亡国恨，隔江犹唱后庭花。

明里说商女无知，实影射历史无情。

倒起法。如岑参的《逢入京使》：

故园东望路漫漫，双袖龙钟泪不干。马上相逢无纸笔，凭君传语报平安。

一个人乡情再深也不会时时"故园东望"，时时"双袖龙钟泪不干"的，应该是在马上遇到入京使，牵动了乡情，然后才"东望"，才"泪不干"的。东望了以后，就托使者带个口信到故乡。这种倒过来写的方法，是倒起法。

对比法。如李约的《观祈雨》：

桑条无叶土生烟，箫管迎龙水庙前。朱门几处看歌舞，犹恐春阴咽管弦。

把截然相反的两种现象放在一起，形成强烈的反差和对比，不加任何评论，便能使人明白一切。

深一层说。如韦庄的《古离别》：

> 晴烟漠漠柳鬓鬓，不那离情酒半酣。更把玉鞭云外指，
> 断肠春色在江南。

春光烂漫，本来已经使人"不那离情"了，不料却更有"断肠春色在江南"！把一件事说绝了，使人误以为已到底了，他却给你再辟一蹊径，令你有"又一村"之感。

　　古诗所用的技巧此外还有很多，如语气上的反话、反差、倒说，结构上的双起单承、双起分承、交错等。有时候一首诗的思想性不怎么强，艺术性却很高，运用此法分析，则更有一定好处。

七、意义分析法

　　有些诗在技巧上无甚特异之处，结构层次上也平平，但是思想意义却相当深刻。这类诗一般都是以其中所包含的丰实、感人的思想感情取胜的，有时候它们的社会作用会很大。对这类诗，我们便主要分析它的思想内容。比较典型的是一些直抒胸臆的咏怀诗，以及那些揭露当时的社会矛盾、批判统治阶级的黑暗、反映人民疾苦的诗。后者如唐新乐府运动中白居易、元稹、王建、张籍等人的一些诗；前者如陈子昂的《登幽州台歌》：

前不见古人，后不见来者。念天地之悠悠，独怆然而涕下。

《唐诗选》解说道："作者登台远眺，独立苍茫，因为这个台是古代的建筑物，不免引起古今变易的感触；又因为眼前是空旷的天宇和原野，又不免引起天地悠久、人生短暂、宇宙无垠、个人渺小的慨叹。作者是有远大抱负的诗人，怀才不遇，所以又有一些不逢知音的孤独感。"①这种孤独感，一方面是由于政治上的失意，许多政治主张不能实现，反而遭到了武氏集团的打击；另一方面是由于文学上的失意，诗歌革新主张得不到时人的响应，宫体诗的靡靡之音还充斥着初唐文坛。他在两个方面都奋力抗争过，但收效甚微。他是一个失败了的英雄，又是一个胜利了的预言家。

我们把技巧与意义分开来各定为一种分析法，并不是片面强调思想内容或艺术特色，而只是认识到了文艺作品常见的思想内容与艺术技巧的不平衡现象，旨在强调对具体问题具体分析，以把握各诗的重点。况且，在运用技巧分析法时，不是不讲思想内容；在运用意义分析法时，也不是不讲艺术特色。有重点才有分析。

---

① 中国社会科学院文学研究所编《唐诗选》，北京，人民文学出版社，1978 年，第 33 页。

八、特色分析法

所谓特色，从大的范围来说，如浓郁的浪漫色彩，辛辣的讽刺手法，朴素生动的民歌风格，独出心裁的创新精神，都可以说是特色；从小的方面来说，如于某一方面表现出的功力，某个特征的特别突出，某一修辞手法的活用等等，也都可以称为特色。成熟的诗人有风格，有风格的诗人的作品往往形成一种共同的特色，而每一作品又可能具有与众不同的特色。如果一首诗具有鲜明特色的话，那我们就主要抓住这种特色来分析。如王安石的《明妃曲》：

> 明妃初出汉宫时，泪湿春风鬓脚垂。低徊顾影无颜色，尚得君王不自持。归来却怪丹青手，入眼平生几曾有。意态由来画不成，当时枉杀毛延寿。一去心知更不归，可怜着尽汉宫衣。寄声欲问塞南事，只有年年鸿雁飞。家人万里传消息，好在毡城莫相忆。君不见咫尺长门闭阿娇，人生失意无南北！

刘熙载曾说："东坡诗推倒扶起，无施不可，得诀只在能透过一层，及善用翻案耳。"（《艺概》卷二《诗概》）其实王安石诗又何尝不是如此！人们都说昭君的悲剧是由于毛延寿在画中作假，诗人却偏说是由于昭君太美了，那种意态是从来没有人能画得出的，毛延寿也不能例外，故毛延寿死得冤枉——多么新奇的想象！人们都说昭君做了匈奴人的媳妇是悲惨的，旧小说戏曲都把她写成死都要回到娘家、回到汉皇帝身边的痴心女儿，诗人却评论道，愁固然是愁的，但"君不见咫尺长门闭阿娇，人生失意无南北"——这又是多么大胆的见解！这不是"透过一层"是什么？不是"善用翻案"又是什么？如果说前一联还只是对于昭君美的夸张描写的话，后一联则包含了对于宫女命运的深刻同情，具有更深的含义。其实，不只是这首诗，王安石的其他作品，如散文《读孟尝君传》等，皆有这种"透过一层""善用翻案"的特色。

此外，譬如张祜的《何满子》："故国三千里，深宫二十年。一声何满子，双泪落君前！"连用四个数目字而不觉重复；李白的《峨眉山月歌》："峨眉山月半轮秋，影入平羌江水流。夜发清溪向三峡，思君不见下渝州。"连用五个地名而不显呆板。李白许多诗的口语化特点，刘禹锡《竹枝词》的民歌风格等等，都可以说是特色，也都可以用此法来分析。

九、艺术规律分析法

有些作品所采用的艺术手法，有助于启发我们对艺术规律的认识和掌握；而有些作品的奥妙之处，又需要我们用艺术规律去分析和研究。这样，对这类作品采用艺术规律分析法，是很有好处的。如王维诗有一个一直被人称道的特点，就是善于通过"动"来写"静"。试举他的《鸟鸣涧》为例：

人闲桂花落，夜静春山空。月出惊山鸟，时鸣春涧中。

"花落"（"桂花落"一说借指月光洒落，但其意象仍给人以一般花落的印象；同时它也仍可以解释为本来意义上的花落，因为四季桂在春天也会有花落现象）、"月出"、"鸟鸣"都是"动"，不仅动，"鸟鸣"还有声音，可是春山春涧却显得更静了。这是什么道理呢？其实这正体现了"动"与"静"的艺术辩证法。自然界里，有一些动作，有一些声音，在"闹"与"动"的环境中是看不见、听不到的。如花落地，只是一刹那的事情，不是静观者看不见；针落地，声音极轻，不是有心人听不到；山鸟的一声两声鸣叫，在喧闹的白天根本不能被人分辨出来……所以，这类动作与声音，都是只有在"静"的环境中才能出现（也就是被人注意到）的。它们一旦出现，本身就代表了"静"的特征。因此，写它们，也就是写了"静"。这就是"以动写静"成功的谜底。

另外，如虚与实、大与小、一般与特殊等艺术辩证法中常见的对立统一体，在古诗中都可以找到它们的印证。形象思维是否到作品完成就算完成了？它会否在读者的头脑中继续发展下去？我们都可以结合具体的诗篇加以分析。

十、比较分析法

诗与诗间的比较在诗歌分析与鉴赏中占重要地位。我们可以比较不同时代诗人写同一题材的作品，看看后人比前人进步还是倒退；我们可以比较同时代诗人写同一题材（或题目）的诗，看看孰优孰劣；我们还可比较同一典故、同一景物在不同诗人笔下所呈现的不同面貌；还可以就后人点化前人的诗，作原诗与点化后诗的比较。下面，我们作一个不同时代诗人写同一题材作品的比较。

　　　君自故乡来，应知故乡事。来日绮窗前，寒梅著花未？（王维《杂诗》）

　　　尔从山中来，早晚发天目。我屋南窗下，今生几丛菊……（陶渊明《问来使》①）

　　　道人北山来，问松我东冈。举手指屋脊，云今如此长……（王安石《道人北山来》）

　　三首诗从内容到形式都差不多，除了一个问"梅"、一个问"菊"、一个问"松"以外。但是三首诗的流传情况却大不相同：王维那首一般唐诗选本总是选入的，人们也较熟悉，后面二首却几乎无人知晓。这是什么道理呢？清赵殿成

---

① 此诗有人以为晚唐人伪托，故今本陶集多不收，此从清赵殿成《王右丞集笺注》说，姑作为陶诗来处理，盖无论其是否是陶诗，均无碍于本文之分析也。

笺注王维此诗说："（陶诗、王诗）与右丞此章同一杼轴，皆情到之辞，不假修饰而自工者也。然渊明、介甫二作下文缀语稍多，趣意便觉不远。右丞只为短句，一吟一咏，更有悠扬不尽之致。欲于此下复赘一语不得。"（《王右丞集笺注》卷十三）这段话，分析了三诗异同，很有见地。我们比较三诗，可以看出后二诗至少在以下几个方面不及王维诗：

甲、后二诗写得太实。陶渊明问"今生几丛菊"，我们觉得他只是问菊，菊是陶渊明的爱物，问菊反映了他闲适、高逸的生活态度；王安石诗也是如此，顶多还透露出一点"东山"之志。王维诗却不同。他问的是"梅"，却不仅仅是"梅"，因为他前面说起想知道"故乡事"，而梅花开否的问题只是"故乡事"的象征。因此这"梅"既实又虚，这一问则隐含乡情，实在是超出"梅"的范围的。这种虚实的结合，是让读者展开丰富想象的巧妙手段，所谓"悠扬不尽之致"，说的就是这个意思。

乙、后二诗"缀语较多"，不精炼。如王安石诗，不仅问了，还答"如许长"，实在是多此一举。字句上不精炼，引起的结果就是落得太实，没有回味余地。而王维诗极精炼，问而不答，意在问中，又在言外。从上面两点，我们可以找到王安石、陶渊明诗"趣意不远"的原因。

丙、后二诗艺术效果不及王维诗。陶渊明表达的是闲适、高逸之情，王安石表达的是烦于机务、羡慕清静的心态，能引起人们感情上共鸣的范围不大；而王维诗表达的是乡情，既朴实又真挚，能雅俗共赏，故能引起人们感情共鸣的范围大得多。

对于三诗作这样粗略的比较后，它们的优劣高下便一目了然了。运用比较分析法的好处，不仅在于能让我们正确认识相似诗各自不同的价值，而且也能让我们从中得到不少经验教训，对于我们今天的新诗创作也是不无启发意义的。

十一、论辩分析法

有些诗看上去简单，却会引起各种不同（有时是截然相反）的解释；还有些诗由于版本的不同或流传中的情况，字句会有所变化。对这类诗，以用论辩分析法为好。所谓论辩分析法，是指在与不同观点的论辩中阐明自己的观点，力图用自己认为最好的解释去分析诗篇；或者是对有争议的字句作出有说服力的选择。通过这种分析法，对这首诗的分析便会越来越深刻，越来越全面，最后得出大家都比较满意的结论来。这种诗歌分析法能使思路活跃，减少诗歌分析中的主观性和片面性。前人就常用此法。如关于杜牧的《江南春绝句》：

> 千里莺啼绿映红，水村山郭酒旗风。南朝四百八十寺，多少楼台烟雨中！

明人杨慎批评道："千里莺啼，谁人听得？千里绿映红，谁人见得？若作十里，则莺啼绿红之景、村郭、楼台、僧寺、酒旗皆在其中矣。"（《升庵诗话》卷五"唐诗绝句误字"条）清人何文焕反驳他道："即作十里，亦未必尽听得着，看得见。题云《江南春》，江南方广千里，千里之中，莺啼而绿映焉。水村山郭，无处无酒旗，四百八十寺，楼台多在烟雨中也。此诗之意既广，不得专指一处，故总而命曰《江南春》，诗家善立题者也。"（《历代诗话考索》）近人刘逸生又批评二人道："'南朝四百八十寺，多少楼台烟雨中！'把这两句看作写景，这正是杨升庵、何文焕粗心之处；因为这两句目的在乎抒情而不在乎写景。我们决不可以死抠楼台烟雨的字面，认为诗人只是在赞美江南景色……诗人才禁不住说出这样的话：你们南朝费尽人力物力，建筑了这么多的佛殿经台，它们至今还剩下多少掩映于烟雨之中？而你们的朝廷又到哪里去了？这句感叹的询问，吐露了诗人对于一面向人民无穷榨取、一面疯狂佞佛的封建反动统治者的冷嘲。当然，这首诗也并非和诗人当时的社会现实（毅平按：指唐朝统治者的佞佛佞道）没有关系……诗人在慨叹南朝覆亡之中，分明还有弦外之音，也许吊古之情还是次要的吧。"①这些批评，反映了批评者各自的个性、见识和时代背景，在论辩中，诗的思想内容和艺术特色也愈辩愈明了。

　　论辩分析法是根据诗歌本身的复杂性和评论者的复杂性，

---

① 刘逸生《唐诗小札》(重订本)，广州，广东人民出版社，1978年，第319—320页。

又根据反批评是文艺发展的动力之一这样的原理而提出来的。

结语

　　古诗分析法远不止上面提到的十一种，而且，即使是上面提到的十一种分析法，也都只能说是从不同的侧面（或点或面）对诗歌加以分析，从而难免都包含有各自的片面性。好的诗歌本身便会有很多特点，可以同时从好几个侧面进行分析，也可以同时用好几种方法进行分析。因此，上述分析法的具体运用应该是十分灵活的，可能也应该同时交叉运用几种分析法。

　　　　　　　1979 年 7 月 26 日写于上海，2010 年 9 月 16 日改于京都

　　　（原载日本京都外国语大学《研究论丛》第 76 辑，2011 年 1 月，易题为《汉诗分析法》。）

跋

　　收入本书的约六十篇文章，部分曾蒙祝鸣华先生的美意，发表于《新民晚报》的"国学论谭"版，部分散发于其他报刊，还有部分则未曾发表过。它们的内容拉拉杂杂，虽大都与"国学"有关，却并不仅限于"国学"，也有些只是"杂学"。尤其是视角的设定，参照系的选择，都或与习见的不同。苏轼《题西林壁》诗云："横看成岭侧成峰，远近高低各不同。不识庐山真面目，只缘身在此山中。"只希望通过让自己置身于山外，能够把山看得更清楚一些。但也只是希望而已，效果到底如何，却是毫无把握的。写法当然更是五花八门，并无统一的体例格式。

　　这些文章在收入本书时，都作了不同程度的修订或增补。大致按内容性质归类，而附记写作发表时间。格式上尽可能作了一些统一，但不尽一致处恐在所难免。西历日期用阿拉伯数字，中历日期用汉字数字（引文里的照旧）。所参考之古今文献，凡古籍出处，紧随引文前后，或以括号括出，依国学传统，仅标示篇卷回目；今籍首次出现，详注出版信息，二次起从简，均用脚注形式，详细至页码；西籍则依西洋习惯。其中的英文文献资料，多承李岑君帮忙查核，其他的西文文献资料，则由邵南提供或核实，在此谨致衷心的谢意。

这些文章中，最早的写于 1979 年，最晚的则是近年之作，时间跨度长达近四十年，我自己也由过弱冠而至耳顺，猛然回首，自不免触目惊心，其感受诚有如阿根廷小说家里卡多·吉拉尔德斯所说者："我好像生活在一个永恒的早晨之中，它有着强烈的愿望要到达中午，然而在这个时候，却已经像是到了下午。"（《堂塞贡多·松布拉》）又或如英国诗人哈代所说的："可叹时间偷走一半，／却让一半留存，／被时间摇撼的黄昏之躯中／搏动着正午的心。"（《对镜》）[①]蒋逸征君有意"刻舟求剑"，想帮我留一点时间的印痕，那就多谢她的又一番美意了！

邵毅平

2017 年 9 月 4 日识于沪上圆方阁

（原载 2018 年 5 月 14 日《新民晚报》"夜光杯"，有删节。）

---

① "But Time, to make me grieve, /Part steals, lets part abide; /And shakes this fragile frame at eve/With throbbings of noontide." Thomas Hardy, 'I Look into My Glass', in *Wessex Poems and Other Verses* (1898).

附录：邵毅平著译目录

一、著 书

《中国诗歌：智慧的水珠》 杭州，浙江人民出版社，1991年初版；台北，国际村文库书店，1993年初版；上海，复旦大学出版社，2008年修订版（易名为《诗歌：智慧的水珠》）。

《洞达人性的智慧》 杭州，浙江人民出版社，1992年初版；台北，国际村文库书店，1993年初版；上海，复旦大学出版社，2008年修订版（易名为《小说：洞达人性的智慧》）。

《传统中国商人的文学呈现》 深圳，海天出版社，1993年初版；上海，上海古籍出版社，2010年修订版（易名为《文学与商人：传统中国商人的文学呈现》）。

《论衡研究》 韩国蔚山，蔚山大学校出版部，1995年初版；上海，复旦大学出版社，2009年修订版，2018年增订版。

《中国文学史》（合著） 上海，复旦大学出版社，1996年初版。

《中国古典文学论集》 初集，韩国蔚山，蔚山大学校出版部，1996年初版；初集、二集合集版，上海，上海古籍出版社，2013年初版。

《中日文学关系论集》　韩国河阳，大邱晓星 CATHOLIC 大学校出版部，1998 年初版；上海，上海古籍出版社，2011 年修订版；上海，中西书局，2018 年重修版。

《韩国的智慧：地缘文化的命运与挑战》　台北，国际村文库书店，1996 年初版；上海，上海古籍出版社，2005 年修订版（易名为《朝鲜半岛：地缘环境的挑战与应战》）；上海，中西书局，2017 年重修版（易名为《半岛智慧：地缘环境的挑战与应战》）。

《无穷花盛开的江山：韩国纪游》　上海，复旦大学出版社，2001 年初版；上海，中西书局，2017 年修订版（易名为《韩国纪行：无穷花盛开的锦绣江山》）。

《黄海余晖：中华文化在朝鲜半岛及韩国》　昆明，云南人民出版社，2003 年初版；上海，中西书局，2017 年修订版（易名为《青丘汉潮：中华文化的遗存与影响》）。

《中国文学中的商人世界》　上海，复旦大学出版社，2005 年初版，2007 年第二版，2016 年第三版；韩文版：朴京男等译，首尔，소명出版，2017 年初版。

《胡言词典》（笔名"胡言"）　初集，上海，上海文化出版社，2006 年初版；初集、续集合集版，上海，复旦大学出版社，2013 年初版。

《诗骚一百句》　上海，复旦大学出版社，2007 年初版；南京，译林出版社，2018 年修订版（易名为《诗骚百句》）。

《东洋的幻象》　上海，上海锦绣文章出版社，2010 年初版；北京，商务印书馆，2018 年修订版。

《马赛鱼汤》 上海，复旦大学出版社，2015 年初版。

《东亚汉诗文交流唱酬研究》（编） 上海，中西书局，2015 年初版。

《今月集：国学与杂学随笔》 上海，上海文化出版社，2018 年初版。

二、译　书

吉川幸次郎《中国诗史》（合译） 合肥，安徽文艺出版社，1986 年初版；上海，复旦大学出版社，2001 年初版，2012 年第二版。

吉川幸次郎《宋元明诗概说》（合译） 郑州，中州古籍出版社，1987 年初版，1999 年初印；上海，复旦大学出版社，2012 年初版。

小尾郊一《中国文学中所表现的自然与自然观》 上海，上海古籍出版社，1989 年初版，2014 年第二版。

王水照等编选《日本学者中国词学论文集》（合译） 上海，上海古籍出版社，1991 年初版。

小野四平《中国近代白话短篇小说研究》（合译） 上海，上海古籍出版社，1997 年初版。

村上哲见《宋词研究（南宋篇）》（合译） 上海，上海古籍出版社，2012 年初版。

图书在版编目（CIP）数据

今月集：国学与杂学随笔/邵毅平著.--上海：
上海文化出版社,2018.2
　　ISBN 978-7-5535-1067-5

　　Ⅰ.①今… Ⅱ.①邵… Ⅲ.①国学－中国－文集
Ⅳ.① Z126.27-53

中国版本图书馆 CIP 数据核字 (2018) 第 022796 号

本书由上海文化发展基金图书出版专项基金资助出版

今月集：国学与杂学随笔

邵毅平　著

责任编辑：蒋逸征
装帧设计：王怡君
书名题签：邵　南

出　版：上海文化出版社　上海咬文嚼字文化传播有限公司
地　址：上海绍兴路 7 号 2 楼
邮　编：200020
发　行：上海文艺出版社发行中心发行　上海市绍兴路 50 号
印　刷：上海文艺大一印刷有限公司
规　格：787×1092 1/32
印　张：10
版　次：2018 年 3 月第 1 版　2018 年 9 月第 2 次印刷
书　号：ISBN 978-7-5535-1067-5/I.366
定　价：42.00 元

告读者：如发现本书有印刷质量问题请与印刷厂质量科联系
电　话：021-57780459